戦争の記憶と
女たちの反戦表現

長谷川 啓
岡野幸江＝編

まえがき

二十世紀は戦争の世紀だったといわれる。一九一四年、バルカン半島の一角から上がった戦火はヨーロッパ全土に広がり世界を二分する第一次世界大戦へと拡大して、その後の第二次世界大戦でのさらなる犠牲者と合わせると、この二つの大戦によって何千万にものぼる人々の命が失われ、人類史上最悪の惨禍をもたらした。戦後も米ソの冷戦体制のもと戦後処理や民族の独立・自治をめぐり戦争や紛争が世界の各地で続いた。九〇年代には冷戦体制の終焉によって自由と平和への期待が高まり、だれもが戦争も暴力もない新たな世紀の到来を期待したはずだった。しかし、そうした期待を裏切るように一極化し強大化した軍事力と圧倒的な経済力とを背景に、「帝国」アメリカによる世界支配が強まった。

そして二〇〇一年、9・11同時多発テロがアメリカを襲った。アメリカはテロへの報復としてアフガニスタン侵攻から対イラク戦争へと突き進み、これと連動したパレスチナでの紛争も混迷を深め、武器を持たない数多くの市民がその犠牲となった。このアメリカを中心とした大国による「テロとの戦い」の過程で生み出された過激化した武装集団とのあいだで、ますます報復の応酬による戦闘が激化するとともに、九〇年代以降のグローバリゼーションの進行によって生み出された経済的格差や貧困に苦しむ人々の不満や不安ともあいまって、グローバル化とは一見矛盾するナショナリズムが、いま世界的に台頭している。

日本の近代を振り返ってみれば、大陸への野望に突き動かされ、日清、日露戦争での勝利によって植民地帝国として覇権を握ると、十五年にも及ぶアジアへの侵略戦争に乗り出し、その結果としての悲惨な原爆投下という、戦争における甚大な加害と被害の苦い歴史を体験している。戦後の日本はその反省のもとに、戦争を放棄した平和憲法によって曲がりなりにも他国との戦争に巻き込まれることがなかった。しかし、九〇年代以降、有事立法の法制化やイラクへの自衛隊派遣とそれに続く多国籍軍への参加、さらに歴史の書き換えやメディアへの政治権力の介入、教育現場における日の丸・君が代の強制、特定秘密保護法の制定などに加え、昨年、他国への自衛隊派遣を許す集団的自衛権が閣議決定された。そして現在、その総仕上げとして戦争に加担しない日本を保障してきた平和憲法の改悪すらも目論まれ、しかも東日本大震災での福島第一原発の事故の収拾もできないなか、海外への原発輸出や国内各地の原発再稼働が進められようとしている。

かつて十五年戦争下の総力戦体制下において、女性たちもそのほとんどが何らかの形で戦争協力を行った苦い経験を持っている。そうした女性たちとそれを先導した女性作家たちの戦争責任について、私たちはこれまで『女たちの戦争責任』(東京堂出版、二〇〇四年)を刊行し、検証してきた。そこで明らかになったことは、女性たちが二流国民として抑圧されている存在であるからこそ主体的に国策を担い、自らの自己実現や女性解放への希求すらも国家にからめとられていったという皮肉な実態だった。しかしその一方で、女性作家たちは、国家の要請からはみ出し、それと抗争する抵抗の表現を紡ぎ出していたことも忘れてはならないだろう。ことに戦後、かつての戦争加担への反省も込めて女性作家たちが数多くの反戦表現を生み出してきたことは銘記しておかなければならない。ジェンダー社会に生きる女性であるがゆえの平和への切望と反戦の意志は、アメリカによる原爆投下や占領政策、朝鮮戦争や基地問題、さらには核兵器や原発の問題にまで及び、戦後日本のありようそのものへの問いへと及んでいるのである。

今年は戦後七〇年にあたる。近年、埋もれた記憶を掘り起こす作業は世界的に進められてきたが、戦時下から戦後、そして現代まで国家に回収されることのなかった一人一人の人間の営み、抵抗や反戦の声を、いまこそ甦らせてみたいというのが本書刊行の目的である。そうした記憶の再起は、世界各地で再び高まっている先の見えない戦争の恐怖や、もはや人間の手によっては統御不能ともいえる核という怪物の脅威にさらされているこの二十一世紀の新たな状況を、手探りで生き始めた私たちに一つの手がかりを与えてくれるのではないかと思うからだ。同時に、本書が、いま文学や文学批評に何ができるのかを改めて問い直すきっかけとなれば幸いである。

本書は企画から刊行まで、一〇年という長い歳月がかかった。力作をご寄稿いただいた執筆者の方々に感謝すると同時に、刊行が遅れてご迷惑をおかけしたことを、深くお詫びしたい。また、ゆまに書房編集部の高井健さんに、辛抱強くお付き合いいただき、刊行まで漕ぎ着けてくださったことを心より感謝申し上げたい。

二〇一五年四月

編者

目次

戦争の記憶と女たちの反戦表現

戦時下の抵抗とアジアへのまなざし

戦争ファシズムと女性
――宮本百合子『鏡の中の月』『雪の後』『播州平野』をめぐって

岩淵宏子

はじめに

周知のように宮本百合子は、十五年戦争下において一貫してファシズムに抵抗し反戦小説や評論を書き続け、「千万人に対するただ一人」（本多秋五）の道を歩んだ作家である。

戦時下では、最愛の夫・宮本顕治を獄に繋がれ、自身も度重なる検挙・投獄・執筆禁止などの迫害に遭い、両親の死をいずれも獄中で迎える。しかし、一九三七（昭和一二）年秋に筆名を「中條」から「宮本」に変え、獄中非転向の政治犯の妻を名乗ることにより不屈な抵抗の姿勢を示す。そのため、一九四一（昭和一六）年一二月九日、太平洋戦争勃発の翌日に文学者でただ一人検挙され、翌年、獄中で熱射病にかかって昏倒し、危うく一命を取り止めるという苛酷な状況が続くが、屈せずにファシズムへの抵抗を貫き、この厳冬の時代に人および作家としての百合子は真に独自な存在になったと評価される。

戦後は、戦時下の良心的な生き方を高く評価され、平和と民主主義のオピニオンリーダーとして時代の注目を集めるが、反戦平和への思いは衰えることがなかった。熱射病以来健康を損ねていて、戦後六年目の一九五一（昭和二六）年一月二一日に急逝するのだが、急逝の四四日前の一九五〇（昭和二五）年一二月八日、太平洋戦争開戦の記念日に東大で開かれた「戦没学生記念の夕」での体調不良を押しての講演は、戦後の百合子を端的に象徴している。その年の六月二五日に朝鮮戦争が始まり、反戦平和は学生たちの切実な願いとなっていた。また、戦没学生記念の「わだつみの像」を東大構内に設置するのを東大当局が拒否し、この集会はそれへの抗議も含まれていた。その集会に参加していた中村智子[1]は、次のように回想している。

遥か壇上の肥った和服姿の宮本百合子は、歯切れのよい早口で、Aクラス戦犯が釈放された最近の逆コースを衝き、「再びここから多くの将来ある若者を戦地へ送ってはならぬ。われわれはあらゆる困難を克服して平和をかちとらねばならない」と熱心に力づよく語った。（略）／「戦没学生記念像を建てるところはなにも東大でなくてもいいんですが、しかし、東大当局がこの像の建立を拒否した以上、東大に建ててもらいたい！」／百合子はいちだんと気迫をこめて言い切り、五十分にわたる講演を結んだ。

こうした生き方を戦前戦後を通して貫いた百合子の作品には、反戦平和の主張が込められていないものはないと言っても過言ではない。そのなかから本稿では、戦時下の若い女性にとって火急かつ最大の問題とされた結婚に焦点化して、戦前の『鏡の中の月』『雪の後』、戦後の『播州平野』を取り上げる。戦前戦後の三作品を読み解き、百合子は女性にとっての戦争ファシズムをどのように捉え、どのような方法で抵抗しようとしたのか検証したい。

1 戦時下女性政策

作品分析に入る前に、昭和の戦時下女性政策[2]をみておこう。一九三一（昭和六）年の満洲事変以降、次第に戦時色が濃くなってゆく状況下で、一九三七（昭和一二）年に日中戦争、一九四一（昭和一六）年に太平洋戦争が勃発する。いずれの国でも戦争が起こると、人的資源確保のために国策結婚宣伝の時代を迎え、母性ファシズムが吹き荒れると言われているが、日本ではどのようなものであったか。

早くは、一九二七（昭和二）年五月に産婆を組織する大日本産婆会が設立される。翌年五月、ドイツに倣い「母の日」を制定し、日常生活のなかで母親崇拝を植え付けることに国民を導く。一九三一（昭和六）年九月に満洲事変が起こり、翌年、大日本国防婦人会を先駆けとして庶民女性の戦争協力が進む。一九三七（昭和一二）年七月、日中戦争が始まると、進歩的・文化的エリート女性たちの大多数が戦時体制に巻き込まれてゆく。同年八月、国民精神総動員運動を閣議決定し、国民精神総動員中央連盟に愛国婦人会・大日本国防婦人会・大日本連合婦人会が参加した。同連盟の調査委員会は「家庭報国三綱領・実践十三項目」を公表し、家庭を通じて女性に戦争協力をさせる政策を図り、日本基督教婦人矯風会の久布白落実や婦選獲得同盟の市川房枝なども、調査委員に就任する。

一九三八（昭和一三）年一月、厚生省が設置され、人口増殖政策とむすびついた国民の体力向上策が図られ、保健婦の育成に力が注がれた。同時に、満一三歳未満の児童を養育する貧困な母ないしは祖母に生活・養育・生業・医療の扶助を行うという「母子保護法」が施行されたが、増加する軍人遺族への対策の機能を強め、保健所による保育指導は「産めよ増やせよ」政策を支え、戦争遂行体制の一環に組み込まれてゆくことになる。同年四月、人的資源・物的資源を総動員することを目的とした国家総動員法を発令し、職場・地域・学校別に勤労報国隊を結成させた。女性には、人口増加政策が次々と図られ、早婚多産の奨励、傷痍軍人の妻になること、満洲開拓移民の青年の妻になること等が奨められた。一九四〇（昭和一五）年五月、国民優生法が公布され、「不健全素質者」に対しては、「優生手術」により生殖不能にすることを可能とし、他方、「健全者」の増加が図られた。一九四一（昭和一六）年一月、政府は「人口政策確立要綱」を閣議決定し、結婚の早期化と出産奨励策を決定する。厚生省は同年、「多産報国思想」の指導を主張し、一〇人以上の子供をもつ家庭を「優良多子家庭」として大臣表彰することを決定した。これは「軍国の母」賛美の風潮を盛り上げることになった。同年、国民優生連盟が発表した「結婚十訓」の「産めよ育てよ国の為」という一条は、「産めよ増やせよ国の為」という有名な標語を生み出す。そのための具体的施策として、出征兵士の結婚のための一時帰国の許可なども実施される。一九四二（昭和一七）年五月には、〈子宝報国〉という言葉が登場し、厚生省が結婚資金を貸し出すことになる。

以上のように戦時下母性政策は、戦争遂行のための人口増加を目的とし、本来私的領域である結婚・妊娠・出産を国家が調節しようとするものであり、その要となるのが〈母性〉であった。一九四二年五月には、内閣情報局の指導下に結成された文学者・学者の社団法人「日本文学報国会」は、読売新聞社と提携して、無名の母を一道三府四三県および樺太の全国津々浦々に尋ねて、「日本の母」として顕彰する運動を展開した。全国で四九名の「日本の母」を決定し、文学報国会の会員である大佛次郎・尾崎一雄・川端康成・高村光太郎・壺井栄など当代一流の文学者が訪問記を書き、一九四二年九月九日から一〇月三一日まで『読売新聞』に連載（のち、日本文学報国会編『日本の母』、春陽堂書店、一九四三年四月）し、「日本の母」鑽仰運動は大きな盛り上がりを見せた。

戦争遂行に兵士が不可欠であるなら、兵士を産む母、育てる母、銃後の護りとしての母は、総力戦体制の要となった。〈母性〉奨揚は、必然性をもって生み出された国策の一環であり、その前提となる〈結婚報国〉の重要性は、人々の内面に深く根を下ろしたのである。

2　『鏡の中の月』

『鏡の中の月』は、一九三七（昭和一二）年一〇月に『若草』に掲載された。同年七月七日、北支事変すなわち日中戦争が開始され、本小説はその直後に発表されたものである。「村にも北支への召集が下」るとあることから、作品内時間は執筆時と同時期といえる。

地方の村の女教師で二七歳の瀧子は、女学校の夏季補習講習で嫁入り前の娘たちに裁縫を教えながら、一〇日ばかり前に突然起こった自身の縁談話を思い起こす。ある晩、「ひとり暮らしている二間の小さい家」に、土地の有力者である山口仁一の訪問を受ける。「この辺では珍しい白服にパナマ帽、竹のステッキ」という改まった服装の山口は、「狭谷町青年学校主事、狭谷町醇風会理事、その他二つ三つ肩書きを刷りこんだ名刺」を渡し、直に結婚の申し込みに来たのだった。前の妻のヒステリーが原因で離婚をし子供が二人あるという条件をも、自分のとりえとして「率直」かつ「闊達」に話す。

瀧子は初婚である自分に対するこの話を、「屈辱」という具合にはとらなかった。自分から出向いて来たことに、これまでの仲人口による話とは異なった「一抹の新鮮さ」を感じたからである。こうした瀧子の反応は、彼女が当時の結婚にまつわるしきたりや風俗習慣にこだわらない自由な思考の知的女性であることを示している。しかし、瀧子はこの段階では、なぜ山口が自分に求婚したのか、その理由を知らない。山口を帰した後、髪を洗った瀧子が濡縁で涼んでいると、「何心なく持っていた手鏡の中に小さく月がうつっている」ことに気づき、「日中のきまりきった暮しの表面からでは見えない人生の刻み目があって、そのひとつが今夜珍しくも自分に呼びかけても来るように感じられて来る」という感慨にふける。

小説の題名になっている「鏡の中の月」について鈴木正和は、「「鏡」とは、瀧子が「自分」を捉えようとする眼差しの比喩である。この場面からは、山口との結婚が現実化することをある予感をもって期待し、自己陶酔した気分を味わっている瀧子の様子がうかがえる」[3]と指摘している。しかし皮肉にも、その後の展開で見えてきたのは戦争を背景にした山口という男の打算や下心であった。

翌日の午後、瀧子は、二駅先に住んでいる師範学校同期の親友・溝口ゆき子の家に相談に行く。すでに山口から瀧子のことを頼まれていたゆき子だが、「元の細君だった女が、どんな女でも入れてみろ、きっと出してみせるって言っているって話」を知っていて、仲立ちを渋っていたことを聞かされる。瀧子は、「それを出しぬいてひとり暮しのところへ直接来た山口の心底に何かいやな押しづよさ」を感じる。その日の帰りに駅の改札口でワイシャツに上着なしの姿で待っていた山口は、昨夜の返事を迫るが、狭い村の暮しの中で噂されることを知りぬいているはずの配慮のない行動に「むっとした心持」を持った瀧子は、自宅への同道を断り、次第に山口への不信感を芽生えさせるのだった。

講習が終りに近づくにつれて、瀧子は忙しくなる。村にも北支への召集が下って、女子青年の慰問袋作りが補習学校を中心に始まり、生徒代表を引率して出征する兵士を送りに出ることも、女教師の間で順番に割当てられた。教師の出席が義務づけられていた県当局主催の時局精神振興講演会が狭谷町公会堂であった晩、駅までゆき子と同道した瀧子は、「はじめの細君が病気になったら、山口がその病気になった細君を背負って実家へ行って、一言も口をきかずに家の入口へ置いてかえって来てしまったという話」と、「その女がなおった時、山口はもう二度目の女を入れていて、しかもまた初めの妻とよりが戻り、二度目の妻が出たのはそれが原因なのであった」という不快な話を聞く。それをひた隠して内祝言でもと迫る山口に、「この頃のいそがしさで瀧子が落付いてひとに調査をたのむゆとりもないのにつけ入っている」ことに気づく。

後日、今度はゆき子が瀧子の家を訪ねてくる。山口が村の有力者の端くれである立場を利用してゆき子の勤務先の校長に、自分が召集されても「あと安心して家族を見てもらえる女は瀧さんしかないから是非」と働きかけたため、ゆき子は校長から仲立ちを強要されるという微妙な立場に立たされていることを知る。「そんなのってありゃしない。女の一生をみんな何と思っているんだろう！」と、「このいきさつが始ってこのかた堪えていた涙が急に瀧子の眼から溢れ」る。「かまやしない、私、どこまでだって頑ばる。ほかのことと違うじゃないの。それで学校やめさせるような卑劣なことをやるならやればいい」という瀧子に、「なんて生憎なんだろう……」とゆき子は嘆息する。あちこちで召集が下るようになってから村役場では婚姻届の受け付けが増え、召集という事態を想定すると、親友ゆき子でさえ戦時体制に巻き込まれそうになる「弱腰」を、瀧子は歯がゆく思うのだった。

さらにある夕方、瀧子が帰宅し浴衣に着替えると、どこかで待ってでもいたかのように、すぐに浴衣がけの山口がやって来、「きょうは、ひとつ、あなたの尊い日本婦人としての母性愛にすがって、もう一遍僕の気持をきいて頂きたいと思って」と訴えるのだった。ここにきて瀧子は、山口が自分の経済的な条件に目をつけていること、また、「女教師という地方では身動きの軽くない周囲からの旧いものの考え方の掣肘も男の便宜として考えに入れている」打算をまざまざと理解する。「ともかく御希望に添いかねる」と断る瀧子に対して、「こうやって御婦人一人のところに来たって、僕が一度だって怪しからん振舞に及ばないことを考えたって、人格を認めて貰えると思うんだが……」と「愚劣な告白」をする。

次の日の仕事帰りに、駅の改札に山口が待っているのを見た瀧子は、とっさに乗り越しを決心する。動き出した汽車のなかから、家族を出征させた家の前の柵に、還って来る日までと、「短い棒切れに結びつけた日の丸が貧しげに出されている」のを目にする。瀧子は、今日学校へ来た魚売の神さんが、「よう覚悟しとったのに、どういうもんじゃろか、五体がふるいますけん」と蒼白な顔をして笑っていたのを思い出す。瀧子は、「そうやって明け暮旗を出している人人の心持」や六人の子持ちの魚売の神さんの蒼い笑顔を思い、「そのような人々《（ママ）》の切ない混じりけない今の気持にのって山口のように生きようとしている男もある」ことを思いながら二駅先まで揺られていくところで、小説は閉じられている。

以上のように『鏡の中の月』には、女教師の瀧子が、村の有力者山口から求婚され拒否するまでが描かれている。瀧子が拒否する理由は、山口という人間の本性や求婚の魂胆が次第に明らかにされてゆく過程から明らかだが、その一つは、山口の二人の元妻に対する不誠実極まりない姿勢にあろう。籍の問題は不明だが、病気になった最初の妻への冷酷な仕打ち、二度目の妻への不実な対応から、女性を家事労働力兼性的道具と見做し、人間として対等な相手と見ていないことが明白だからである。瀧子に対しても、性的関係を強要しなかったことを潔癖な人格の証と言いたてることで、逆に下劣な下心を露呈させている。

いま一つの理由は、瀧子への求婚の根拠が、彼女の人柄や人生観などにあるのではなく、教師としての経済力と、職業柄貞操堅固であろうと見做す点にあるからである。自分が戦死した暁の子育ての問題、妻の貞操を所有したい男のエゴイズムを見抜き、「女の一生をみんな何と思っているんだろう！」と流す悔し涙は、この点に向けられている。

このように瀧子に求婚する山口が「青年学校主事」という立場にありながら、人格的にも卑しく打算的・功利的な人間であることは注目に値しよう。青年学校[4]は、一九三五（昭和一〇）年に公布・施行された青年学校令に基づき設置された教育機関である。文部省と陸軍省による協力体制の下で、「実業補習学校」としての職能実務教育と「青年訓練所」としての軍事教練を両立させた。制度上は教育機関であったが、その実は戦時下の動員体制に組み込まれ、教育内容そのものの空洞化が進行したまま敗戦を迎えることになったという。しかし、このように戦時体制を先導する立場にいる男を、同時代小説のなかで人品卑しい人間として形象化している点は見逃せない。

また、山口の「あなたの尊い日本婦人としての母性愛にすがって」という表現は、前章で確認した戦時下の母性政策を背景にしている。他方、〈母性愛〉ということばに何らの反応もしない瀧子は、母性政策に巻き込まれない希有な見識の持ち主であることが明瞭である。

そのような時代のなかで、二七歳という適齢期を過ぎても納得のいかぬ結婚は、たとえ職場を首になってもしないと言い切る瀧子、青年学校主事・醇風会理事という時代を背負う要職にありながら品性卑しい山口、出征兵士の家に出されている日の丸の旗の「貧しげ」な風景、夫の出征を「五体がふる」うと告白する魚屋の神さん、いずれも戦時体制に真っ向から反する人物造型と風景描写である。とりわけ〈結婚報国〉に与しない瀧子の自立した生き方そのものが、確たる反戦表現となっている小説といえよう。

3 『雪の後』

続いて、一九四一（昭和一六）年四月の『婦人朝日』に掲載された『雪の後』をみたい。同年一月から執筆禁止下にあった百合子が、はじめのうちは禁止が厳重でなかったらしく発表できた小説であるが、戦後、検閲下の不自由な表現を改稿し『今朝の雪』と改題して、安芸書房版『宮本百合子選集』第五巻（一九四八年二月）に収録された。テクストは初出を用いるが、必要に応じて適宜定本と対照したい。

作品内時間は、執筆時とほぼ同時代だと思われる。とき子・峯子・春代の「二つ三つづつ順々に年のちがふ三人の若い女」は、「永い相談と骨折のあげくに」、「社会に生きてゆかうとする生活の城として三ヵ月ばかり前に」、やっと自分たちの「貸事務所」を持つことができた。「三台のタイプライター。事務机。仕事椅子。エナメル薬罐と茶碗の伏つた盆がおいてある円テーブル」だけの「粗末な一室」を持ってから今日は初めての雪の翌日であり、峯子は特別な感慨を持つ。

女だけで事務所をもったいきさつは、次のようなものであった。とき子と峯子は英語専門学校の同窓だが、その時代からとき子は課外のタイプと速記に打ち込み、卒業後、とき子は「東京で屈指の銀行」へ、峯子は、その銀行と背中合わせの生命保険会社へ就職する。しかし、「眉から左瞼にかけて薄すり蒼い痣」のあるとき子は、結婚を諦めていて、「一生働いて暮す」覚悟であるにもかかわらず、銀行の女子の停年が四〇であることを憂えていた。峯子も、婚約した塚本正二が急に応召しなければならなくなり、少なくとも二年間の自分の生活というものを考えたとき、「ただ月給がとれてゐるといふばかりでなく、働いてゐるその働きかたに何か生き甲斐のもてる方法」を見つけたいと思ったことから、「邦文、英文、仏文タイプの事務所の計画が実現」することになった。ただし、「仏文タイプ」は、戦後の改稿では、時代的により自然な「独文タイプ」に直されている。

この日、クラスメイトの小関紀子が事務所に立ち寄る。紀子は二年前に坂本と結婚したが、半年ほど前に、夫が伯父の引きにより軍需会社の重役直属となって新潟へ単身赴任し、自分は現在実家にいると話す。紀子は夫の任地へ同行しない理由を、「知的な空気」を身につけることを妻に望んでいる夫が、程度の低い会社の奥さん連の中へ自分を入れたくないからであるという。かといって実家にいても、かねてよりのテーマである女性史の研究も一向に進んでいないらしい。峯子は、心も体も離れているようなこの夫婦のありかたに疑問をもち、新潟へ行くか、東京で勉強するか、どっちつかずにならないようにすべきだと忠告するのだった。

その日の帰りの満員電車の中で、他人が目を通していた書類の書体が、峯子に正二の筆跡を思い出させる。正二が出征してから峯子は、彼が出征前から使っていた万年筆で書かれた便りを幾度か受け取ったが、「その字をみると、いろんな場所、いろんな経験を経ながらも正二はやはり正二といふものに変りなく、その間に生きてゐることが何ともいへずいとしく真実に感じられ」、「よくこの万年筆が持たれてゐる」と書き送ったことがあった。正二は、「峯子がさう感じてゐるなら金輪際この御愛用のペンを失くすことは出来ないわけだね」と返事を寄越したことを想起し、「自分たちからペンは決して失はれてはならないのだ」という思いを強くする。

そして、正二が出征の二日前の夜、峯子のアパートにやってきたことに思いを馳せる。二人は、年を越せば結婚することになっていた。「ね、わたしたち、このまんまでいゝと思ふ？　ね、大丈夫？」と囁く峯子に、正二は、「このまんまでも、峯子はやつて行けるかい？」と聞き、「ぢや、御褒美にとつとくとしよう。」と肉体関係をもたずにその晩を清く過ごす。峯子はこのときの正二の判断を、「何と二人の間にすべてが飾りない情愛の率直さで諒解されたゞらう」と捉え返し、「そこにはいつも峯子をよろこばせ元気づけるものがある。峯子の心をしのがせてゆくものがある」と思うところで小説は閉じられる。

当時の女性の技能的職業中、最新かつ代表的なものであったタイピスト(5)として、共同の事務所を開設し身を立てている主人公峯子の生き方と、出征中の婚約者正二との出征直前のエピソードを主要モチーフにしたこの小説は、文学報国会の要請を受けて已むなく提出したにも拘らず、年鑑作品集への収録を拒ばまれたという曰く付きの作品でもある。戦後に書かれた『風知草』の中には、文学報国会へ提出したこと自体を忸怩たる体験として夫に告白する場面があるが、それに先立つ一九四五（昭和二〇）年八月一八日の宮本顕治宛書簡[6]のなかで、次のように反省の弁を記している。

作家として一点愧じざる生活を過ごしたことを感謝いたします。（略）この数年の間作家として一点の愧なきと申しましたが、一つの誤りをあげるなら、それは仕事のあるもの――婦人のためのものです――当時のジャーナリズムに影響されなかったとは云えないことです。

（傍線、引用者）

中村智子[7]は「一つの誤り」について、正二と峯子が「出征直前の夜を、いわゆる「清く」すごした描写をさしているものと思う」と述べる一方、「この作品をかいた時点では、百合子はけっして時流に合わせるためではなくむしろ反対に、一時の感傷や興奮から出征直前の男に身を許してそのまま未亡人となるかもしれない若い娘たちへのいとおしみから、そのようなエピソードをいれたのかもしれない」と指摘しているが、「一つの誤り」とは、別の解釈も可能であると思われる。

『雪の後』には、二組の対蹠的な男女が描かれている。一組は峯子と正二、もう一組は紀子夫婦である。後者は夫婦であり、ともに暮らすことのできる条件下にいながら、不自然な別居をしていて夫婦としての愛情や絆の希薄さをうかがわせる。峯子と正二は戦争によって引き裂かれ、肉体的にも結ばれなかったが、峯子は正二の筆跡を思い出しただけで、「彼の肩つきや、声の極めて微妙なかげや、生きてゐる正二をそこにそつくり思ひ浮かべ」ることができるほど深い愛情と信頼を寄せている。ここには、非転向政治犯としてすでに七年以上収監されている夫顕治への百合子の並々ならぬ思いが重ねられていよう。しかし、別れていても愛は貫かれるという主張は、理不尽な別れを肯定しているかのようにも受け取られかねない。峯子と正二の関係は、別れていても愛していることが幸せという思考に表層的には通い合う危うさがある。この思考方法は戦時下において、多くの男女や肉親を引き裂く方便として使われ、人々の苦しみや悲しみを隠蔽する役割を果たしたことから、百合子はその点を懸念し、「一つの誤り」と自省したのではないだろうか。

だが、二人が肉体的に結ばれなかったという設定には、中村も指摘するように時局への強い抵抗が込められている。戦後、百合子は次のように加筆し、抵抗の意味を明らかにした(8)。

(略) すこし慾ばりすぎるかな、と簡単なその言葉に、正二は、生死の保しがたい自身を考えていたのだった。峯子は峯子の心の真実に従って自由に進退出来るよう。更に、この頃生活への理解が急迅に成熟して来た峯子は、正二が自分たちに置いた抑制の意味を、正二のほんとうに男らしい、寧ろ良人らしい深い思いやりからとして考えるようになった。

峯子と正二は婚約者同士でもあり、まして〈結婚報国〉が喧伝された時代にあっては、〈駆け込み結婚〉をすることはむしろ奨励されたはずである。また、国策の推進のみならず、個人の意思や家の都合によって、出征間際に結婚を急いだことにより、夥しい若い寡婦が生み出されたといわれている。一九四七（昭和二二）年五月の厚生省児童局の調査によれば、戦争未亡人は五六万人を超えると公表されているが、実数はこれより多いと推定されている。(9) 銃後の妻・母となることが期待されたこの時代に、峯子たちのように性役割を脱し、女だけで事務所を開き自立的な生を送るということが、いかに特殊であり反時代的であったかはいうまでもないだろう。

先に「一つの誤り」の要因と推測した、別れていても不変な男女の愛の描出の真意は、愛無くしても国や家のために結婚を急ぎ、多くの若き寡婦を生み出した時流への警鐘でもあった。このように『雪の後』は、若い女性たちの生き方および若い男女の関係性を通して、戦時イデオロギーに強く抵抗した小説であり、文学報国会に採用されなかったのは当然であった。

4 『播州平野』

『播州平野』（『新日本文学』一九四六年三月・四月・一〇月、『潮流』一九四七年一月。一九四七年四月刊）は、政治犯石田重吉の妻であるひろ子が、福島県の農村で終戦を迎えるところから始まり、広島の原爆投下による義弟生死不明の報に山口の夫の実家に駆けつけ、そこで夫釈放の報に接して再び困難な道中を東京に戻る過程が描かれている。敗戦直後二ヵ月間の日本の情景が、日本列島を縦断するひろ子の眼を通して克明に描出されており、視覚的方法を駆使したパノラマ的作品といわれている。百合子自身の実体験を素材にしながら、敗戦日本の歴史的時期を普遍性をもって描いたと高く評価される作品なので、随所に反戦的視点がみられるが、本章では、女性に特化される戦争の惨禍の描出を中心にみてゆきたい(10)。

小説は、ひろ子が、一九四五(昭和二〇)年六月に巣鴨から網走刑務所に移送収監された思想犯の夫重吉のもとに行って暮らそうと決心をして、七月下旬、実弟の富井行雄・小枝一家が疎開している福島の田舎に行き、津軽海峡を渡る船の切符が買えるのを待ちながら旅支度をしているところから始まる。終戦の前夜、米軍機の通過する合間を見ては、町の警防団が情勢を連呼していた。そのなかに、「細いとおる喉をいっぱい張って、ひとこと、ひとこと、「てーきは」と引きのばして連呼する」女の声が交って聞こえ、ひろ子は悲しさでいっぱいになる。その声の主は、「田舎町のはずれに在る佗しいトタン屋根の棲居《すまい》」に、何人かの子供たちと「婆さま」と住んでいる寡婦だからである。ひろ子は、男手のない暮らしの厳しさに加えて警防団にまで駆り出される寡婦のきつい日常に心を痛めたのである。翌日、終戦を迎える。

そのときになってひろ子は、周囲の寂寞《せきばく》におどろいた。大気は八月の真昼の炎暑に燃え、耕地も山も無限の熱気につつまれている。が、村じゅうは、物音一つしなかった。寂《せき》として声なし。全身に、ひろ子はそれを感じた。八月十五日の正午から午後一時まで、日本じゅうが、森閑として声をのんでいる間に、歴史はその巨大な頁を音なくめくったのであった。

「寂莫」「森閑」などの沈黙(11)をもって、敗戦日本の歴史的瞬間を鮮明に描いたと指摘される場面である。終戦を迎えたことにより、空爆で途絶していた青函連絡船は、今度は復員で一般人を乗せなくなってしまう。そこへ、重吉の母から書留速達が届き、次男の直次が広島で生死不明という報が入る。三男進三は、四年前南方に出征したままであり、長男の嫁であるひろ子は網走に渡ることを諦め、夫の実家山口に向かうことにする。

「潰走列車」とひろ子に感じさせた汽車でひとまず福島から東京へ向かい、友人の鮎沢夫妻の家に泊めてもらう。さらに東京から山口に向かうため、ひろ子は再度列車に乗り込み、車窓の景色から東京ばかりか市街地がすべて廃墟であることを知る。二等車でひろ子が乗り合わせた乗客中注目されるのは、「教育総監関係」の将校級の男と片足の傷痍軍人である。教育総監部とは、陸軍の教育統轄機関で、陸軍諸学校の大部分を管轄していた。敗戦を迎えた今も、彼は「われわれは飽くまで国体護持に終始する」と言う一方、自決を想う人物である。ひろ子は、片足の傷痍軍人の、子供を立って抱いてやれないという嘆きを聞き、「戦争にひき出され不具にまでされた上、愛する確信さえ失うとしたら、人の一生として、きりこまざかれかたがひどすぎる。豪毅を。豪毅を。」と念じるのであった。

原爆投下による「一望の焦土というのは形容ではなかった」広島の惨状を通り過ぎ、ようよう「名誉の家」という木札が出されている重吉の実家に辿り着いたひろ子は、重吉の母の著しいやつれ方と、義弟直次の妻つや子のとげとげしい態度に驚く。まず、到着したひろ子が声をかけてもなかなか応対に出てこないことから始まり、ひろ子が打った電報のことを尋ねても「来ちゃ居りません」とけんもほろろに答える。この家から国民学校に通っている従妹のしげのが帰宅しても、帰宅の挨拶に答えるかわりに風呂加減をみることを直ちに言い付け、ひろ子の訪問を知らせようともしない。ひろ子と親しい重吉の従妹縫子が直次の夢を見たといってわざわざ訪れたにもかかわらず、小一時間も縫子を放置し、ひろ子にも知らせないという心ない対応を露骨に表す。子育てもうまくいっていない。つや子には、四歳の昭夫と二歳の治郎という二人の子供がいるが、昭夫は癇が強く、絶えず母・祖母を困らせている。しかし、つや子には、父親の写真を見せて父親について語り、昭夫の気分を落ち着かせてやろうという努力も根気もみられない。ひろ子は、「おばあちゃんという、軟い名をこわく呼んでいる」若く体の弱い今のつや子の諸事万端を、「直次という生活の中心を喪《うしな》った不幸は、ここの家の女ばかりの暮しから、その悲しみをたっぷり溢れさす気の張りをさえ失わせてしまっている。（略）ここで感情は破産させられている」と思う。

さらにひろ子は、こうした石田家の生活を見て、「戦争の真の恨み」とは、人命や財産の喪失、国土を襲った災禍以上に、人々の心と生活の破綻にこそあると感じる。

（略）中心になる男が奪われた一つの家庭の不幸と生活の破綻というものの複雑なあわれをしみじみと感じた。戦争の災禍は、この「後家町」で石田の一家の生活の根太を洗った。じかな、むき出しな災禍の作用を現わしている。家財を焼かれた人々の損傷の深さを、ひろ子は東海道、山陽とのった汽車が西へ来るにつれて思いやった。けれども、戦争の真の恨みは、どういう人々のところにこそあるだろう。国体論はかくした方がいいでしょうかと不安げに訊いた片脚の白衣の人の瞳の底にあった。そして、「後家町」の、ここにある。日本じゅう、幾十万ヵ所かに出来た「後家町」の、無言の破綻のうちにある。（略）戦争犯罪人という字句をポツダム宣言の文書のうちによんだとき、ひろ子は、その表現が自分の胸にこれだけの実感をたたえて、うけとられるとは知らなかった。ひろ子は、世界の正義がこの犯罪を真にきびしく、真にゆるすことなく糺弾することを欲した。

ひろ子は縫子の夢に促され、彼女とともに直次を探しに行く計画をたてるが、折からの豪雨のため不可能になる。そればかりか、戦時下に住民の生活への配慮もなく無計画な伐採によって強引に造られた軍用新道のため、石田の家はかつて経験しなかった大浸水の被害に遭う。二階から脱出して寺に避難し難を逃れるが、その際、つや子は、自分と子供と直次の衣類ばかりを確保し、食料品や父親宛の重吉書簡、ひろ子が母に贈ったお召の羽織などほとんどすべてに水を被らせるという自己中心性を露わにする。そのような状況のなか、翌日から母登代は、「おどろくべき迅速さ」で水害にみまわれた家の修理に、手腕を発揮する。昔からの顔なじみの広さと信用で大工を頼み、まず必要な便所から修繕し、畳が干され、床下・床板が洗われ、墜ちた壁紙を貼るための左官屋も呼ばれた。しかし、つや子は、そんな積極的気質の母のやり方を非難し、入費もかからないように家の者ばかりでそろそろと片付けていこうと、「落ちた上瞼を蒼ませ、一つも笑わず、頬をひきつらせて、しげのや縫子に指図をして働き、母の意見をうけ入れ」ようとしない。

ひろ子はつや子の様相に辟易する一方、「ほんとに気の毒」とも捉えている。それは、つや子が直次と〈駆け込み結婚〉をした次のような経緯に関わっていよう。

一九三七（昭和一二）年　直次、北支出征。
一九四〇（昭和一五）年六月　直次、帰還。つや子と結婚。
一九四一（昭和一六）年　第一子昭夫誕生。直次二度目の入隊。
　　乗船前夜、急性盲腸炎にかかり、取り残される。
一九四二（昭和一七）年　（三度目の入隊か。）
一九四三（昭和一八）年　第二子治郎誕生。
一九四五（昭和二〇）年八月　直次、広島で行方不明。

直治は三度の召集を受けており、一度目の召集から帰還した折、二〇日ばかりで母が見つけたつや子と結婚をした。これは、結婚のために出征先から一時帰国を許可されたのかもしれない。作品内現在から数えると、つや子は、実質的には二年か三年の結婚生活で寡婦となり、子供二人に姑を抱える生活を余儀なくされた。おそらく交際する暇もなく婚礼の日を迎えたのであろう。婚礼写真を撮る時、足が痺れて動けなくなった直次を見たつや子は、「どうやら足が悪うなっているのではないかと思いよりました」と後で笑っていることから、結婚式で初めて会ったと推測される。結婚式に出席したひろ子は、そんなつや子の結婚に対して、「精一杯身を飾り、土産の品までもさし出して、見知らぬ石田の家の嫁になって来た若い一人の女の運命に対して、ひろ子は習慣の力のつよさというものに畏怖を覚えた」と回想している。また、この結婚を進めたのは母であったことから、「考えてみれば、あのひとは、お母さんがお選びになった人だからね、お母さんは自分で切ないたんびに、どんなにか自分の責任も感じていらっしゃるにちがいないのよ」、「つやちゃんの人生だって、ほんとに気の毒だもの。いくさなんて、何てひどいんだろう」と縫子に胸の内を打ち明けるのだった。

水害の後片付けの目途がつき、ひろ子は帰宅する縫子について田原の家へ泊りに行くことにする。縫子の住む界隈では、多くの若い娘たちが、機会を失うのをおそれるような慌しい結婚をし、二四、五歳になって独身でいる娘は縫子一人とさえ言えた。縫子の妹さわ子も二一歳の独身で、師範学校を出て小学校の教師になっている。さわ子たち若い教師は、敗戦後の混乱と物資不足のなかで、煩を厭わず子供たちのために工夫をこらした授業に取り組んでいた。縫子・さわ子姉妹とつや子は同世代と思われるが、戦争は、この独身姉妹と義妹の寡婦に対照的な日々をもたらした。ひろ子は、さわ子に感じる調和は「従兄である重吉のもっている精神の諧音に似てもいる」とさえ感じ、強い親愛の情を抱く。

待ち望んでいた治安維持法撤廃による思想犯解放の報に接したひろ子は、思想犯の妻という特殊な立場にいる自分が、戦争で夫を奪われた日本中の妻たちの思いと共通性のあることに気づく。私小説的作品でありながら、普遍性を獲得していると評価されてきたひろ子の述懐である。

思想犯の妻として、留守暮しをするひろ子のやや特殊であった妻としての生活は、いつともなく極めて微妙な相似性で、日本じゅうの、数千数百万の妻たちの思いと共通なものとなりはじめた。その妻たちの良人は、みんな外からの力で、いや応なし軍隊に入れられた。どこに進むのか本人さえ知らされない輸送船につめられて、海峡をこえたり、太平洋をわたって赤道を通ったりさせられた。重吉を、うちからつれて行った力も、それと全く同じ強権であった。（略）／ひろ子が小説に描きたいと思う女のこころもちは、いわば日本のあらゆる女性の感情のテーマとなって来たのであった。

一〇月六日の新聞には、石田重吉の名がはっきりと掲載される。石田の実家に戻ったひろ子につや子は、「（略）ほん、よろしうありましたのう。おめでとうございます」と寿ぎ、網走から戻る重吉を迎えるため、再び急ぎ困難な道中を東京へ戻ることになったひろ子の帰路のために、縫子とともに世話をやく。「力相応の平穏な暮しの中でなら、こわくも、おそろしくもならない若い弱いつや子が、しばしば体力的にも生活の重荷を感じて、何か近よりにくいひとになる」と、ひろ子はそこに「つや子の哀れ」を感じるのであった。

『播州平野』は以上のように、戦争による惨禍は、焦土と化した国土や自然、戦没者たちばかりでないことを炙り出している。戦時国家体制下で〈結婚報国〉〈子宝報国〉を実行した多くの女性たちは、戦後寡婦として残された。本小説は、全国の何十万人という寡婦となった女性の痛ましい日常をつや子を通して描くことにより、眼にみえる惨禍ばかりでなく人々の内面の傷跡にも光を当てて、反戦平和への思いを表現したのである。

おわりに

『鏡の中の月』と『雪の後』は、戦時下女性政策を視野に入れて読むと、当時として如何に異端的生き方をする女性たちを描いているか明らかである。〈結婚報国〉や〈母性〉奨揚の時代にあって、瀧子や峯子のように性役割を脱して自立的に生きることが如何に困難であったか想像に難くない。しかし、現実には、多くの女性は戦時イデオロギーを深く内面化し性役割に従って生きざるをえなかった。その結果の短い結婚生活で若くして寡婦となったつや子の戦後を描くことで、戦争の悲惨さを訴えたのが『播州平野』である。
これらの小説は、庶民がどのようにして戦時国家体制を受け入れていったのか、全体主義がどのように民衆に対して機能し浸透していったのかを明らかにし、ごく当たり前の日常的で個人的で身近な問題、すなわち恋愛や結婚を通して巻き込まれていくことへの警鐘を鳴らしている。すなわち戦争ファシズムとは、大義としての戦時イデオロギーを受け入れるか否かといった次元にある問題ではなく、ごく身近な他者を受け入れるか否かという問題に収斂されるきわめて巧妙な方法によって構造化されていたことを逆照射している。宮本百合子は、他者を愛して受け入れ子供を産むという人類の歴史のなかでも普遍的で日常的な営みを通して、ファシズムが人々を支配していったと捉える視点から、戦時下では〈結婚報国〉に巻き込まれないことを主張し、戦後は〈結婚報国〉が結果した女性たちの本質的な不幸を描出することで、戦争ファシズムへの抵抗を表現していることを、本稿では検証した。

注

（1）中村智子『直に見た百合子』（『百合子めぐり』未来社、一九九八年一二月）
（2）若桑みどり『戦争がつくる女性像』（筑摩書房、一九九五年九月）他を参照。
（3）鈴木正和『『築地河岸』『鏡の中の月』論――戦争と女の拒否する言説――』（岩淵宏子・北田幸恵・沼沢和子編『宮本百合子の時空』翰林書房、二〇〇一年六月）

（4）八木木浄『戦争末期の青年学校』（日本図書センター、一九九六年二月）参照。

（5）タイピストについては、近代女性文献資料叢書『女と職業』第7・8・10・11・13・14・15巻（大空社、一九九三年五月、一九九四年五月）に詳しい。

（6）『宮本百合子全集』第二一巻（新日本出版社、一九八一年一月）より引用。

（7）中村智子『宮本百合子』（筑摩書房、一九七三年六月）

（8）『宮本百合子全集』第五巻（新日本出版社、一九七九年一二月）所収の『今朝の雪』より引用。

（9）川口恵美子『戦争未亡人――被害と加害のはざまで』（ドメス出版、二〇〇三年四月）を参照。

（10）沼沢和子『「播州平野」論』（『社会文学』第9号、一九九五年七月）は、『播州平野』を、国家権力によってひきさかれ、戦争によって破壊された夫婦や家族の問題を扱った小説として読み解いている。

（11）北田幸恵『沈黙と音の〈戦後〉――『播州平野』の方法――』（『近代文学研究』第6号、一九八九年八月）は、『播州平野』について、敗戦・戦後を〈沈黙と音の風景〉として捉えた作品と解読し、評価している。

［付記］

『鏡の中の月』『播州平野』よりの本文引用は、新日本出版社版『宮本百合子全集』第五巻（一九七九年一二月）、同第六巻（一九七九年一月）に拠る。『雪の後』は、『婦人朝日』（一九四一年四月）に拠るが、旧字体は新字体に改め、ルビは省略した。

帝国の狭間で消された記憶
——平林たい子・『敷設列車』から『盲中国兵』へ

岡野幸江

はじめに

二〇一〇年夏、戦時中に日本軍の捕虜となり収容所などで死亡した兵士ら四万八千人の名簿が、京都市の霊山観音に保管されているという事実が報じられた。旧陸軍省が作成した外国人俘虜の死亡記録の台帳は、現在厚生労働省に引き継がれているというが、遺族など関係者以外は見ることができないもので、その複製と見られるこの名簿の発見は、戦争俘虜の実態を知る上で重要な基礎資料となると予測されている(1)。一方、近年、かつて強制連行された韓国人や中国人が日本企業を相手どり損害賠償の訴えを相次いで起している。戦後七〇年を経過し、ますます記憶が薄れゆくなかで、こうした生の資料の発見や提訴の動きは、記憶を再起させその責任を明らかにすることに大きな役割を果たすことは間違いない。では文学は戦争やその記憶、そして戦争責任の問題とどのように関わることができるのだろうか。ここでは、平林たい子の場合を取り上げて考えてみたいと思う。

平林たい子は、太平洋戦争下、戦争協力的な文章を書いていないことで知られている。それは一九三七（昭和一二）年一二月と翌年二月の二回にわたり民主的勢力に対して行われた一斉検挙、いわゆる人民戦線事件の第一回目の検挙の際、夫小堀甚二の逃走を助けたことから東京中野の野方署に参考召喚され、事件とは無関係であり、小堀も自首したにもかかわらず、翌年八月まで拘留されたことに起因する。たい子はこの拘留中に腹膜炎から肋膜炎を併発し重態となったためようやく釈放され、その後は入院生活を送り、いったんは退院したが、その後も入退院を繰り返し、太平洋戦争が始まった一九四一（昭和一六）年一二月、ようやく自宅療養となったものの、一進一退の健康状態のなか執筆活動はほとんど行うことができなかったからである。

この間の経緯は戦後に書かれた『かういふ女』（『展望』一九四六〈昭和二一〉年一〇月）に詳しいが、こうして戦時下を療養に過ごした平林たい子には、幸いにして戦争協力的な文章がなく、それゆえにこそ戦局が緊迫した日中戦争下から太平洋戦争下に、彼女が「戦争」をどうとらえ、どう対峙していたのかについて見ていくことは難しい。

そもそも平林たい子の文学を考えるとき、製糸業の盛んな故郷の地信州と機械製糸所の倒産で没落していった家庭、そして上京後の奔放な男性遍歴、朝鮮と満洲への二度にわたる渡航体験などが大きな意味をもっている。そしてそれが階級的な視点のみならずジェンダー的な視点と、さらには他民族に対する視点をもったたい子独自の作品世界を築き上げていると思われるが、これがすでに初期作品のなかにも見られるのは確かである。その点については私も論じたことがある(2)が、実はそこにこそ侵略戦争の論理にのみこまれることがなかった根拠があったと私は考える。

なかでも戦後まもなく発表された『盲中国兵』は、中国人強制連行という当時政府によって闇に葬られつつあった事実をいち早く小説という形式で知らしめたものとして、女性による反戦表現を考えるとき特筆すべきものではないかと思う。これについても私は拙著『女たちの記憶(3)』の中で、従来この小説がたい子自身の体験にもとづくものと読まれてきたことに対して、作品の虚構性に着目し隠されているメタレベルのメッセージを解読したことがある。

そこでここではたい子がこうした問題小説をなぜ書きえたのかを、植民地民族への想像力の問題を中心に探りながら考えてみたいと思う。

1　満洲体験と中国人労働者

たい子が中国人労働者に着目した背景には、彼女の満洲体験が大きな意味をもっていると思う。たい子が満洲に渡ったのは、一九二四（大正一三）年の年頭である。たい子は既に半年前、夫の山本虎三とともに虎三の姉夫婦を頼って朝鮮の京城（現在のソウル）に渡ったが、一月余で帰国している。その直後に起きた関東大震災で、戒厳令下、多くの社会主義者が検挙されたなか、たい子も虎三とともに新宿の戸塚署に予防検束され一月あまりを市ヶ谷刑務所に拘留された後、東京退去を条件に釈放されたため、名古屋を経て下関に行き一時落ち着いたが、虎三が要視察人であることがわかって勤めていた下関郵便局を馘首され、やむなく大連に渡ったのだった。

大連は旅順とともに遼東半島の南部にあり、かつては漁村だった。日清戦争で日本が手に入れた遼東半島は独仏露の三国干渉によって返還したものの、日露戦争後は再び日本の支配下となり「関東州」として都督府がおかれていた。しかし「関東州」は当時あくまで中華民国からの租借地であり、法制度的には他の植民地とは異なって、そこに住む人々は中国の国民であった。大連は三国干渉後、ロシアによって自由貿易の拠点として近代化された都市に生まれ変わっていたため、満洲の労働運動もここを拠点に発展していく。

たい子たちが着く直前、一九二三（大正一二）年一二月には、「大連中華工学会」が組織されていた。「満洲に於て労働運動が勃興したのは、（中略）大連中華工学会が組織された以後に属するといつて可い[4]」と位置づけられるように、同会はその後の満洲の労働運動の歴史に画期をもたらしたものであった。一九二四（大正一三）年元旦の『満洲日日新聞』一面を見ると、山本権兵衛首相の「禍転じて福となる　新年に際して」と、満鉄社長川村竹治「思想の善導が国家の最大急務」などの論説が掲載されている。とりわけ川村は「日一日と共産政治は改革せられつ、ある」が、「我国では已に過去に属して居る欧州の思想が昨今流行を見んとしつつあるのは実に遺憾千万」として、思想善導の重要性を訴えている。

ちょうどこの直前、一二月二七日に起きた難波大輔による摂政宮（後の昭和天皇）狙撃事件、いわゆる虎ノ門事件の影響もあり、当地でもいっそうの警戒が図られていたときであり、二人は年頭の一月三日に、虎三の異母兄夫婦を頼って大連に着いたのだが、山本によれば到着翌日「無政府主義者大連に潜入す」という見出しで、「大杉栄の流れを汲むアナーキストで、〝内妻〟平林たい子とともに来満、満鉄社員山本直吉宅に身を寄せた」[5]と記事が出たため、兄のところを追い出されてしまった。やむなく二人は救世軍時代の旧知である酒井少佐の紹介で郊外にある馬車鉄道に職を得、その社長宅に同居することとなり、虎三は事務員ではあったが現場で中国人苦力の監督として働き、たい子は炊事や掃除にあたった。

この大連での体験はかなりフィクションを交えながらも『投げすてよ！』（『解放』一九二七〈昭和二〉年三月）やその続編ともいえる『施療室にて』（『文芸戦線』一九二七年九月）に結実していることはいうまでもないが、このときの鉄道敷設の現場体験が中国人の労働者を描く上で、大いに採り入れられたことは間違いないであろう。とりわけ『投げすてよ！』では、「C鉄道公司」となっていて、兄が社長と設定されているが、そこで働く労働者たちの様子が描かれている。

> C鉄道公司の仕事は、大連の市内から、海岸の公園まで鉄道を敷くことであった。三十人近い苦力が、真黒な粟飯と塩をかむような沢庵とをあてがわれて、朝、星空のうちから、夜、土もっこの手許がわからなくなるまで鞭で打たれるようにされて、働いていた。

また、無政府主義者である夫の小村が、突っ走ってきてトロッコを脱線させた中国人苦力を、世話になっている兄の前で怒鳴りつけるところがある。そのとき、「苦力は、泥だらけな手で、傍に置いてあった、冷たそうなシャベルを取り上げて、こぼした土をすくいながら、卑屈な顔で、何度か兄に頭を下げた」のだった。そして「苦力達は、長いのろのろした辮髪で、のそりのそりと室の中を歩き、黒い粟飯で満腹すると、丈の高い体を長々とねそべって、唇をだらりとあけながら、隣室の光代の所まで聞こえて来るふいごのようないびきをかいた」とある。そして「何処にも、この不当な雇傭制度や、安価で下劣な植民地気分に反抗するような光をもった目を探し出すことは出来なかった」とも表現している。

ここでは、その後小村は友人の書いたアジビラを修正したことから、不敬罪で逮捕収監されてしまう。そのため妊娠していた光代は、救世軍の婦人ホームに入ったが、そこで出会った悲惨な人々の姿や小村の情けない敗北的な姿に、「今迄の女の醜い伝統をうけついだ痴情」ではなく「無産者の愛」を楯にして、「敵の陣営へ突撃して行」くために「すべてを投げすてよ」と決意を固めていくという展開になっている。つまりこの『投げすてよ！』は、光代のプロレタリア運動への新たな出発を表明したものであり、植民地の無気力で頽廃的な雰囲気は、夫小村の敗北的な姿勢と重ねあわされて、デフォルメされたものであるに違いない。

『施療室にて』では、この『投げすてよ！』の後半部分、つまり夫の収監によって施療病院に入った光代が焦点化され、夫は三人の苦力監督と「テロ」を企て「馬車鉄工事の線路を破壊した」が、争議は失敗して投獄されたという設定に変わっている。この夫の投獄理由の変更は、たい子のプロレタリア作家としての自覚の高まりを表していると思われる。つまり『投げすてよ！』では、未練の糸につながった不用意で情けない夫につながる世界を「投げすてる」ことが主題だったわけだが、『施療室にて』では、争議を企てながらも失敗した意思の弱い夫を切り捨て、自らも監獄に向かって行く最後が象徴するように、革命運動の道へと進み出ようとする決意を表明したものであるからだ。

ここには、プロレタリア作家としてのたい子の自信がみなぎっているが、山本虎三の回想と付き合せてみると、たい子の小説がかなりのフィクションを交えたものであることがわかり、どちらも私小説として一面的に読むことはできないこともまた、おさえておく必要があるだろう。

ところでこの『施療室にて』では、結局争議は失敗に終り、「苦力たちの団結は破れて、争議以前よりもひどい解雇条件で、卑屈な苦力たちは薄い布団を背負って埃だらけの布靴で、張作霖の募兵に応じるために、割引の南満鉄道に荷物のように押合って乗りこんで去った」のである。しかし、そのように「卑屈な苦力」と切捨てられた中国人労働者たちが、後の『敷設列車』では「圧迫を弾きかえす強い感情」とともに、彼らを侮っていた日本人へ反撃する存在としてクローズアップされていくのである。

2　大陸進出と『敷設列車』

『敷設列車』(『改造』一九二九〈昭和四〉年一二月)は、中国東北部の洮昂鉄道の敷設工事に集められた中国人労働者を描いた小説だが、たい子が満鉄東京支社に行って資料を調べ書きあげたもので、同年末に刊行された『日本プロレタリア傑作集』第一二巻（日本評論社）に収録されている。

洮昂鉄道は、洮南から昂々渓に至る約二三〇キロの鉄道で、一九二四（大正一三）年九月、張作霖と満鉄代表松岡洋右との間でおよそ一三〇〇万円の建設請負方式による契約が取り交わされ、翌二五（大正一四）年六月末に起工、二六（大正一五）年七月には仮営業が始まっている。これにより「支那」は政治的・経済的に「東支鉄道に制せられて居た状勢を打開」し、日本も「北満貨物の吸収に有利になった[6]」とされ、さらには対ソ戦略にとっても重要な意味をもつ、いわばこの時期の満洲の「張作霖―満鉄―関東軍という三者の利害一致[7]」を象徴する鉄道敷設だった。

張作霖はその頃東三省（現在の遼寧省、吉林省、黒竜江省から成る）特弁となりその勢力は東北のみならず華北、華東を経て上海にまで及んでいたという。まさに『施療室にて』で書かれた「張作霖の募兵に応じるために、割引の南満鉄道に荷物のように押合って乗りこんで去った」中国人苦力たちは、『敷設列車』で描かれるような鉄道敷設や土木建設現場に投入されていったと考えることもでき、たい子の想像力はそこまで及んでいったことをうかがわせている。

因みにたい子は一九三二（昭和七）年三月の満洲国建国直後に行われた『女人芸術』の座談会『新満洲国とはどんなところか?』に出席し、初めに苦力について尋ねられた際、「普通の日本人」が中国人を蔑視してはいるが自分は「言葉の分る限りは非常に親し味を持つてゐます」と発言していて、他の参加者たちがこの地の民衆について客観的に述べ合う中で、たい子が下層労働者、とりわけ苦力たちに対して抱いている共感的な視線は感じることができる。ただし、この座談会でたい子は苦力の貧しい生活実態の一端を語ってはいるが、冒頭以降まったく発言がなく当時の「満洲国」に対する考えは出ていない(8)。

ところで、『敷設列車』では、集められた四〇〇人の苦力たちはその鉄道敷設の目的など知らない者、あるいはある考えを持っていても知らないような顔をしている者たちだったが、「彼等はこの頃毎日、人間業ではとても出来ない様な能率を現場監督に要求され」ていたのである。それは契約付属書に期日迄に完成しなければ、工費支払の三年間延期もありうる旨が書かれていたためであった。反対に期限内に完成させれば、六ヵ月間に奉天政府が工費を支払わなければ、その債権を直に借款とすることができるという「付属書」も取り交わされていたからだ。

ぬるい湯の様なしめっぽい風がだんだん強くなって来る。午後、後のボールト掛りは二十米計りの前方で三人の工夫が十人程の現場監督に乱打されているのを見た。一人の監督が振り下したのは、確に曲線直しに使う鉄のバールであった。吹きまくる埃の中で、殴られている人間の姿は影絵の様に薄くなったりはっきりしたりした。そういうことは今までにも無数にあったが今日という今日は我慢がしかねた。無智と貪欲との固りの様に考えられている苦力達も、圧迫を弾きかえす強い感情だけは何処の国の労働者にも劣らず持合わせて居った。

中国人工夫（苦力）たちの労働の様子と同時に日本人監督たちの工夫に対する虐待などが、小林多喜二『蟹工船』（『戦旗』一九二九〈昭和四〉年五、六月）と同様の群像描写によって描き出されている。鼠の仕業で食料や物資が減るのを監督は苦力の仕業と疑い、銃を持った刑務部員を使って焼きを入れようと工夫たちを集めるが、その刑務部員によって一人の若い工夫が撃たれる。たい子は、工夫を撃つ必要など何もなかったその刑務部員の自己崩壊の瞬間をとらえ、それが「自分を雇っている×鉄道株式会社の全苦力に対する意志」であることを自覚させている。

やがて青畳を敷いた日本人用とは異なる不衛生な宿営車で寝泊りする工夫は、鼠によって媒介された「ワイルス氏病」（ワイル病のこと）によって死者を出し病人も半数になったことから、病人を洮南へ返還し治療することと労働時間の制限を要求してストライキを計画するが、連絡の不徹底などから失敗してしまう。しかしその後、雨が降り出し洪水が来るという知らせが入ると、彼らは工事続行を指示する日本人を残し自分たちだけで列車をひき返す挙に出たのである。

朝まで無気力で大人しかった支那人達の肉体上には、何か夥しい変化がやって来た様にしか日本人には見えなかった。忽ち電話線が切られて触角の様にブラ下った。（略）
彼等は「夜があけた！」という歌をうたい出した。
汽車は夕暮れに向って走り、闇に向って走り、暁に向って走り、また、光線の中を走って通り抜けた。彼等は病人の世話や炊事や、運転の仕事を分担して役員をつくり、不完全ながら委員会も成立させた。

五日目の朝、事務車の抽出しで誰かが信号に使った赤木綿の小旗を発見した。それが煙突の前の照明器の上に、誰かの手によって結びつけられた。


小林多喜二の『蟹工船』は帝国海軍に監視されながら航海法も工場法も適応されず、そこで働く労働者に奴隷的労働を強いる閉ざされた無法空間として描き出されているが、この船は、当時世界第三位の船腹量と世界一流の技術を誇る造船国であった帝国日本のメタファーであると読むこともできるだろう。それと同様に、一九世紀半ば以来、技術革新によって鉄道狂時代が現出し、鉄道が資本主義の飛躍的発展に大きな役割を果たしていったように、その鉄道敷設のために自ら軌条と枕木を敷いて線路の上を前進していく敷設列車は、まさに巨大な資本と最新の技術力で世界を席巻していく当時の帝国主義のメタファーなのだといってもいいのではないだろうか。

ところで『蟹工船』では「付記」に、労働者たちのストライキは失敗したが、「二度目の、完全な「サボ」は、まんまと成功したということだ」と書き加えられていて、いささか楽観的な印象をあたえる結末となっている。しかし、この『敷設列車』の最後は、列車を逆走させる中国人苦力たちの闘いがその後どうなるのか書かれていない。それゆえに中国人たちの民族的な抵抗運動の盛り上がりを予感させる迫力を備え、そのイメージ化に成功しているのも確かである。

3　メタファーとしての列車

さて、戦後に発表された『盲中国兵』(『言論』一九四六〈昭和二一〉年三月)に描かれているのは日本に強制連行された中国人たちであり、ここにも華北を中心に集められた中国人たちの戦時下の悲劇が、『敷設列車』で描かれた力強い労働者とは対照的にたい子の想像力によって描かれている。従来この作品は、「私＝たい子」と捉えられ、たい子が戦時下に直接体験した、あるいはそれに近いこととして読まれてきたため、作品の構造や隠されたメッセージが探られることはなかった。この点について私は拙著『女たちの記憶』のなかで詳しく論じたのだが、この作品は実に巧みに作り上げられていて、しかもこの列車は『敷設列車』同様、一つのメタファーとして使われていることも確かである。

作品の背景となっているのは、「昭和二十年三月九日、偶然にも大空襲のあった日」である。「私」は群馬県の高崎駅で、信越線の上野行きに乗りかえようとした午後四時半ごろ、異様な光景に遭遇した。「警官の一隊」がホームへ降り、駅員は白いチョークで足元に線を引いていく。やがて入ってきた汽車の一番目の車両には「上品な若い海軍士官」が乗っていたのだが、「私」はそれが「高松宮」であることに気付く。一方、真中の車両は混雑し「嫌悪の思いを起させた」ので、後ろの車両に走っていくと、そこには「汚い白服」のしかも「皆盲目」の兵卒が、ふるえる手を差出し手さぐりで前に行く兵卒の背を触りながら続いて降りてきたのだった。

よく見れば、降りてくる兵卒のどれもこれもが皆盲目で、異様な手つきでふるえる手を差出すのは、手さぐりで前に行く兵卒の背にさわるためであった。ひどく疲れて顔色も蒼白な上にしょぼしょぼした盲目の目からは涙が垂れ、髪はのびて年の頃もはっきりとはしなかったが、彼等は概ね三十歳から五十歳までかと思われた。

長野県木曾谷の鹿島組御岳出張所に後述する第三次強制連行で連行された中国人のうち二七六名が群馬県東部にある太田市の鹿島組藪塚出張所に強制移送され、北部の岩本発電所建設工事や中島飛行機小泉工場の地下工場建設に投入された事実があり(9)、ここに描かれているのは明らかにそうした強制連行された人々であろう。

乗客たちはこの光景を目にして「一体これは何としたことだ、という同情的な疑問」を一様にその視線から「発射」させ、「中には、手拭をつかんで泣いて見ているおかみさんもあった」。乗客たちはその兵士たちが、何の目的でどこから来たのかなど憶測する。なかには、「毒ガスの試験にでも使われたか」というものさえあった。しかし、じきに乗客たちの関心は別の方に向いていった。人々は、自分たちの生活でいっぱいで、彼らのことにとらわれている暇などないのだ。「私」はそれを見て、「この位の事件には感動していられないほど、日本人は今皆忙しいのである」と思う。

五〇〇人近い人間を降ろし、列車が高崎駅を発車したのは、五時前後であろうか。しばらく真中の車輌で乗客たちと話をしていた「私」は、一人後方の車輌へと移動する。

汽車がどこかの駅を出た頃、私は腰かけてゆっくり休みたいと思って、さっき中国兵がおりた車室に入って行った。

しかし、どうにも臭くて居られなくてじき引返して来た。

やがて後部車掌が、

「次は神保原―次は神保原―」

といいながら人を分けて通る頃には、西側の窓に焼けるような夕陽が射して赤い大きな太陽が臨終のような神々しさで沈む所だった。

気がついてみると、中国兵がのっていた車輌はいつのまにか切離されて、私ののっている車輌が最後尾になっていた。

後方の車輌は異様な臭いに満ちていて、「私」は耐え切れず「じき引き返し」てしまい、やがて「神保原」という車掌の声が聞こえてきたのだが、そのとき外を見ると「赤い大きな太陽」が「臨終のような神々しさ」で沈むところだった。そして気づくと後方車輌は「いつのまにか切離されて」いたのである。実はここにたい子の天皇制に対する批評が隠されている。

敗戦直後の当時、天皇制については存廃の論議が起こっていたが、たい子は『天皇の小説』（『人民戦線』第二号、一九四六〈昭和二一〉年三月）というエッセイを書いている。そこでは、天皇制の論議が自由になったなかで「天皇や皇族は、文学にとって好き題材」となっているが、政治的スローガンの機械的な呼応として書くことを否定し、次のように述べている。

「天皇も我々と同じ人間である」といふだけの引つくりかへしや、「皇室は万世一系ではない」といふ引つくりかへしでは大した面白みを感じない。普通の人間であり、かつ超人的な帝王であるのが天皇であり、万世一系たらずとも絶対的な権威を身に帯びているのが天皇なのである。

これは、一九四六（昭和二一）年年頭の天皇の「人間宣言」を意識したものと思われるが、平林はここで、人間でありつつも絶対者である両義性を身に帯びた天皇にこそ興味があると述べ、「昭憲皇太后」と「孝明天皇」に関する小説を書く予定だといっている。そして、「私はこの文章を書く直前に、「十枚ばかりのコントをかいたが、その中にも、一寸高松宮が出てくる」と記している。つまり、この「コント」こそ『盲中国兵』に他ならないだろう。

このたい子の思いは作品終末の「神保原」での落日の光景に見事に表象され示されているのである。「神保原」という一種神話時代を思わせるような古めかしい名の地で、「赤い大きな太陽」が

「臨終のような神々しさ」で沈んでいくというのは、天皇制に牽引されたファシズムの終焉、「人間宣言」による現人神としての天皇の「死」、さらには天皇制を戴く戦後政体へのたい子自身の批判などが重層的に表象されているのではないかと思う。

4　帝国の狭間で消された中国人強制連行

さて、ここに描かれた中国兵たちは、実はかつての『敷設列車』に描かれた中国人苦力のその後と考えることもできる。そもそも大陸からの労働力の移入は、一九三七（昭和一二）年の日中戦争開始以降、国内の労働力不足とそれによる賃金の高騰を防ぐためという名目で土木関連業界によって要請されていたもので、「『大東亜共栄圏』内の本国――植民地――占領地を貫く産業と企業の再編成と、それに対応する労働力の再配置」として構想されたものだった。[10]しかし、太平洋戦争突入後、国内労働力の深刻な不足に対し、東条内閣は財界からの強い要請を受けて中国人を「内地」へ移入するための「華人労務者内地移入ニ関スル件」を一九四二（昭和一七）年一一月に閣議決定した。すでに日本軍は華北地域から毎年一〇〇万人以上の中国人労働者の動員を行い、まさに『投げすてよ！』や『敷設列車』で描かれていたように満洲や樺太などで鉄道工事や鉱山採掘などに使役していた経験があったので、これを日本国内に適応したわけである。

もちろんそれまでにも不足する労働力は女性や学生などを集めた勤労報国隊や、商店・小工場主とその従業員らによる徴用隊などに加え、一九三九年頃からは多数の強制連行された朝鮮人が国内の工場や鉱山、建設現場などに投入されていった。中国人労働者の移入は、一九四三（昭和一八）年四月から実施され、四四（昭和一九）、四五（昭和二〇）年にかけて約四万人にのぼる人々が日本国内の一三五の事業所に送り込まれた。このうち死者行方不明者は八八〇〇人以上にのぼっている。

現地で集められた労働者は、すでに日中戦争のころから行われていた軍部による村落への奇襲による「労工狩り」で連行された民衆や捕えられた人民解放義勇軍の兵士たちであった。彼らは「契約労働者」ではもちろんなく、「奴隷」に等しかったといわれるが、とりわけ敗戦間近の一九四五（昭和二〇）年七月一日に秋田県花岡の鹿島組中山寮で起きた大規模な中国人たちの暴動、いわゆる「花岡事件」は彼らの労働と待遇がいかに過酷で残虐なものであったかを明かしている。軍隊式に組織された彼らは粗末な食事で早朝から長時間の重労働を課された。寒さをしのげる服も夜具もない板の上で寝起きさせられた彼らは、体力のないものから次々に死んでいき、飢えのためついにはその死人の肉を食べるものさえあった。当時、花岡には朝鮮人やアメリカ兵捕虜もいたが、なかでも中国人に対する待遇が一番悪かったという。

一九四四（昭和一九）年八月の第二次、一九四五（昭和二〇）年六月の第三次連行者合わせて九八〇人のうち、一四〇人が死亡し、病気や虐待で怪我をし動けない人が五〇人ほどいて、彼らは死か抵抗かどちらかを選ぶ以外なかった。蜂起は、腐ったりんごを拾い食いした者に対する日本人指導員による凄惨なリンチがきっかけで、六月三〇日夜に行われた。しかし数人の日本人指導員を殺したが、計画通りには運ばないうち発覚したため、彼らは周辺の山に逃走した。これに対し警察、軍隊を始め民間団体による大掛かりな鎮圧隊が編成され、七月七日には山中に逃げたおよそ八〇〇人全員が逮捕された。彼らは後手に縛られ三日間炎天に置かれて凄惨な拷問を受け、この事件で死亡した中国人は一〇〇名にのぼったという。敗戦まであと一月あまりのことである。首謀者一三人が起訴され、他の人々は再び鉱山に連れ戻され、敗戦後を過ぎてもなお更なる死亡者を出し続けた。だが、当時こうした虐待に対し反抗したり脱走したりという事件は各地で頻発し、全国の事業所に広がったのである。

このように日本軍の「俘虜虐待」はひどいもので、太平洋戦場においても米英人の俘虜は一三万人のうち三万五千人が死亡した。連合国はこれを戦争犯罪の中で最も重く見てポツダム宣言（米英華三国宣言）に「吾等の俘虜を虐待せる者を含む一切の戦争犯罪人に対しては厳重なる処罰を加へらるべし」と特記するほどであった。しかし、日本は中国との戦争を「事変」として捉えていたため、中国兵は武器を捨てて降伏すれば市民として扱ったことから、「中国人俘虜」の存在を認めていなかった。したがって俘虜情報局の発表している俘虜の中に中国人は全く含まれていなかったというが、それは逆にいえば「中国人俘虜を俘虜として認めていなかったこと」だという[11]。

「ポツダム宣言」受諾後の日本は、連合国から情報提供の要請があり、一〇月に行われた連合国による花岡鹿島組の調査で事件も明るみに出て、七人の戦争犯罪人が逮捕され裁判開始に向けて調査も進められていった。一一月には陸軍省内に俘虜関係調査部が創設されたことから、外務省もこの問題を独自に調査せざるを得なくなる。そして、一九四六（昭和二一）年三月、くしくもこの作品の発表と時を同じくして外務省管理局から『華人労務者就労事情調査報告書』（三月一日）が刊行されたのである。ちなみに、政府はその後もこの報告書の公表をかたくなに拒みつづけ、その存在そのものも隠し通してきたため、これは「幻の報告書」ともいわれていた[12]。この調査を行った事実を政府がようやく認めたのは、報告書刊行から五〇年近くが経過した一九九三年である。

一方、GHQによる「俘虜虐待」調査の進展のなかで、当時アメリカ軍俘虜は自由を獲得する。しかし、GHQは各地で頻発する中国人の反乱事件に対しては、国際法と人道主義の原則適用を放棄したばかりでなく、中国人の「戦時中の虐待に対する保障、帰国、送還」の要求に対し日本の警察や事業所と一体となって抑制や取締りにあたったのである。まさに彼ら中国兵は敗戦国と戦勝国という二つの帝国の狭間で宙吊りにされ、歴史の闇に葬られてしまったといっていい。たい子の『盲中国兵』が、「盲中国人」ではなくあえて「中国兵」として表象された所以ではないかと私は考える。

作品の時間は戦後となり、「私」は「高崎駅前で商売をしていた人」に中国兵の一行がその後汽車に乗ったか尋ねるのだが、「見たことがないと答えた。多分彼等は、永久にこの土地から引き返さなかったのではないか、とそんな気がしている」と、終わっている。彼らはいったいどこに消えたのか。この地で密かに葬り去られていったということだろうが、この最後は読者を慄然とさせるものがある。まさに彼らの存在が闇に消されようとしていることを書きとどめ、長い時間を経てもなお私たちの記憶のなかに浮かび上がらせるものとなっている。

おわりに

この『盲中国兵』の列車には、皇族、一般人、中国人俘虜が乗り合わせるという不自然な設定になっているが、言い換えれば、先頭車輛に皇族が、その背後には自分の生活でいっぱいの国民、そしてその後ろに遺棄されたアジアの民衆が乗っているということである。その構図こそが天皇制を基礎にファシズムへの道を突き進んできた近代日本の姿であると同時に、その天皇制を清算できない戦後社会そのものをも意味しているといえるのではないだろうか。つまり、この列車は明らかにメタファーなのだ。

また、高崎で降ろされた「中国兵」が再び乗ったという証言がないと記したことは、彼らが闇に葬られたかも知れないという「歴史の隠蔽」を暴露しているということでもある。そしてその異様な光景に遭遇した「三月九日」は東京大空襲の日であり、正確に言えば空襲はその六時間ほど後であるのだが、GHQによる言論統制下においてアメリカ軍による爆撃の惨状を想起させる冒頭は、日本の加害性を前景化しながらも単純な被害と加害だけでは片付けられない帝国間の状況を浮かび上がらせている。

さらに、ここに登場する「私」もたい子その人というより「ある百姓のインテリ」と設定したように、当時、共産党を中心とした民主主義勢力の提唱する「労働者」を中心とした「統一戦線」へのたい子なりの微妙なスタンスが投影されていることも読み取ることができるだろう[13]。つまり、戦後の民主主義勢力が政治課題として「統一戦線」の結成と「天皇制撤廃」を唱えながら、実際には戦争責任問題も明らかにすることなく天皇制が維持されようとし、しかも民衆は自分の問題にのみ忙しいという現実、つまりそうした戦後社会の原点ともいうべき風景が切り取られているのではないかと思う。

この小説が掲載されたのは、一九四六（昭和二一）年三月一日発行の『言論』である。「東京大空襲」一周年に合わせて発表したと思われるが、その被害には触れず、強制連行の事実をのみ浮き彫りにしたこの小説には、アジアの民衆の犠牲の上に進められた帝国日本の侵略主義に対するたい子の強い批判を読み取ることができるだろう。

おそらくたい子は、花岡事件の報道などからかねてより関心を抱いていた中国人の強制連行という戦争犯罪の実態を知り、この小説を着想したものと考えられる。外務省管理局の『華人労務者就労事情調査報告書』刊行と軌を一にして発表されたことが偶然であったとしても、たい子の戦争責任問題における鋭い問いかけがここには込められていたといえるのではないだろうか。

注

（1）『外国人捕虜記録　寺に保管』（『朝日新聞』二〇一〇年七月三一日夕刊）。

（2）拙論『平林たい子の労働小説』（『国文学』二〇一〇年三月）、『平林たい子の文学的出発――境界を超える力』（『明治女性文学論』翰林書房、二〇一〇年一二月）。
（3）拙著『女たちの記憶』（双文社出版、二〇〇八年四月）。
（4）二村光三『満洲ニ於ケル労働運動対策』（南満洲鉄道庶務部社会課、一九二五年一二月）。
（5）山本敏雄（虎三）『生きてきた』（南北社、一九六四年一一月）。
（6）竹内虎治『満蒙に於ける鉄道問題（十）』（『満洲日報』一九二七年一一月一〇日）。
（7）加藤聖文『満鉄全史』（講談社選書メチエ、二〇〇六年一一月）。
（8）『女人芸術』（一九三二年四月）。出席者は徳田秋声、藤枝丈夫、村松梢風、吉屋信子、長谷川時雨など九人。中心的な発言者は藤枝丈夫で、中国人の生活実態や気風などを語っているが、満洲国建設が日本の政治経済を好転させるものではないという認識も示している。
（9）中国人強制連行資料編集委員会『草の墓標』（新日本出版社、一九六四年三月）。
（10）杉原達夫『中国人強制連行』（岩波新書、二〇〇二年五月）。
（11）内海愛子『中国人強制連行の名簿について』（『資料　中国人強制連行の記録』明石書店、一九九〇年一二月）。
（12）ＮＨＫ取材班『幻の外務省報告書』（日本放送出版協会、一九九四年五月）には報告書発見までの経緯が詳しく書かれている。当時外務省が政府系調査機関である「東亜研究所」に調査を依頼、でき上がった報告書をＧＨＱに提出した後、焼却を命じたというが、調査員が将来いつかは世に問わなければならないとして、東京華僑総会に依頼、五〇年近く保管されてきたという。

（13）『人民』創刊号（一九四五年一二月）に大村達夫『民主統一戦線について』が掲載され、民主統一戦線の問題が戦後の民主主義運動の基本戦略として位置付けられている。ここで共産党の提唱する「民主統一戦線」は、「労働者階級が最も決定的な指導者」であり「運動の主力」としている。

＊ 平林たい子の著作本文の引用は『平林たい子全集』（潮出版、一九七六年九月〜七九年九月〈現代仮名遣い〉）に拠ったが、全集未収録のものは初出に拠った。

佐多稲子のアジアへのまなざし
――反復される戦争の記憶と反戦の言説

長谷川　啓

1　内なる戦争責任と反戦意識の二重性

3・11の原発災害以降、いのちの問題、生き物の生存の問題が地球規模で取り上げられ、原発・原爆等を使用する核社会そのものがいよいよ問われてきている。にもかかわらず、二十一世紀になってもなお戦争の連鎖は終わらず、帝国アメリカの視線はふたたびアジアに向けられてきた。沖縄の米軍基地問題、尖閣諸島や竹島をめぐる中国や韓国との摩擦などが多発する背後には、とくに日米連携の中国囲い込み戦略が開始されていることは明らかだ。日本国内の憲法改悪への動向は、今や解釈改憲、特別秘密保護法の成立や集団的自衛権の閣議決定となり、かつての戦争の記憶につながる道、アジアにおける戦火さえ危惧される今日的状況である。

チャルマーズ・ジョンソンは、『帝国アメリカと日本武力依存の構造』（集英社新書、二〇〇四年七月）で、アメリカは第二次大戦後から東西冷戦終了後も変わらずに東アジアを含む世界各地に軍を駐留させ、その基地や軍事施設は現在でも世界に八〇〇以上も存在していると語っている。朝鮮、ベトナム、湾岸、アフガン、イラク等、数々の戦争・軍事行動を起こし、その帝国主義的な政策に基づいた武力行使は深刻なテロの危険性、反米感情を高めてきていると指摘。今や北朝鮮から本命の中国に向かい、中国が資本主義的な経済政策により超大国となり東アジアにおけるアメリカの支配力を脅かすことを警戒していると述べている。したがって、日本は、アメリカの第一衛星国で東アジア各地の軍事作戦に繰り出すときの前哨基地であり、日本全体で七五パーセントの軍事施設を集中させる沖縄は、その要的存在だと言及しているのだ。

『帝国解体　アメリカ最後の選択』（岩波書店、二〇一二年一月）でジョンソンはさらに、帝国主義とは軍事強国が弱小国を支配し搾取することだといい、世界の覇者アメリカは米軍駐屯部隊が地球を取り巻く軍事基地帝国であり、それがアメリカ式植民地だと指摘する。そして、9・11はアメリカ帝国解体の象徴的兆しだといい、「帝国の過剰肥大、果てしなく続く戦争、そして破産という三つの壊滅的な結末を迎えること」を予言している。その途上か、アメリカのつきない野望はイラク侵略の果てに、自国の軍事産業の肥大化のために、アジアに向かってきたことになる。孫崎亨ほか編『終わらない〈占領〉』（法律文化社、二〇一三年六月）、『「対米従属」という宿痾』（飛鳥新社、同年六月）でも、日本はアメリカの属国・植民地であり、米軍による占領支配から逃れられないばかりか対米依存に冒されていると指摘している。白井聡も『永続敗戦論　戦後日本の核心』（太田出版、二〇一三年三月）で、そうした日本の構造が3・11によって露呈したと述べる。日本は今や、アメリカの東アジアに対する野望の先兵役を担っていることになる。海渡雄一は特別秘密保護法を解読した『秘密法で戦争準備・原発推進』（創史社、同年一一月）を出した。中国も防空識別圏等による対抗処置をはかり、「従軍慰安婦」問題では韓国と共闘して日本に抵抗。日本の一部ジャーナリズムは中国・韓国・在日の人々へのヘイトスピーチやレイシズムを煽って、関東大震災後の「朝鮮人憎悪」（朴才瑛、『毎日新聞』夕刊、二〇一四年三月一一日）にも似た状況と化し（加藤直樹『九月、東京の路上で　1923年関東大震災　ジェノサイドの残響』〈ころから、二〇一四年三月〉でも言及）、従軍慰安婦や南京虐殺もなかったかのように報道、言論統制化へと向かいつつある。集団的自衛権（豊下楢彦『集団的自衛権とは何か』岩波新書、二〇〇七年七月）の閣議決定によって、いよいよ戦争のできる国づくりに陥り、関東大震災から満洲事変や日中戦争に至る道に相似していると説くものもいるほどだ。

沖縄の米軍基地移転のために辺野古埋め立てが、そして原発再稼動も始まった。

アメリカによって被爆した日本は、3・11の原発事故によって再び放射能汚染に曝され、戦後はもとより日本の近代化そのものの在り方や価値観を問い、思想の大転換を迫られている。日本帝国主義の植民地支配の問題についても、すでに小森陽一『ポストコロニアル』（岩波書店、二〇〇一年四月）、姜尚中編『ポストコロニアリズム』（作品社、二〇〇一年一一月）、本橋哲也『ポストコロニアリズム』（岩波新書、二〇〇五年一月）、岩崎稔・大川雅彦・中野敏男・李孝徳編『継続する植民地主義　ジェンダー／民族／人種／階級』（青弓社、二〇〇五年二月）として、再検討されてきた。小森の「欧米列強への過剰な模倣と擬態」「その自己植民地化の果てに生み出された植民地的無意識と植民地主義的意識はいかにして現在まで生き延びたのか」という言説は、日本の近代から現代を突き通す最適な批評といえよう。

こうした状況の中で、近代日本の戦争を問う作業が再燃している。川村湊ほか編『戦争文学を読む』（朝日文庫、二〇〇八年八月）、成田龍一ほか編『戦争×文学』（全二〇巻＋別巻1、集英社、二〇一一年六月〜二〇一三年九月）の刊行、加藤陽子の『戦争の論理』（勁草書房、二〇〇五年六月）『戦争を読む』（勁草書房、二〇〇七年六月）『それでも、日本人は「戦争」を選んだ』（朝日出版社、二〇〇九年七月）の再刊等である。最近ではメディアの戦争責任にメスを入れた保阪正康・半藤一利の『そして、メディアは日本を戦争に導いた』（東洋経済、二〇一三年一〇月）、戦中の戦費調達のからくりを明らかにして軍部・産業界・議会・メディアの関係を抉り出した『臨時軍事費特別会計　帝国日本を破滅させた魔性の制度』（講談社、同年一〇月）も刊行されたが、本書の反戦女性文学論もそうした動向の一環のなかにある。

かつてアジア侵略の果てに被爆し、敗戦を迎えた日本では、多大なる加害と被害の経験により、戦後の痛切な反省のもとに多くの反戦文学が生まれた。佐多稲子もまた、半生をかけて、反戦の願いを表現化しつづけた一人であった。

佐多稲子の本格的な反戦活動および表現は、戦後に始まる。もっとも戦前のプロレタリア運動に参加して以来それは開始され、例えばエッセイ『帝国主義戦争のあと押しをする婦人団体』では日本帝国主義戦争に反対し、朝鮮植民地支配にも抗議して詩『朝鮮の少女』として結晶化してさえいる。日中戦争開始後には、自殺未遂にまで追い込まれる日中混血少女の分裂する意識と苦悩を『分身』で表象化し、抵抗文学も発表している。その後のエスカレートしていく戦争の中で戦争協力的な言動（生き延びるための過剰防衛も含めて）を余儀なくされたにしろ内なる反戦の意志はひそかに続行し、本質的には変わらなかったと思われるが、しかし、自らの一生のテーマとして心して取り組んだのは戦後であったろう。

戦後まもなく佐多稲子は、進歩的な文学者団体の新日本文学会に入会し、平和と子供を守り女性の解放を謳う婦人民主クラブの発起人になり、日本共産党に再入党するなど、反戦と平和を主張する戦後民主主義運動の担い手として奔走する。プロレタリア文学者として出発した佐多稲子にとって、それは当然な道行きでもあったが、そこには、過酷な戦争体験をくぐり抜けた者にとって共通の反戦の意志と、それ以上に、内なる戦争責任問題を十字架のごとく背負い続けなければならなくなった者の、ほとんど身体化されるほどの反戦の意志が潜められている。そのような意味が込められた反戦活動であり、反戦表現であった。内なる戦争責任追及と反戦の意志の両者が背中合わせになっているところに、佐多の戦後の反戦活動・表現の特質がある。したがって、エッセイにせよ、短編・長編小説にせよ、ほとんど根底では反戦思想と結びつかないものはないといっても過言ではなかろう。

一九四五年一二月、プロレタリア文学運動の同志たちから、戦中の戦地慰問や戦争協力的な作品により戦争責任を問われて、新日本文学会の発起人に加えられないという事態に至り、戦争責任を問うあり方（前衛と称す当時の日本共産党側の姿勢）への疑問や自責の念から苦渋に満ちた戦後の出発となる。その苦渋と自己への問いから、戦後の作品は産出されるが、戦後最初の長編自伝小説『私の東京地図』を皮切りに、同じく女としての半生を辿った『ある女の戸籍』、自らのアジアへの戦争責任を凝視した『女作者』（中国最前線への戦地慰問を問う）『虚偽』（偽装の南方戦地慰問行きを問う、仮面の自己欺瞞性を析出）、戦争責任への自責と苦渋を語る『泡沫の記録』を発表。また、内なる戦争責任と責任を問う側の両様をあらためて問うたエッセイ『自分について』と、戦争中の屈折の原因を剔抉した『灰色の午後』。そして、政党組織への抗いを描出した『渓流』『塑像』、七〇年に至る回想・記憶の文学『時に佇つ』『時と人と私のこと』（エッセイ）、忘却できない戦争の記憶『こころ』、盟友と歩んだ夏の日のような闘いの日々を追憶した中野重治へのレクイエム『夏の栞』など。主要な作品では必ず内なる戦争責任に触れ、反戦の意志を潜ませている。そうした私小説的な作品ではなくても、『白と紫』『ある夜の客』では戦争中の植民地支配における日本人の言動が問われ、そのまま己れへの問いともなっている。長編『樹影』こそ、まさしく現在の原発問題にも繋がる反原爆文学にほかならない。

ここでは、かつての日本や昨今のアメリカという二つの帝国を撃つ『白と紫』『樹影』、晩年なお戦争を問い続ける『時に佇つ』『こころ』に焦点を据えて、その後半生を貫く反戦精神と表現のありようについて考察したい。

2　日本の植民地〈朝鮮〉支配と佐多稲子のまなざし

佐多稲子は日中戦争から太平洋戦争にかけて、外地すなわち日本の植民地や戦地慰問へ何度か出かけている。〈朝鮮〉・〈満洲〉・台湾・中国・東南アジア（マレー・スマトラ・シンガポール）へである。〈朝鮮〉は、佐多が植民地旅行として口火を切った最初の旅であり、二度訪れている。一度目は、一九四〇（昭一五）年六月から七月にかけて、朝鮮総督府鉄道局に招待され、壺井栄を誘って出かけた時である。「社団法人　ジャパン・ツーリスト・ビューロー（日本旅行協会）朝鮮支部」の「窪川、壺井両女史来鮮日程表」によれば六月一六日に東京を発ち、下関から釜山に船で行き、京城・開城・平壌・内金剛・外金剛・大邱・慶州・佛国寺を回り、また釜山から下関経由で二九日に東京に帰り着いている。この朝鮮行きから、エッセイ『朝鮮印象記』（『中外商業新報』一九四〇年七月二七・二八・三〇日）『朝鮮の子供たち、その他』（『新潮』同年九月）『朝鮮の巫女』（『会館芸術』一九四一年二月）『金剛山にて』（『文庫』同年四月）、小説『視力』（『文藝春秋』一九四〇年一一月）が生まれている。二度目は、翌年六月に、『大連日日新聞』の連載小説『四季の車』（一九四〇年一二月から半年間）の慰労として新聞社より招かれ、浜本浩・永井龍男とともに満洲を旅行した帰途、七月に浜本と立ち寄った朝鮮行きである。翌々年五月には、エッセイ『朝鮮でのあれこれ』（『文化朝鮮』）を発表している。

一度目の朝鮮行きは、日程表やエッセイによると、京城・平壌の市内遊覧、金剛山に行き長安寺・明鏡台・万瀑洞等を回り仏国寺や石窟庵も見学し、観光旅行の様相を呈している。李良姫「植民地朝鮮における朝鮮総督府の観光政策(1)」によれば、観光も植民地政策の宣伝であり、正当化するものであったという。一九一〇年八月二二日の韓国併合によって二九日に朝鮮総督府が設置され、それに伴い一〇月一日には朝鮮総督府鉄道局も設置、朝鮮鉄道は輸送網から旅客機関として発達した。日本は朝鮮を政治的・経済的・軍事的に制圧し、満洲と連結させた鉄道政策や経済政策を実施したが、それは、満洲と朝鮮の一本化を目的としており、大陸侵略における動脈の役割を果たしたともいわれている。交通手段の整備は朝鮮観光に大きな役割を果たしたが、それも周到な政治的意図による植民地統治政策としての観光であり、「遅れた」「未開」の地・朝鮮の文化保護の延長線上としても観光開発され、植民地支配の正当性と政策の成功をアピールするものであったという。

ただし、佐多稲子の一回目の旅行は単なる観光ではなかろう。視察を兼ねたもので、「朝鮮婦人」たちとの座談会も準備され、日本語を教えている学校も訪問している。三年前には日中戦争(日支事変)も開始され、兵站基地としての朝鮮では、日本語教育が義務化され、内鮮融和や創氏改名も始まっている。この旅行時の写真に、佐多稲子と壺井栄はともに朝鮮服を着て、朝鮮の女性と一緒に写ったものがあるが、はからずも内鮮融和の一光景が象徴的に示されているともいえる。知識人女性を活用した植民地観光・視察であり、皇民化政策の強化につながるもの、内地である日本国内向けの宣伝と外地の朝鮮に対する一種の宣撫工作にもなったろう。佐多はこの年の二月に刊行した『素足の娘』がベストセラーとなり、流行作家の道を歩むことになるが、そのことが朝鮮総督府鉄道局から着目されることになった一原因なのではなかろうか。この二年前から、プロレタリア作家としての抵抗の姿勢を崩し始めていたことも、視察・観光の意味を恐らく理解しながらも、当局の招待に乗る結果につながったのかも知れない。ともかく、今後続く植民地旅行・慰問のきっかけとなったが、植民地支配への批判などできない時代なれば、朝鮮の古い文化への愛着、朝鮮の町や村や人々への優しい眼差しに満ちたエッセイながら、曖昧な表現に終始している。

「至って単純に朝鮮を見られる喜びでやってきた」(『朝鮮印象記』)ものの、「結構な旅行というものの間に、自分の気持が何とも言えず薄情なものになってゆくことにふと気づいていた。人に対して薄情というのではないが、心持そのものというか、毎日の生活感情というか、そんなものがへんに周囲に解け合わないような、他と充分に結び合わないような、そしてそれを決して不満に思ったりはしない自分自身の傲慢さの故で薄情に感じられる、そういうものだった」(『視力』)という複雑な心理状態に陥っている。植民地にされた側の抵抗感に出会ったり、自分が植民者側の人間の仮面をかぶることを余儀なくされたからではなかろうか。

『朝鮮印象記』によれば、京城に到着してまず、天照大神と明治天皇の「御二柱を祀る朝鮮神宮」を参拝しているが、この神社こそ日本の侵略の象徴であり、神社建立と参拝が植民地支配の精神の支柱であった。したがって、日本の帝国主義戦争に反対してきたプロレタリア作家の立場としては、確かに、朴愛淑が指摘するように「時局に迎合する形をとっ」たことになろう。(2)「朝鮮らしさが一番複雑」で「一見内地と変らないかのような大都会」としての京城。「朝鮮の伝統の矜恃に生き」、「古い朝鮮らしさの濃」さに灰色の印象を感じる開城。朝鮮の人で開城の博物館長の「静かに悲しい風格」。駅前には労働者らしい朝鮮の人々が集まり、旺盛な臭気とともに新興朝鮮の激しさに溢れている平壌。しかしこの町とて内地日本の城下町に似て「悲しい感じを起させ」、「三千年に亙る歴史を語」る平壌の博物館では、「文化は果して進んでいるのだろうか、と愚問愚答の感」さえ起きるなど、「朝鮮の人の苦痛と悲哀」[3]（朴愛淑）を滲ませているのである。同時に、日本帝国主義の近代化のありように、批判が込められているように思う。

『朝鮮の子供たち、その他』では、表情も様子も同じながら言葉は「厳然と違」うのに、「内地語がこんなにゆきわたるまでには、あるいは朝鮮にとってもずい分大変なことだったのだろう」と、日本語教育を小学校から義務づけられる朝鮮の悲劇にやんわりと触れながら、しかし、小学校訪問時には小学生たちに内地語の教科書の朗読を頼んだり、彼等が内地語で「日の丸の歌」の唱歌を唄う風景を「ほほ笑ましく見ていた」とも書いている。その一方、朝鮮の子供たちの八割は小学校教育も受けられないので早く義務教育制にしてほしいと訴える朝鮮の知識人女性の切実な声も書きとめている。また、内地の学校に入学し作家志望の若い女性の、内地の文章もすらすら書けないばかりか、もはや朝鮮の文章も自由に書けなくなりつつある宙吊りのような苦悩や、姓を創り変える「創氏」とは祖先の抹殺になるという創氏改名の困難さについても言及。一九四〇年の時代の「創氏」問題はまだ任意の形を取っていたとはいえ、朝鮮の女性たちとの座談会が静止するほどで、

「辛さ」を感じている。言葉という文化的な問題とともに、朝鮮の「不幸」を感じ、「私たちにも何か責任感のようなものが感じられないだろうか」と結んでいるのだ。

この朝鮮旅行は、一九三一年に満洲事変、翌年には上海事変が続き、ついに三七年には「支那事変」が起こって本格的な日中戦争が開始された三年後で、朝鮮はその兵站基地としての役割を強化、重要視されている時であった。旅行の前年、佐多稲子が「朝鮮と私」のアンケートに葉書回答をしている三九年一一月刊行の『モダン日本　朝鮮版　臨時大増刊』[4]には、朝鮮総督・南次郎の書『皇国臣民ノ誓い』が載り、御手洗辰雄の『内鮮一体論』、関谷貞三郎の『内鮮一体と協和事業』が掲載されている。御手洗は、「内鮮一体は、東亜の環境が命ずる自然の制約である」から、内地人の朝鮮に対する差別や優越感を払拭すべきであること、「支那事変は実に、東洋協同生存への血の洗礼」であり、「必ず東亜民族協同体の誕生」を確信していること、「協同体の中心となる者は言ふまでもなく日本である」などと書いている。関谷も「満洲事変から続いて今次の支那事変、半島の国民的自覚を高め国体観念を強める上に千載一遇の好機会であ」り、内鮮一体の到達に向かって、「陛下の赤子をして真に心から皇国臣民たるの誇りを持たせる事が急務である」と述べているのだ。佐多稲子はこの『モダン日本』に目を通してから朝鮮に出立したことになる。

この旅では又、先にも触れたように、女性らしい好奇心からか、朝鮮の女性たちとの友好を示すためか（朝鮮の女性たちに勧められたのかもしれぬが）、壺井栄と一緒に朝鮮服を着用した写真もあり、意図せぬ「内鮮融和」、植民地支配の国策に沿う結果になっている。その二年後の一九四二年に発表した『朝鮮でのあれこれ』では、日本語の言葉に添えた表情まで内地（日本人）化を身につけた朝鮮の女性たちを好ましく思うように書いている。

それでは日本の植民地朝鮮支配はどのようなものであり、佐多稲子はその実態をどのように描いているのか、次に見てみよう。

3　『白と紫』にみる植民地〈朝鮮〉支配の表象

帝国主義日本の近代国民国家は、沖縄（琉球）、北海道（蝦夷地）、朝鮮、台湾を侵略、中国を攻めて「満洲国」をつくり、南方まで侵略の手を延ばした。『東アジア世界の近代　19世紀』（岩波講座『東アジア近現代通史　第1巻』岩波書店、二〇一〇年一二月）中の「個別史／地域史　Ⅱ　近代という秩序・規範」によれば、植民地支配は明治維新と同時進行で進んだとある。アイヌ民族全滅法ともいうべき北海道旧土人保護法を制定。北海道併合に始まるアイヌ民族運動を弾圧するのと同時期に、日本軍による朝鮮民衆の東学農民軍包囲殲滅作戦が展開する。藩閥専制政府は、他民族の人権と生命を「未開」「野蛮」と無視しつつ、急激な「文明開化」を進めていったという。一九世紀の欧米は、世界の国家と民族を文明国、半未開国、未開に分類、日本も半未開国に加えられていたことにも言及しているが、明治維新以降の脱亜入欧の野望のもとに文明国に昇進、アジアを蔑視するに至るのだ。

日本の植民地支配は民間人からすでに始まっていたが、一八七六年に日朝修好条規（江華島条約）という朝鮮に不平等な条約が結ばれる。江戸時代以来、対馬との間で貿易が行われ倭館を設置していた釜山を開港。朝鮮をめぐって日清が対立し一八九四年日清戦争が開始、翌年には日本軍人や日本の新聞記者・壮士らによって朝鮮の国母閔妃が虐殺される。[5] 今度は朝鮮をめぐって日露が対立、日露戦争にも勝利した日本は、韓国に一九一〇年「日韓併合条約」（韓国併合）を強要する。二〇年以降、皇民化＝同化教育をおこない、とくに日本語教育を強調した。さらにアジア大陸への侵略を拡大、満洲事変以降の十五年戦時下においては、朝鮮を「大陸前進兵站基地」とし、日本天皇の臣民化を進め、人的・物的資源を戦争に動員した。三一年には皇国臣民化をさらに重視して「内鮮一体」化につとめ、日中戦争開始後は各学校に神社参拝を強制、三九年一一月には「創氏改名」（姜在彦『増補新訂　朝鮮近代史』平凡社、一九九八年一一月）を公布した。四三年には朝鮮に徴兵制を公布、学徒志願兵制が実施され、翌年には女子挺身隊勤務令を施行といった植民地統治を、四五年の日本の敗戦に至るまで決行している。

紙数の関係から詳細に説明できないが、多くの文献から、[6] 日本の植民地朝鮮支配のありようが見えてくる。なかでも高崎宗司『植民地朝鮮の日本人』（岩波新書、二〇〇二年六月）は、「日本による朝鮮侵略は、軍人たちによってのみ行なわれたわけではない。むしろ、名もない人々の「草の根の侵略」「草の根の植民地支配」によって支えられていた」こと、「政治家や軍人たちによってそのかされたとはいえ、日本の庶民が数多く朝鮮へ渡ったことは、日本の植民地支配の強靭性の根拠になった」と述べており、佐多稲子が『白と紫』で抉り出した世界と重なっている。『白と紫』は、日本による日本語教育や創氏改名という植民地政策と、草の根の植民地支配状況を、まさに炙り出しているのである。

この高崎の書には、一八七六年二月、日朝修好条規が締結されたことによる釜山開港から日清・日露戦争後の韓国移民ブーム、一九〇五年には韓国保護条約を強要して事実上植民地にし、五年後に韓国併合して在朝日本人（九州人が多く、『白と紫』の語り手も佐賀人）が益々急増したこと等、敗戦に至るまでの日本人の傲慢な様（電車の中で、坐っている朝鮮の人を立たせて、平気で日本人が坐るなど）が調査されている。『白と紫』は、戦後、一九五〇年九月『人間』に発表されたが、創氏改名が始まった一九四〇年と翌年に朝鮮旅行した時の見聞を土台に書いており、前記した戦争中のエッセイ『朝鮮の子供たち、その他』で触れている女性をもとに朝鮮女性の苦悩を摘出している。日中戦争後の皇民化政策「内鮮一体」が叫ばれ、日本語・創氏改名が強要され、「皇国臣民」の誓詞を唱えさせられた時代であった。帝国日本支配下での朝鮮の人々の痛苦や、「外地」で傲慢にふるまう宗主国日本人の様子、つまり侵略される側とする側、被植民者と植民者の両様が見つめられているのである。まさに今再燃しているポストコロニアリズムの問題であり、侵略・植民者側の他者へのまなざしのありようと、被侵略・被植民者側の擬態・カムフラージュ等に言及したホミ・K・バーバの『文化の場所―ポストコロニアリズムの位相』（法政大学出版局、二〇一二年九月）にもつながっている。

谷口絹枝がすでに『『白と紫』論——隠されたモチーフ』（『新日本文学』二〇〇四年五・六月合併号）で、主要登場人物の、朝鮮と日本の女性について詳細な論を展開しているが、重複を承知でここでも考察してみよう。

『白と紫』は、戦後、「私」が客人の大沢芳子から戦争中の朝鮮について話を聞くといった二重の装置になっていて、日本の植民地下にある朝鮮を語る実際の語り手は芳子である。話す相手からいつも目を反らす癖、始終飛ばす冗談が何かから逃げているように感じさせる芳子には、植民地時代における身の処し方や敗戦後の日本で生きる外地帰りの女性の複雑さが象徴化されているといえよう。

宗主国側の大沢芳子の視点を通して植民地支配の実態が抉り出されているが、彼女は日本の女子大を卒業して、日本支配の象徴たる朝鮮総督府の鉄道局に勤めている。大学卒業後郷里で女学校教師として勤務し、朝鮮に渡った者が多い佐賀出身だからか伝手によって京城に行き、一種の解放感を抱いている。異国情緒を満喫し、内地からの旅人で、荒くれた植民地では一度も経験しなかった優しい日本人画家に恋めいた感情を抱いたりする。がしかし、「女の、しかも他国でのひとり暮し」は「いつとなく肩を張った依怙地なもの」で、「自分の生活の殻」をつくり、仕事に忠実、人間関係に無関心で押し通す。いわば、日本の植民地政策、植民者と被植民者の現実からも、ジェンダー社会（課長からいつも結婚はまだかと言われる社会）からも逃げて、独りの世界を楽しむ生活に満足している。そのような身の処し方と、相手から目をそらし何かから逃げている性格はつながっている。逃避という自己武装の中に自分の世界を閉鎖し、外地を生き延びてきたといえよう。引き揚げ後、ようやく被植民地化された朝鮮の美しさや田貞姫の存在が再認識されるということは、あらためて日本の植民地朝鮮支配の意味を確認したことになる。宗主国の日本人が金剛山など朝鮮の景勝を我がもの顔に自慢する時、一生に一度はこの山に登って死にたいという朝鮮の人の悲願を引き合いに出したことはいかに「不当、無慙」だったか、朝鮮から引き揚げなければならぬ事態になって初めて「朝鮮は朝鮮の国だった」と気づいたことなど、芳子は語っている。

彼女が水原で李朝の遺蹟見学をしながら見かけた朝鮮の少女たちが、朝鮮支配と結びつく日露戦争に勝利した乃木大将の日本語の唱歌を手毬唄としながら遊ぶアイロニックな光景。そこには植民地支配の浸透ぶりがうかがえるが、さらに芳子が心に留めた日本の植民地朝鮮とは次のようなものであった。

芳子の同僚である朝鮮の女性・田貞姫は、日本の女子専門学校を卒業して源氏物語や枕草子などを読むインテリで、「いつも何かを内に制止して」いて、朝鮮語と日本語のどちらの言葉も完全には駆使できず自分というものが「宙に浮いてしまった」感覚、分裂意識を抱いている。日本語使用が強要され、あたかもハーフのような植民地の人々の言葉に対する辛く切ない感情が炙り出されているのである。日本で学び、日本の古典文学に通じ、丁寧上品な日本の上流の女性言葉を駆使するあり方に、開城（高麗の王宮があった古都）の名門出という出自の良さのためもあるが、それ以上に、親日を装う偽装、擬態、仮面を被らざるをえない様相がうかがえる（フランツ・ファノン『黒い皮膚・

白い仮面』〈みすず書房、一九九八年九月〉にも通じる)。日本の植民地支配による近代化の過程で、朝鮮の女性教育は早くから行われたが(北原恵編『アジアの女性身体はいかに描かれたか　視覚表象と戦争の記憶』〈日本学術叢書4、青弓社、二〇一三年一月〉及び『植民地教育とジェンダー』[7]で言及)、彼女は日本で教育を受けそれを誇りとすると同時に、朝鮮では親日派と見られる一種の肩身の狭さと、朝鮮人の中ではその教養が発揮できず、宙吊り状態の意識を持っていた。その教養を少しでも発露できるのは、同僚である女子大出の日本人女性芳子だという皮肉・矛盾・複雑さを抱えていた。彼女は作家志望でもあったが、人間の微妙な心理等を書くとき言葉が出てこないこと、日本と朝鮮のいずれの言葉も中途半端で不完全になっていき、「自分というものが、こう、宙に浮いてしまって、とても苦しい」と、芳子に訴えたりする。そして、「あなたたちは朝鮮語を覚える必要がないんですもの」と、宗主国側の人間の言葉の有利性を突いてもいる。和服で通す芳子に対して、田貞姫は朝鮮服で通すという抵抗、自国の誇りに生きていながら、日本語で話すという擬態を装わなければならない。擬態とは「アイロニックな妥協」(バーバ『文化の場所』法政大学出版局、二〇〇五年二月)であり、「アンビヴァレントな自己認識」「二重性」(同)を強いられることになる。

さらに、「満洲」の拡大とともに朝鮮は一層「内地化」(日本化)することを求められ、創氏改名が強制されるにしたがって、田貞姫の態度もとげとげしくなっていく。「大東亜戦争」として一層拡大していき、朝鮮も戦時体制が強化されるなかで、朝鮮の人々の態度は「明らかに空気を変えるように変って」いき、日本人への反抗心も根強くなる。「朝鮮人」経営で朝鮮の人相手の百貨店に日本人が入った時のエレベーターガールの反発などにも表れてくる。もっとも、日本人相手の「三越」に朝鮮の女性が入った時の日本女性の「あんたたちの入って来るところではない」という宗主国側のあからさまな差別は、常時あったことではあった。

こうした状況の中で田貞姫も「田村貞子」と創氏改名するが、「日本人と同等に自分を自覚することで、対等であろう」としていた態度を変え、暗く「阿諛的な」態度が滲み出てくる。芳子に近づこうとしなくなり、「内地人」記者とも言い争うようになる。そしてついに田貞姫は自殺未遂に追い込まれ、譫言にさえ朝鮮語と日本語が混じり、課長の命のもとに見舞いに行った芳子を「このひと、嫌いッ」といって拒否するまでに至る。支配する側への反抗的な感情を抑えてまで抱いていた親日派的仮面、偽装意識が、創氏改名により決定的に裏切られ追い詰められた果ての自殺行為であった。偽装の破綻、日本に同化した自分と朝鮮人としての自分の矛盾に引き裂かれた末の自己崩壊による狂気である。朝鮮の人々にとって、日本風の名前に改名することは、家、血統、出自そのものの抹殺を意味する大変な侮辱であったからだ。ことに田貞姫は「朝鮮の伝統の矜持に生き」る開城名門出ゆえにいっそう、母国が否定され、誇りを傷つけられた屈辱感に耐えきれなかっただろう。

田貞姫に拒まれた芳子は「頬をぴしゃりと叩かれた」思いをし、異様な譫言の恐ろしさに戦慄、田貞姫のいつも「内に何かを押しとどめている」表情の実態を知ることになる。田貞姫の「あなたにはおわかりになりませんのよ」と、芳子に反発的な感情を示す時、宗主国の女性への精一杯な抗いが込められていた。被植民者でしかも女性であるが故にいっそう差別的な宗主国への、「語られぬ」抵抗の叫びが込められていた。人間関係に「適当に無関心」なばかりではなく、芳子は宗主国側の人間の意識の範疇を出ず、被植民者の深層、サバルタンの痛苦を理解していなかったのである。田貞姫は、「仮面とアイデンティティのせめぎ合い」「分裂の感覚を体験」（バーバ『文化の場所』）した果てに自己嫌悪、狂気の自死へと陥らざるをえなかったのだ。バーバの言う「社会的および心理的疎外と攻撃の形態」としての「狂気、自己嫌悪」（同）でもある。G・C・スピヴァク『サバルタンは語ることができるか』（みすず書房、一九九八年一二月）『文化としての他者』（紀伊國屋書店、一九九〇年一二月）、李静和『つぶやきの政治思想　求められるまなざし・かなしみへの・そして秘められたものへの』（青土社、一九九八年一二月）、トリン・T・ミンハ『女性・ネイティブ・他者　ポストコロニアリズムとフェミニズム』（岩波書店、二〇一一年一一月）などで論じられている植民地下での文化的他者の問題である。

いっぽう朝鮮に住む加害者である日本人はどうかというと、女学生でさえ、電車の中で隣に坐った朝鮮の老人を「臭い」と何の逡巡もない率直さで言い、罪悪感などまったくともなわない自然さで追い払っている（日頃から学校でも叩き込まれていたものと、語り手は語っている）。が、その女学生たちも、朝鮮生まれ、朝鮮育ちの「メンタイ」として内地（日本国内）に蔑まれているという自己認識を抱き、だからこそ、朝鮮の人々に対しては優越と侮辱を示すのだと語り手は指摘する。その語り手自身の芳子も、京城行きによって女性蔑視の古い日本社会からの一種の解放感を得たものの、内地を離れ「朝鮮くんだり」までした一人暮らしの女として、周囲から軽視されていると感じている。他国での女の一人暮らしはいつとなく肩肘張った意固地なものになっていく。

外地に住む内地人同士が暗黙のうちに自己をひけらかし、相手を軽んじ合いながら、しかも馴れ合うという不幸な感情が朝鮮人に向かうとき、自己の支えであるかのように優越と侮蔑を露わにするのだと、植民地暮らしの日本人の意識を深部から抉り出している。朝鮮の人に対してすら「一種の卑下感を持ち、その変形されたものとしての優越の誇示」、朝鮮の人々の「根づよい抵抗に対する打算的な、あるいは無智な恐怖の変形」と、微妙な内面心理が解剖されているのである。他国を侵略する側とされる側の複雑な深層に分け入ることで時代と社会を浮き彫りにし、侵略戦争の悪を暴き出しているのだ。戦争中の屈折体験とその戦争責任を厳しく問い続けた佐多稲子ならではの、二重性の凝視である。少女時代から他者の中で成長した佐多稲子ならではの「他者を内在化させた」(金井淑子『倫理学とフェミニズム　ジェンダー、身体、他者をめぐるジレンマ』ナカニシヤ出版、二〇一三年六月)[8]視点、他者表象でもある。

一九五〇年一〇月一七日付けの徳永直に宛てた稲子書簡[9]には、日本の女性で語り手である大沢芳子を介在させたのは、「日帝時代の朝鮮民族と日本人との二つの不幸を重ねて描きた」かったからだと創作意図が語られている。日本人の不幸をも指摘する二重の視点については、前記した。本多秋五は、この作品について、佐多文学きっての珠玉の名作と高評している(佐多稲子宛書簡、一九九四年一二月一一日)[10]。

以上『白と紫』は、帝国日本による植民地支配下の朝鮮を通して、日本のアジアへの戦争責任を問うた、まぎれもない反戦文学といえよう。作品名は、古都・開城の印象について、そこを故郷とする田貞姫が、「灰色」だと指摘する芳子に反発して主張した色のイメージだが、白には純粋・自尊（朝鮮民族は白を尊ぶ）[11]、紫には高貴・美の意味があり、日帝に抵抗する彼女の朝鮮の誇りが込められているように思う。いっぽう芳子の、朝鮮の白が多い美しさを感受しながらも、又、平壌における労働者の活気を感じながら、開城ばかりか朝鮮全体を「古色」「古色蒼然」とした美として捉えるイメージには、西洋のオリエンタリズムに近いものがうかがえるし、「灰色」をイメージする感性には、近代化した宗主国の傲りがいささかあるようにも思われる。又、「灰色」は、植民地化された朝鮮の現実を示しているようにも思う。終幕で、芳子が朝鮮は美しかったと追憶する意識には、佐多稲子自身の朝鮮旅行での所感「文化は果たして進んでいるのだろうか」という植民地化近代へのアイロニーが再確認されている、日本の侵略への異議が込められているともとれよう。先に触れた徳永宛稲子書簡には、「私はこの作品を書くときに、朝鮮が無惨に壊されてゆくのを感じたのです、爆弾によって無惨に壊されてゆく朝鮮、そのおもひが強かったのでした」とある。

ともあれ、この二人が語る色のイメージは、侵略する側とされる側の、立場の相違を象徴的に表現しているようだ。したがって作品名『白と紫』は、田貞姫や朝鮮そのものを象徴的に示しているといえよう。佐多文学における日本侵略戦争の記憶表象の白眉ともいえる作品であり、加藤陽子・内海愛子・大沼保昭・田中宏『戦後責任　アジアのまなざしに応えて』（岩波書店、二〇一四年六月）

の「二一世紀の日本がアジアの人々とともに生きていくためには、今なお清算されない戦争と植民地支配の責任に向き合わなければならない」に応えうるといえよう。

なお、補足すれば、大沢芳子の「淡泊」に逃避した仮装の深層には、村松武司が指摘する「植民者は、相手国民衆からの『憎悪・警戒・疑惑・不信をうけつぐ』者たちである。同時に『自らのなかの植民地経験によって分裂し破壊された病理を今もなお秘めている』者たちである」（『朝鮮植民者　ある明治人の生涯』三省堂、一九七二年三月）という一種のトラウマが潜められているともいえる。佐多稲子はそれをも見据えており、だからこそ、朝鮮民族と日本民族の「二つの不幸」なのである。バーバの言う「二重の視覚」（『文化の場所』）の獲得である。

4　反原爆小説『樹影』をめぐって

長崎は佐多稲子にとって懐かしい故郷であると同時に、戦後最も痛みをともなう場所となった。一九四五年八月九日午前一一時二分、原爆搭載機ボックス・カー号は高度九六〇〇メーターの上空から第二号の原子爆弾（プルトニウム爆弾）を長崎に投下した。[12] その原子爆弾によって一瞬にして命を奪われ、街を破壊された長崎についての佐多文学は数多く（エッセイ『十年目の長崎』〈『主婦の友』一九五五年八月〉では、原爆が「戦争という人間の仕業によって、人間の手で落とされた」ことを再確認している）、長編『樹影』はその代表作である。被爆した長崎への責任を、この創作によって果たしたとさえいえる。一九七〇年八月から翌々年四月まで『群像』に連載、男女の愛と死を通して被爆者たち（被爆後遺症、現在の内部被曝）の不安と恐怖を見据えているが、この作品に先立って、モデルである佐多稲子の友人たちへのレクイエムを『色のない画』（『新日本文学』一九六一年三月）『落葉』（『群像』一九六九年一月）として、それぞれ描いている。

『樹影』は、被爆者の深部に潜む恐怖を象徴的に語るプロローグから、ひび割れが走る爆風で倒された墓石を描写したエピローグまで、原爆という主題で貫かれている。主人公たちともがらに戦後まもなく肺結核となり、男は肝臓癌で命を落とし、彼の遺作の絵から色を失わせたものは何か。彼女が脳腫瘍となり、自殺かと思わせる突然死をむかえたのは何だったのかを追跡、凝視した作品であった。

作中、佐多稲子は語り手に次のように原爆を告発させている。

人間の頭上に原子爆弾を投下するという史上最初の、もっとも明確にもっとも広大な死をもたらすという傲岸な罪悪を行った当のアメリカが、その結果の実状を調査し研究するという機関を日本に設置して活動していたが、それは何とも、はじめの人間侮辱行為の続行でしかなく、また日本政府自体が、敗戦後の姿勢を別の面に向けて、原爆のもたらした悲惨と人間の関係を放置してきた。原爆手帖が長崎で市民に交付されたのさえ、戦後一二年経った一九五七年になってからである。広島と長崎であのとき原爆の熱に灼かれて死んだ多くの人間のあとに、その周囲にあって生き延びた身体を放射能に貫かれたものたちの肉体と精神の苦痛は、種々さまざまな形と内容をもって深刻な日々をたどっている。

戦後二五年を経てなお、佐多稲子が『樹影』を書いておかなければならなかった核心はここにある。近代科学文明がもたらした地球破壊の元凶・原爆の惨状を告発し、3・11の原発災害によって内部被曝に曝された今日に、まっすぐに問いかけてくる。佐多稲子の記憶表象は、最終的には核兵器が目的の原発設置や、沖縄基地問題にまで、そのまま今日に繋がっているといえよう。

『樹影』は、長崎在住の、妻子ある貧しい日本人画家麻田晋と茶房を営む華僑の女性柳慶子との十年間にわたる愛の苦悩と歓びを描いた物語であると同時に、戦中から戦後にかけての日本における在日差別のありようを析出した物語でもある。日中戦争下、麻田は左翼活動で逮捕されているが、慶子の父親は中国人であるがゆえに逮捕・拘留されてもいる。日本とアメリカという二つの「帝国」の狭間で傷を負う者たち、とくに民族差別（日本）と原爆（アメリカ）を表象化した作品なのである。

5　風化なき老年の反戦精神——『時に佇つ』『こころ』

老年に至ってからの記憶の文学『時に佇つ』は、七〇年に及ぶ自らの人生を回顧した短編連作で、一九七五年一月から一二月まで『文芸』に連載された。ここでは、「過ぎた年月というものは、ある情況にとっては、本当に過ぎたのであろうか」と、新たな相貌で蘇ってくる戦争の記憶を辿った「その四」を取り上げたい。最初の戦地慰問であり「その後の方向が、このとき定着した」という「満州」行きハイラルでの体験と、生涯の「負い目の真ん中」にあるという中国への戦地慰問の追憶である。満州への慰問は一九四一年九月、朝日新聞社の計画と関東軍の後援によるもので、林芙美子らが同行した。翌四二年五月から六月にかけては、陸軍報道部の慫慂による新潮社の『日の出』特派員として、真杉静枝とともに中国を戦地慰問するが、南京、蘇州、杭州、漢口、上海等の各要所や戦跡を見、宜昌の最前線饅頭山にも行っている。「負い目の真ん中」にあるというのが饅頭山での兵士たちとの出会いであった。中国の共産軍と戦う「決死隊」覚悟の兵士たちの労苦にのみ向き合い、侵略者の先兵としてではなく、被害者としての兵士に感傷的に涙し、流されてしまったという体験である。この、最前線の兵士たちの姿を目の当たりにした経験が、戦争の内側へと入っていく作用をなしたのだった。日本軍占領の傷跡は生々しく、「町の形だけあって、住人の気配がまったくないという」廃墟と化した光景も、あらためて回想、凝視されている。

こうした追憶によって、あらためて戦争責任の問題を、「私の思想性の薄弱と、理念としての人間への背信」として自己剔決すると同時に、もっと日本全体の問題として投げかけているといえよう。「老年は、わが生涯の照り返し」であり、変質は「時のせいではない。当の人間のせいなのだ」という自戒を込めた時代への警告は、そのまま今日の日本社会への痛烈な問いかけになっているのだ。まさに、風化なき反戦の精神といえよう。

ハイラルで会った特務士官のオロチョン族変装姿（弁髪、蒙古服）で無表情な顔に、任務の厳しさを感じさせた通り戦死したが、戦後三十年も経た後も息子の縁をたぐって訪ね歩く老父。又、饅頭山の戦場で戦死した中尉の最初の祭壇に立ち会ったというだけの縁を頼りに息子の記憶を探し求める老父。いつまでも癒えぬ戦争の傷痕、記憶を辿り続ける人々を追跡することを通して、佐多稲子は〈忘却〉への抵抗を示しているのだ。

そして、最後は墓となる塹壕の掩蓋で死を覚悟した最前線の兵士たちの切実な生の渇望までも聞き届け、戦後生きて帰還したその人々と再会を果たす。だが、饅頭山の部隊の責任者だった若き中隊長は頭を病んで再会できず、手紙を送っても返信は来なかった。短編『こころ』（『群像』一九八五年五月）は、「その四」のこの続きで、やはり戦争の記憶を引きずって生きてきた、その中隊長の話である。病気回復後、語り手である作者の家を訪ね、自分が神経を病んだというのは頭ではなく、「心」であり、「部下四百人を死なせて、自分は何をやったか」を思い煩い、心の病気、自律神経失調症になったのだと告げる。作者の七年前の作品末尾に書いた「返事は遂いに来ない」をずっと気にかけ、作者に吐露して、ようやく「心のうちにつづくひとつ」、「あの山の上の陣地の一つ」が結んだ思いになる元兵士の、忘れ得ぬ戦争の傷の深さを痛烈に伝えている。

戦前・戦中・戦後の社会で周縁化された人々や、自ら語ることのできないサバルタンの女性たちを刻印し、貧富階級の格差、性差等あらゆる差別と闘い、反戦表現を反復した佐多稲子は、日本の近代国民国家を晩年まで問い続けた作家であったといえるだろう。彼女の文学の原点であるプロレタリア文学精神の灯を掲げ続けた作家であった。帝国日本の植民地主義と帝国アメリカによる新植民地主義の両様を凝視、告発し、忘却の彼方に葬り去らずに晩年まで戦争の記憶にこだわり続けた作家であり、今、まさに再燃しているポストコロニアルの問題をも表象化した、「記憶の伝承者」そのものといえよう。日本ばかりか世界に向けて問いかけ、反戦平和を発信し続けているのである。

注

(1) 『北東アジア研究』第13号(島根県立大学北東アジア地域研究センター編、二〇〇七年三月)。

(2)(3) 『日本文化学報』第34号(韓国日本文化学会編、二〇〇七年八月)。

(4) モダン日本社から刊行。二〇〇七年三月、オークラ情報サービス刊の復刻版。

(5) 閔妃の虐殺に関して、角田房子『閔妃暗殺』(新潮文庫、一九九三年七月)、金文子『朝鮮王妃殺害と日本人 誰が仕組んで、誰が実行したのか』(高文研、二〇〇九年二月)、内藤千珠子『帝国と暗殺 ジェンダーからみる近代日本のメディア編成』(新曜社、二〇〇五年一〇月)、金重明『物語 朝鮮王朝の滅亡』(岩波新書、二〇一三年八月)で詳細に考察されている。前記した『閔妃暗殺』や中塚明『近代日本の朝鮮認識』(研文出版、一九九三年二月)では、閔妃の屍体が陵辱されたことまで暗示されている。

(6) 日本の朝鮮植民地支配に関しては膨大な文献があるが、多岐にわたるその支配のありようの考察の一部を少々紹介しておく。包括的な文献としてまず挙げておかなければならないのは、岩波講座の『東アジア近現代通史　全一一巻』（全一〇巻・別巻　二〇一〇年一〇月～一一年九月）『近代日本と植民地　全八巻』（一九九二年一一月～九三年六月）『「帝国」日本の学知　全八巻』（二〇〇六年二～一〇月）であろう。未来社の『朝鮮近代史研究双書　全一五巻』（一九八五年七月～九七年二月）、ゆまに書房『日本植民地文学精選集　全四七巻』（第一期、全二〇巻、二〇〇〇年九月。第二期、全二七巻、二〇〇一年九月）『文化人の見た近代アジア　全二四巻』（二〇〇二年九月）、緑風出版『日本軍性奴隷制を裁く　二〇〇〇年女性国際戦犯法廷の記録　全六巻』（二〇〇〇年五月～〇二年七月）もある。

さらに個別な文献にも触れておくと、例えば、明治期の初期侵略計画を研究した井上直樹『帝国日本と〈満鮮史〉　大陸政策と朝鮮・満州認識』（塙書房、二〇一三年一月）、井上勝生『明治日本の植民地支配　北海道から朝鮮へ』（岩波現代全書、岩波書店、二〇一三年八月）、浅田喬二編『「帝国」日本とアジア』（近代日本の軌跡10　吉川弘文館　一九九四年一月）。韓国併合について考究した海野福寿『韓国併合』（岩波新書、一九九五年五月）、前田憲二・和田春樹・高秀美『韓国併合一〇〇年の現在』（東方出版、二〇一〇年一一月）、併合一〇〇年を問い直した徐禎完・増尾伸一郎編『植民地朝鮮と帝国日本　民族・都市・文化』（勉誠出版、二〇一一年二月）。又、皇民化政策基調の同化政策等を論じた朴埈相『天皇制国家形成と朝鮮植民地支配』（人間の科学社、二〇〇三年三月）をはじめとする日本の植民地支配について考察した山辺健太郎『日本統治下の朝鮮』（岩波新書、一九七一年二月）、金杭『帝国日本の閾　生と死のはざまに見る』（岩波書店、二〇一〇年一二月）、趙景達『近代朝鮮と日本』（岩波新書、二〇一二年一一月）、姜在彦『日本による朝鮮支配の40年』（朝日文庫、一九九

二年九月)、宮田節子『朝鮮民衆と「皇民化」政策』(未来社『朝鮮近代史研究双書』第二巻、一九八五年七月)。

植民地政策の創氏改名に関する研究には、金英達『創氏改名の研究』(未来社『朝鮮近代史研究双書』第一五巻、一九九七年二月)、水野直樹『創氏改名——日本の朝鮮支配の中で』(岩波新書、二〇〇八年三月)等々があるが、この後者では、創氏の真のねらいは朝鮮人を「血族主義」から脱却させて「天皇を中心とする国体」の観念「皇室中心主義」を植え付けることだったと説いている。教育に関する文献も多く、久保田優子『植民地朝鮮の日本語教育　日本語による「同化」教育の成立過程』(九州大学出版会、二〇〇五年一二月)をはじめ、鄭在哲『日帝時代の韓国教育史　日帝の対韓国植民地教育政策史』(皓星社、二〇一四年四月)、稲葉継雄『旧韓国~朝鮮の日本人教員』(九州大学出版会、二〇〇一年一一月)、國分麻里『植民地期朝鮮の歴史教育「朝鮮事歴」の教授をめぐって』(新幹社、二〇一〇年一二月。日本の一地方史として朝鮮史が教えられ、その教材が「朝鮮事歴」と呼ばれたが、やがて削除されたと言及)、高仁淑『近代朝鮮の唱歌教育』(九州大学出版会、二〇〇四年一二月。植民地教育政策と唱歌教育について、君が代・紀元節・日ノ丸ノ旗・モモタロウ・サクラ等々に言及)、西尾達雄『日本植民地下朝鮮における学校体育政策』(明石書店、二〇〇三年二月)、植民地教育史研究年報第16号『植民地教育とジェンダー』(日本植民地教育史研究会運営委員会編集、皓星社、二〇一四年三月)と、多岐にわたる教育支配のありようを伝えている。

本稿冒頭で述べた今日的状況と密接に関わって再浮上している問題、前掲もした従軍慰安婦に関する文献も付け加えておくと、吉見義明『従軍慰安婦』(岩波新書、一九九五年四月)、宋連玉・金栄編『軍隊と性暴力　朝鮮半島の二〇世紀』(現代史料出版、二〇一〇年四月)等々がある。朝鮮・台湾についで中国も慰安婦の供給基地とされ、東南アジアに及んだ。軍部が慰安所を「必需品」としたという。

そして、植民地と鉄道の関係について論じた高成鳳『植民地鉄道と民衆生活　朝鮮・台湾・中国東北』（法政大学出版局、一九九九年二月）では、朝鮮の鉄道は、日本による朝鮮植民地化の先導役として登場以降、植民地期を通じて大陸侵略の橋頭堡としての統治基盤整備の中心に位置し続けたと言及。竹内正浩『鉄道と日本軍』（ちくま新書、二〇一〇年九月）でも、鉄道は軍事と不可欠、大日本帝国の勢力拡大に果たしたと述べている。映画についても、李英載の『帝国日本の朝鮮映画　植民地メランコリアと協力』（三元社、二〇一三年一〇月）がある。

工業については河合和男・伊明憲『植民地期の朝鮮工業』（未来社『朝鮮近代史研究双書』第一〇巻、一九九一年一一月）、農業については朴ソブ『1930年代朝鮮における農業と農村社会』（同、第一四巻、一九九五年三月）や松本武祝『植民地権力と朝鮮農民』（社会評論社、一九九八年三月）がある。抵抗運動についても飛田雄一『日帝下の朝鮮農民運動』（未来社『朝鮮近代史研究双書』第九巻、一九九一年九月）、中塚明・井上勝生・朴孟洙『東学農民戦争と日本　もう一つの日清戦争』（高文研、二〇一三年六月）、小野容照の『朝鮮独立運動と東アジア――一九一〇―一九二五』（思文閣出版、二〇一三年四月）等がある。遠藤正敬『近代日本の植民地統治における国籍と戸籍　満州・朝鮮・台湾』（明石書店、二〇一〇年三月）も挙げておきたい。

（7）（注6）参照。この文献中、福田須美子が『女子留学生――帝国女子専門学校の事例から――』で、朝鮮の女子の通学は一九三〇年代半ばから急速に伸び、内鮮融和政策により日本への女子留学も急増、一九四〇年には一七〇七人に及んでいると言及。日本語による女性雑誌『新女性』（一九四二年八月～四四年一二月）も刊行されている。

（8）本書は、フェミニズムも近代の自己解放から他者へのまなざしの思想へと進んでいることを痛感させる。

（9）（10）財団法人日本近代文学館編『日本近代文学館資料叢書【第Ⅱ期】文学者の手紙7佐多稲子　中野重治・野上弥生子ほか来簡が語る生の足跡』（博文館新社、二〇〇六年四月）に所収。

（11）春日井絵里『朝鮮文化における色彩『白』』（伊藤亜人監訳『韓国文化シンボル事典』平凡社、二〇〇六年一一月）によれば、「白」は神話、生活、言語、芸術に関わり、国教となった朱子学の中では「純潔・純粋・謙虚など、礼の象徴とされ、高貴で気高い色として尊ばれ」、「次第に朝鮮民族の精神・感情すべてを表」し、「自尊」「堅忍不抜」の思いを表す色となったという。

（12）石井幸孝『激動十五年間のドラマ　戦中・戦後の鉄道』（ＪＴＢパブリッシング、二〇一一年一〇月）。

■十五年戦争

一九三一年九月一八日の柳条湖事件を発端とし、一九四五年八月一四日のポツダム宣言受諾及び九月二日の連合国に対する降伏文書調印によって終結した足かけ十五年にわたる戦争を十五年戦争という。十五年戦争は、一九三一年九月一八日以降の「満洲」事変、三七年七月七日の盧溝橋事件を発端とする日中戦争、四一年一二月八日の真珠湾・英領マレー半島奇襲を発端とするアジア太平洋戦争の三つの戦争によって構成される。

近代以降、大陸進出を目論んだ日本は、朝鮮の支配をめぐる日清戦争(一八九四~九五年)と、満洲支配をめぐる日露戦争(一九〇四~〇五年)に相次いで勝利し、台湾はじめ朝鮮、南樺太を領有し、遼東半島租借権と満洲での権益を獲得して植民地帝国として拡大した。第一次世界大戦(一九一四~一八年)では、連合国として参戦、中国に対し「二一カ条の要求」を提示したが、中国では五四運動など反日運動が激化した。一方、ロシア革命が起ると干渉のため列国と共にシベリアへ出兵した。大戦後、敗戦国ドイツの権益を継承し南洋群島を領有、山東省青島の租借権を獲得した日本は、一九二七~二八年、蔣介石の北伐から青島の日本人居留民保護を名目に出兵、満洲、華北での勢力拡大を図った。

関東大震災、金融恐慌、世界恐慌などで経済的打撃を受けた日本は、大陸進出に活路を求め「満洲は日本の生命線」と位置づけ、一九三一年、関東軍が奉天郊外の柳条湖で満鉄を爆破、中国軍によるものとして満洲事変を引き起こし、東三省(満州)を武力制圧した。十五年戦争の始まりである。政府の「事局不拡大」方針を無視した関東軍は事変の拡大を進め、翌三七年、満州国を建国、日本は三三年、満洲国を承認しない国際連盟加盟国と対立し国際連盟を脱退した。

一九三七年、盧溝橋事件を契機に日本軍は中国軍と全面戦争に突入、一二月、国民党政府の首都南京を陥落した。四〇年にはフランス領北部インドシナに進駐、日独伊三国軍事同盟を締結した。ドイツと同盟しアジア諸国に勢力拡大を図る日本に対し、イギリス、オランダ、アメリカなどは、石油や鉄クズなどの日本への輸出を制限し、経済的圧力を与えた。その後日本の南部インドシナへの侵攻を機に日米関係はさらに悪化、一九四一年一二月、日本は真珠湾を攻撃し、対米戦に突入した。この直後、閣議決定によりこの戦争は「大東亜戦争」と呼ばれた。しかし、戦争は長引き、経済力、技術力に勝る米国と、ソ連の参戦、広島と長崎への原爆投下などにより日本は降伏した。ここに一五年に及ぶ戦争は終結した。

十五年戦争の呼称を初めて用いたのは鶴見俊輔の「日本知識人のアメリカ像」(『中央公論』一九五六年七月号)であり、その理由を『戦時期日本の精神史』(岩波書店、一九八二年五月)で述べている。それはこどもの頃、満洲事変、上海事変、大東亜戦争というように、ばらばらにニュースが伝えられ、それぞれバラバラの戦闘行為だとうけとってきたが、敗戦後、「ひと続きのものとしてとらえるほうが事実に(私の意識上の事実ではなく)あっていると思うようになった」からだという。そして「太平洋戦争あるいは大東亜戦争をアメリカに対する戦争とみなして、この部分はまずかったというふうにとらえる戦争観では、この戦争の構造をとらえることができないと思うからだ。これでは、日本人にとっての戦争の責任がぼかされてしまう」と述べている。

この呼称に異を唱える見解もないではない。だが「満洲」事変・日中戦争・アジア太平洋戦争をそれぞれ別個の戦争と見るのではなく、日本という国家によって引き起こされた相互に内的関連をもつ一連の戦争であるととらえることによって、これらの戦争が帝国主義的な侵略戦争であったことが構造的に明らかになる。

この戦争による犠牲者は、中国で約二〇〇〇万人、その他の諸地域で約一〇〇〇万人といわれている。植民地朝鮮・台湾で行われた軍人・軍属としての戦線への動員や強制連行、「従軍慰安婦」の強制など傷痕は深い。日本の被害者数は、軍人・軍属約二三〇万人、外地で死亡した民間人約三〇万人、国内の戦災死亡者約五〇万人である。一九九一年以降、元「従軍慰安婦」をはじめ戦争による被害者が日本政府に対し謝罪と賠償を求める裁判を提訴し、戦争責任と歴史の継承の問題が改めて問われた。

■原爆

一九四五年八月六日午前八時一五分、「エノラ＝ゲイ」号から投下された「リトルボーイ」と名付けられたウラニウム原子爆弾は、広島市元安橋上空約五八〇メートルで爆発した。人間に対して投下された人類史上初の核爆弾である。爆発中心温度摂氏一万一〇〇〇度という「小さな太陽」は広島市を焼き尽くし、爆心直下で一平方メートル当たり三五トンという猛烈な爆風が人間や建物を吹き飛ばした。爆発直後一二キロメートルまでたちのぼった「キノコ雲」は投下四時間後もその高さを保った。午前九時頃から降り出した空気中の放射能を吸収した「黒い雨」は夕方まで降り続いた。一九五三年に広島市役所が発表した最終調査は、死者二六万人、行方不明者六万六七〇〇人、重傷者五万一〇〇〇人、軽傷者一〇万五〇〇〇人、焼失面積一二〇〇万平方メートル、被害家屋七万一〇七戸（うち五万五〇〇〇戸は全焼）と記録している。

八月九日午前一一時二分、「ボックスカー」号から投下された「ファットマン」と名付けられたプルトニウム型原子爆弾は長崎市松町上空約五〇〇メートルで爆発した。閃光の後、轟音とともに赤い炎を点滅させながら火球が上昇しつつ広がった。火球の中心が摂氏一〇〇万度に達すると推定される熱線により半径五〇〇メートルの地点では人間は一瞬のうちに真っ黒な炭となった。爆風により爆心地から五〇〇メートル地点では鉄骨の建物が総崩れとなり、一・五キロ以内の木造家屋はほとんど倒壊した。また、放射能は一〇〇〇キロメートル地点でも致死量の九〇〇ラドに達した。死者行方不明者三万五〇〇〇人、重軽傷者六万人、全壊家屋一万四〇〇〇戸という記録が残っている。

原爆の被害は現在も続いている。日本国内の二八万五〇〇〇人以上（日本原水爆被害者団体協議会の二〇〇二年三月の調査）の被爆者の他、在外被爆者がおり、現在も原爆症に苦しんでいる。

一九九六年七月、国際司法裁判所（ＩＣＪ）は、「核兵器の使用を国際法違反」とする勧告的意見を発表した。

■朝鮮戦争

一九五〇年六月二五日、約一〇万人の朝鮮民主主義人民共和国（北朝鮮）軍が北緯三八度線を突破した。国連安全保障理事会は、ソ連が中国問題で欠席中に北朝鮮への制裁を決議し、アメリカ・イギリス・フランス・カナダなど二ニヵ国によって構成される国連軍を結成した。北朝鮮軍は南進を続け、大韓民国（韓国）政府はスウォンに首都を移し、六月二八日にはソウルが制圧された。六月二九日には日本にいたアメリカの進駐軍が国連軍として朝鮮半島に派兵されたが北朝鮮軍の勢いは止まらず、国連軍はプサンまで後退した。九月一五日、連合国軍最高司令長官ダグラス・マッカーサーは国連軍をインチョンに上陸させ、インチョンとプサンから北朝鮮軍を挟み撃ちにした。この攻撃により北朝鮮軍は壊滅的打撃を受け、九月二八日に国連軍がソウルを奪回した。

韓国は、一〇月一日、国連軍の承認を得て軍を三八度線を越えて北進させた。これに対し北朝鮮は中国に参戦を要請し、周恩来首相は国連軍が三八度線を越えた場合には参戦すると発表。国連軍は九日には三八度線を越えて進撃を開始、韓国軍・国連軍は二〇日北朝鮮の首都ピョンヤンを制圧、韓国軍は鴨緑江付近まで進攻した。

中国軍の参戦や、ソ連製戦闘機ミグ15による制空権奪還により、北朝鮮軍は一九五一年一月四日に再びソウルを制圧したが、アメリカ製戦闘機F―86の投入などによって体勢を立て直した国連軍が、三月一四日にソウルを奪回し、三八度線をはさみ戦況は膠着状態となった。

四月一一日、トルーマン米大統領は強硬派のマッカーサーを解任、リッジウェイ中将を後任に任命した。このことによって情勢は休戦に傾いた。六月二二日にアメリカの対外放送ＶＯＡは、国連ソ連代表のマリクに三八度戦での停戦を呼びかけ、マリクは二三日に国連で休戦勧告演説を行い朝鮮戦争の停戦を提案した。三〇日、リッジウェイ国連軍最高司令官は金日成首相に休戦会談の開催を提案し、七月一〇日にケソンで休戦会談が始まった。この後、戦闘が継続したままハンモンテンで休戦会談が続けられ、一九五三年七月二七日に朝鮮休戦協定は成立した。

朝鮮戦争は、アメリカの日本占領政策に大きな影響を与えた。一九五〇年八月の警察予備隊（一九五四年に自衛隊に改組）創設は、在日米軍が朝鮮半島に出動したことによる軍事的空白を埋めるものであり、新聞・放送・映画・官公庁などから日本共産党とその同調者の追放（レッド・パージ）も朝鮮戦争とともに拡大した。一九五二年のサンフランシスコ講和条約が、アメリカ、イギリスなどとの単独講和となったこともその影響である。また、兵站基地となった日本は、一九五〇年から五三年までに二三億ドル以上の朝鮮特需によって経済を再建し、重化学工業化をすすめ、高度経済成長期の基礎を築いた。

朝鮮戦争を扱った文学作品には、朝鮮戦争を取材しひとつの民族がふたつの国家にわかれて戦うことの悲惨さを描いた野口赫宙の『嗚呼朝鮮』（新潮社、一九五二年五月）、朝鮮戦争の悲劇を思想の問題として描き出した金達寿の『故国の人』（筑摩書房、一九五六年九月）、自らが国連軍に従軍した体験に基づく麗羅の『体験的朝鮮戦争』（徳間文庫、一九九二年四月）など在日朝鮮人作家によるものや、かつて植民地として支配した隣国の戦争が日本にもたらしたものを扱った堀田善衛の『広場の孤独』（中央公論社、一九五二年一月）、朝鮮戦争のさなかの日本で日本人と朝鮮人青年との連帯と断絶を描き、朝鮮戦争を日本の植民地支配との連続のうちにとらえようとする小林勝の『架橋』（『文学界』一九六〇年七月号）、北朝鮮の軍事裁判でアメリカ諜報機関のスパイとして死刑判決を受けた詩人林和を扱った松本清張の『北の詩人』（中央公論社、一九六四年一〇月）、米軍基地佐世保の一九五二年夏の二日間を描いた井上光晴の『荒廃の夏』（河出書房、一九六五年一一月）など日本人作家によるものがある。

■反基地闘争

一九五二年の講和条約・日米安保条約の発効によって米軍基地が恒久化すると各地で基地設置・拡張の反対、基地撤去を求める反基地闘争がおこった。

石川県内灘村（現内灘町）では、米軍砲弾の性能試験のための射撃場として砂丘地を接収することが一九五二年九月に日米合同委員会で決定されると、翌五三年に内灘接収反対実行委員会が組織され、日本労働組合総評議会や日本教職員組合などの支援もあって内灘闘争は全国的な闘いに発展した。五六年に試射は終了、五七年には米軍が撤退した。

内灘闘争は妙義・浅間・北富士・新島・砂川などの先駆けとなった。妙義・浅間の闘争は、米軍冬期山岳訓練学校と演習場のために山岳地帯を接収することに反対したものであり、一九五三年五月には浅間山米軍演習地化反対期成同盟会・妙義基地化反対共同闘争委員会が結成され、一部を除き使用取り消しを勝ち取った。東京都北多摩郡砂川町（現立川市砂川町）では、一九五五年五月に防衛施設庁が米軍立川基地の拡張計画を通告すると、砂川基地拡張反対同盟を結成して町をあげての反対闘争が行われた。同年九月と翌五六年一〇月には警察の実力行使による強制測量が行われたが、住民は激しく抵抗した。五六年の第二回強制測量は一〇〇〇名以上の負傷者を出す衝突事件となった。砂川闘争は日米安保条約を憲法違反とする伊達判決（一九五九年三月）を引き出し、一九六九年に米軍が立川基地拡張計画中止と飛行部隊撤退を発表したことによって終わった。

このような反基地闘争は、朝鮮戦争からベトナム戦争へと続くアメリカのアジア政策と日本政府の追随への危惧と同時に、一九五五年八月六日に開催された第一回原水爆禁止世界大会広島大会に象徴される反核・平和運動の高まりという時代のなかでとらえられるべきである。反基地闘争はその後、米軍基地の存在を許す日米安保条約そのものへの疑問となり、六〇年安保闘争・七〇年安保闘争へと発展した。

戦争の傷痕と「敗戦」を生きる女たち

林芙美子論の試み　厭戦から平和への意志
――『雨』『吹雪』『河沙魚』

尾形明子

1

一九四五（昭和二〇）年八月一五日、終戦を長野県角間温泉の疎開先で迎えた林芙美子が、東京の自宅に戻ったのは、一〇月二五日朝だった。混乱の中で作家として新たな出発を計る様子は『作家の手帳』『夢一夜』に詳しい。

ジャーナリズムの復興に伴い、芙美子もまた旺盛な執筆活動に入る。翌四六年一月『吹雪』（『人間』）、二月『雨』（『新潮』）から始まり、毎月、いくつもの作品が復刊まもない雑誌に掲載され、これまでの作品をまとめた単行本も、四月『女の日記』（八雲書店）、五月『稲妻』（飛鳥書店）、六月『散文家の日記』（実業之日本社）、同月『風琴と魚の町』（鎌倉文庫）等々、次々と出版された。庶民の目線に貫かれた作品は、底辺を生きる人々への共感にあふれ、しかもやさしく情緒的な文体に包まれていて、混乱と絶望の中を辛うじて生きようとする人々の胸にしみた。

これらの単行本に芙美子は序文・あとがきを追記しているが、ほとんど無限に湧き出す泡粒《バブル》のような言葉の渦に、その時々の芙美子の作家としての決意、時代や政治、同世代の作家に対する痛烈な批判が込められていて、それぞれ、一篇の作品を読む感がする。

記された月日を見るなら、「昭和二十年十二月十五日　下落合にて」とある『風琴と魚の町』のあとがきが、戦後、もっとも早くに書かれたものとわかる。鎌倉文庫から〈現代文学選⒁〉として出され、表題作の他、『婚期』『黄昏の席』『春のみづうみ』『桶と生姜』『就職』『運命』『市立女学校』『悪闘』『一時期』が収められている。これらの作品について、「あとがき」で芙美子は「暗紅色とか、赤褐色とか、薄黄ろい落葉のあつまりのやうにとりとめもない小篇だけれど、私にはそれぞれに思ひ出がありみななつかしいものである。小説好きな若い人達に読んでいたゞきたいものだ」と書いている。疎開先から戻って間もない作家としての実感がこもる。

私たちには頑固なほどながい苦しい時代がつゞいた。消毒ずみと云つたやうな政府の判を押されて文章を書かなければならないみじめだつた生活から解放されて、今日またはればれと此本を出版出来ることはうれしいことだ。コスモポリタニズムから顔をそむけて、私たちは何十年も遅れてしまつたやうな侘しさを感じてゐる。心臓虚弱性と云つたやうな一種の神経衰弱にかゝつてゐなかつた作家があつたゞらうか。私たちは長い戦争に飽き飽きしてゐた。どうにもならない戦争におびえ、政府の消毒ずみの判におそれをなして、おほかたの作家はペンををさめてみんなだまりこんでしまつてゐた。

> 二三人寄りあふごとに、この戦争の苦しさをひそひそと語りあつたものだ。私は三年間も山の中へ疎開してゐて、小説を書く事をやめて詩ばかり書いてゐた[1]。希望のない苦しい年月であつた。私の書くものは全面的に弱くて、消毒ずみの判さへ押せないとなると、そつと引つこんでしまふより仕方がない。国を思へばこそ何か書きたいと思ひながら、発表する道のないこの数年を、私たちはとにかくどうにか耐へて来た。
>
> おびえる事が長く続くと、妙な事には私のやうな小説家は確信がなくなり、現実を直視する事が辛くなつてきてゐる。
>
> 私はまだなかなかものを書きたいと云ふ気持になつてはゐない。美しいあふれるやうなものを書きたいと思ひながら、筆は渋り、すぐつまらないことに胸がいつぱいになつてしまふ。長い戦争の間に青春があせて、私は年をとつたのだらうと思ふ。

長い引用となったが、作家としての再スタートをすぐには切れずに逡巡する芙美子の心のうちが伝わる。『戦線』『北岸部隊』でもてはやされた時代は、芙美子の中で遠かった。中国の広大な地を、マラリヤに苦しみながら兵士とともに歩いた記憶は、さらに以前の転々と放浪していた時代やパリでの日々と同じく、すでに遠景だった。老いた母親と生まれて間もない男の子をつれて過した疎開地での記憶がすべてを覆いつくしていた。

林芙美子という作家の特色がここにある。目の前に見えるものに、実感できるものにだけ芙美子の作家魂は激しく反応する。戦争終結後の混乱に、茫漠としたいくつもの感情を重ねながら、芙美子が動き出すのは、この一文を書いて後だった。

2

一九四六（昭和二一）年一月、『人間』創刊号に発表した『吹雪』から、芙美子は戦後のスタートを切る。『晩菊　林芙美子文庫』（一九四九年三月、新潮社）の「あとがき」に、芙美子は『吹雪』を書いた時期を、角間温泉に疎開していた「昭和十九年二月頃」とする。「山中生活で、私は百二十篇ばかりの詩と、六篇ばかりの短篇を書いた」とし、他に『あひびき』『ボルネオダイヤ』『放牧』をあげ、「山の中では、何ものにもとらはれず、何時の日、発表できると云ふあてもないながら、書きたくて書いたものばかりなので、私はこの吹雪が作者としては、一等に好きなものである」と書いている。当初は「まるくをさまつた話」という題だったという。

しかしながら、芙美子が疎開したのは一九四四（昭和一九）年四月二七日であり、嗣子として出生届を出したばかりの泰と母親を戦禍から守るべく、まず信州上林温泉の旅館「塵表閣」に滞在、八月末に長野県下高井郡穂波村角間温泉に移る。牛木宅の二階で、翌年五月まで過し、その後引揚までの日々を柴草元吉宅で過している。芙美子の疎開期間は一九四四年四月末から一九四五年一〇月末まで一年八ヵ月であり、芙美子がしばしば書いている「三年間」の半分余である。『吹雪』の時期が二月とするなら、一九四五年と限定されよう。そうであるなら『吹雪』が書かれたのは「昭和十九年二月」でなく「昭和二十年二月」ということになる。果てしなく長い冬を含めて、芙美子の意識の中では疎開生活は三年間に及んだのかもしれない。

疎開生活をつぶさに書き込んだ作品に、『作家の手帳』と『夢一夜』がある。ともに戦中・戦後の林芙美子を考える時のベースともなる作品だが、『夢一夜』の冒頭は、吹雪の夜である。物置を改造した雨戸もない二階、物凄い吹雪が障子にあたって波のようなしぶきを立てる。ラジオのメモリーだけが暗闇にぼうっと浮び、ブザーが響き、「東部軍管区情報」の声が聞こえる。古びた障子が風にたわんで、唸りながら滑って開き、雪が吹き込む。子供の肩を蔽っている毛糸は濡れ、老母の足が炬燵《こたつ》の灰の中に落ち込んでいるのではないかと主人公の菊子は探る。菊子は芙美子自身とほぼ等身大で重なる。眠れないままに菊子は『吹雪』の詩を書くのだが、同時に書かれたのが、この短篇『吹雪』だったのだろう。

「戦争はながくつゞいた。こんな谷間のなかの小さい村のなかでも、もう、みんな、このながい戦争には飽き飽きしてゐた。これからまだ百年もこの戦争はつゞくのだときいて誰の胸のなかにもうつたうしい哀しい思ひがたれこめてゐた」と『吹雪』は始まる。

谷間の小さな村にも、戦争は容赦なく入ってきた。かねの夫の萬平が、七五歳の母親と子供四人を置いて戦地に出て、すでに足掛け三年が過ぎた。二七歳の女学生のようなかねは、日雇いをしたり僅かな畑を耕したりして、留守を支えていたが、役場から戦死の報が届く。泣き暮らして三月が過ぎ、季節は冬に入った。

北向きの崖の上にあるかねの家は、炉のなかへどんなに薪を沢山入れてもなかなかあたゝまらなかつたし、破れ障子一枚の窓からは雪がきらゝのやうに舞ひこんではいつてきた。九ツを頭に四人の子供はふざけながら粥をすゝってゐる。年寄は炬燵のなかで流しの上に舞ひこんで来る雪をぢつと眺めてゐた。かねは来年の三月ごろまでは交通の途絶えてしまふ村の長い冬がきらひであつた。

そうした朝、隣の勝さんが訪ねてくる。勝さんはカリエスの妹と目の悪い父親との三人暮らしだった。薪の供出に苦労するかねを手伝い、次第に二人は親しくなっていく。

「私が悪いんぢやないよ。世の中が辛いから、私は勝さんのやうな親切なひとにすがつてゆきたくなるのだよ。貧乏で働きのない私はねえ、萬平さん、もうくたびれてどうにもかうにも仕様がねえンだよ。穴倉みてえなんだぜ」とかねは夫の幻影に向って呟く。周囲も二人が夫婦になる事を認めていた。萬平を思いながらも現実には勝さんの優しさと働きに頼っていたある夜、萬平が実は負傷して宇都宮の病院に入っていることを知らされる。かねは悩みながらも勝さんに付き添われて、病院に行き、萬平に会う。泣きじゃくるかねに白衣の萬平は「みんな聞いてるよ、どうも仕方のねえ事だもの、俺は何とも思やしねえが、――俺が戻るとなれば、お前たち困るだろう」と言う。

三人の病院の廊下での出会いの場面に、突然に作者が括弧で感想を述べる。（善良なかうした人達の、かうしたあやまちがどうして道徳で律してよいものであらうか、筆者はさう考へる。世の中には悪いことばかりして自分の不正直さに恥ぢない人達もゐるのだもの。）廊下に敵機来襲のアナウンスが響き、萬平は蹲り、勝さんはかねを庇う。その夜、駅で一夜を明かし吹雪の中を村に帰る途中、勝さんは、かねへの思いを断ち切るように、東京に行くことを告げる。作品は次のように終る。

かねはしつかり勝さんの手につかまつて吹雪の道を歩いた。こまかい雪片はまるで手がつけられないほどやみくもに降つてゐる。かねは凍えきつてゐたが、眼だけはいつも涙でしびれるやうに熱かつた。勝さんはかねに別れる辛い気持ちをどうにかしなければと努力してゐるかのやうに、かねの手を引つぱるやうにして歩いた。威嚇するやうなひどい風の唸りが、昏い夜の向ふから雪片といつしよに吹きつけてくる。二人は時々風にさからつて顔を左右にふりむけて歩いた。

疎開先の山村で実際にあった話なのかもしれない。宇都宮の病院は、かつて衛生兵として緑敏が勤めていた場所であり、芙美子は一九三七（昭和一二）年暮れから一九三八年にかけてしばしば訪ねている。その折に聞いた話なのかも知れない。〈貞女二夫にまみえず〉の時代である。しかも夫は「お国のために名誉の戦死」を遂げている。が、現実には、残された家族はその日から食べるにも事欠くことになる。一家の担い手となった「未亡人」が、その心細さをも含めて、頼る人を求めるのは、家族が生きていくためにも仕方のないことだったと、芙美子はさり気なく認める。戦後に芙美子が書いたおびただしい「戦争未亡人」を主人公とした作品群につながっていく。

しかも芙美子にとって、「性」の要求は、人間としてごく自然な本能だった。「性欲」は男の側の特権ではなく、女にも当然のこととしてあることを芙美子は書く。おそらくは戦時下の同じ頃に書かれたとおもわれる『指』(『女性改造』一九四七年一月)にも、戦争未亡人の真佐子と、結婚して四ヵ月で夫が出征し四年が過ぎた妹の比佐子が登場する。真佐子は中学生の息子安雄の世話に淋しさを紛らわしているが、比佐子には恋人がいるらしい。「あれほど女らしくて可愛かつた比佐子の性質が、四年の間にはまるきり荒さびきつて、まるで男のやうな気むづかしさになり」、今では酔うとしつこく人に絡んで喧嘩するという風評もある。が、真佐子はすべては「この戦争が種を播いたのだ」と思う。作品は、先生に勧められて少年航空兵に志願することを級友と約束し、血判を押した時の傷を指につけて帰宅した安雄に、大反対する二人の様子を描く。作品自体は凡庸だが、戦争批判は学校教育批判に及び、とうてい戦時下では発表すべくもない作品だった。

「何だか、行きが〻りのやうな怖ろしい戦争のやうに思へた。四五年もたてば、そのうち、この戦争も何とか片がつくにちがひないと思つてゐた足もとから、こんなに幼い子供が、飛行機へ乗りたいと云ふやうになつたのだ。子供の情熱を噴き立て〻勇敢な少年に教育されやうとする、学問の外の学校教育を、真佐子はよけいなことだと思つた」という感想は芙美子の本音だったのだろう。

『指』は一九四七（昭二二）年五月、南北書園から出版された『一粒の葡萄』に『少年』『泣虫小僧』『一粒の葡萄』とともに収録されるが、全集未収録である。(2)

3

戦後の出発として芙美子が書いた作品が短篇『雨』だった。

『雨』は、一九四六（昭和二一）年二月『新潮』に発表された後、『林芙美子選集』（一九四七年四月、万里閣）、『晩菊　林芙美子文庫』（一九四九年三月、新潮社）に収録される。前者は、『放浪記』『風琴と魚の町』『清貧の書』『泣虫小僧』『鶯』『朝夕』『吹雪』『雨』の他に一九四六年五月付けの『自作に就て』、板垣直子の解説『生と詩の作家』が入る。後者は『吹雪』『荒野の虹』『雨』『放牧』『麗しき脊髄』『水仙』『あひびき』『河沙魚』『旅情の海』『夜の蝙蝠傘』『晩菊』とともに、一九四九年三月付けの「あとがき」が入る。芙美子自身の手による『雨』の収録はこの二冊だけではないか。『自作に就て』と「あとがき」の間には三年弱の歳月が流れている。その間に発表した『晩菊』が絶賛を博し、『林芙美子文庫』全一〇巻の刊行が新潮社から始まった。四九年末からは『浮雲』の連載が始まる。作家として最盛期を迎える中で書かれたのが「あとがき」だった。

終戦後、『吹雪』と『雨』といふ短篇をかきましたが、現在の私の心のありかたは、このやうな一点にのみは熾に燃えてゆかうとしてゐる自分を感じます。この戦争で沢山のひとが亡くなつてゆきましたけれども、私はそのやうなひとたちに曖昧ではすごされないやうな激しい思ひを持つてゐます。せめて、そのやうな人達に対してこそ仕事をするといふことに、私は現在の虚無的な観念から抜けきりたいとねがふのです。（『林芙美子選集』自作に就て）

昭和二十年の十月に私は東京へ戻つて来た。そして始めて雨を書いて新潮に発表した。名古屋へ旅をして、雨の降る駅頭に、始めてみすぼらしい復員兵の姿を見て、私はさうした人々の代弁者となつて、何か書かなければと云ふ思ひにかられた。麗しき脊髄、夜の蝙蝠傘はその一聯の作品である。何のモデルもないものだけれども、私の心の中には、常に泥土にまみれて、かつての戦場の露と消えた兵隊に対しての思ひが消えることなく明滅してゐるのだ。戦場の墓標と化した若い生命に対して、私はその人々の息を私の筆で吐き出してみたい願ひのみである。そして、一切、私小説なぞは書くまいと思ひ始めたのも此頃からであつた。

長い戦争の期間を私達は耐へながら持ちつゞけてゐた。この戦争を忘れてしまつては、第二第三の戦争にまたまきこまれてゆく可能性のある事を私は怖ろしいと思はないわけにはゆかない。戦後のみじめな庶民の暮しを、私はやはりどうしても書かずにはゐられないのだ。

（『晩菊　林芙美子文庫』あとがき）

『自作に就て』が、戦後の芙美子自身の作家としての出発の決意表明だとしたら、三年後の「あとがき」は、急激に変わってしまった戦後の世相、文壇の作家たち、マスコミに対する痛烈な批判を込めた芙美子自身の作家宣言ともいえる。戦争と戦後にこだわり続けることこそ、作家としての再出発を決意した芙美子の原点だった。戦後のめまぐるしく動く時代と社会に流されることを芙美子は拒絶する。すべてを廃墟と化した戦争を、失われた無数の命を、忘れてはならないと言い続ける。

私はこれまで、林芙美子という作家にとって重大なのは、自分の目で見たこと、実感したことへのこだわりであり、それが芙美子の強さであり同時に限界なのだ、と書き続けてきた。実感そのままを思想に化することは難しい。しかしながら、戦後の林芙美子の文学は、庶民を無視し彼らを戦争のための資源としか見なさなかった為政者が引き起こした戦争をテーマに据える。混乱、廃墟、失われた命、数限りない悲劇などをキーワードとして、繰り返し繰り返しそれらを描くことで、平和への希求は芙美子を貫く思想となった。

もちろん芙美子のイマジネーションは、広島・長崎にも、中国や南方の各地で、同じように失われた異国民の命にまでおよぶことはできなかったし、戦争の本質にまで迫ることもできなかった。しかしながら、戦争の悲惨さ、戦後の惨めさを、庶民の暮らしの哀感を通して描き、その言葉を引き出して語らせた時、彼らの言葉は、芙美子の実感に息吹を与えて、強靭な思想となった。

4

『雨』は「大寒の盛りだといふのに、一向雪の降る気配もなく、この二三日はびしやびしやと霙のやうな雨ばかり降つてゐた。昼間から町中を歩き廻つたので孝次郎はすつかりくたびれ果ててゐた。何處でもいゝから今夜ひと晩眠らせてくれる家はないかと思つた」と始まる。

芙美子は主人公を信州の絵かきに設定する。お国のために一命を賭して、とは考えることのできないインテリであり、中国の戦地に送られても、このままでは発狂してしまうと仮病を使って前線を離れ、殺菌剤と排泄物の臭いが凄まじい、虱だらけの病院にもぐりこんで、辛うじて生き延びる。彼の望みは、妻初代の待つ故郷の信州に帰り、「花のやうな美しい絵を描きたい」ことだけだった。終戦と同時に北京に集められ、やがて船に乗せられて佐世保港に上陸する。

そこで電報を打ち、三日目に故郷の松代に着くのだが、駅には妻ではなく、父親が待っていた。町の小さな旅館に連れて行かれ、そこで酒を飲み交わしながら、戦死の報が届いていたこと、そのため戦争が終ってすぐに、初代を孝次郎の弟と結婚させたことが告げられた。今は二人で馬車馬のように働いているという。孝次郎は、怒りよりも、二人を不憫だと思う。

正直な人たちには刃向へないやうな哀れなものを感じると同時に、また孝次郎は生命を大切にこゝまで運んで来た自分の努力をも哀れになつてきてゐる。自分が生きたいから生きてきたといふ心の片隅に、肉親への強い愛情もあつたのだぞと、恩をきせるやうな思ひもなかつたとは云へない。

翌朝は母親も来て、息子の生還を涙ながらに喜ぶ。母親のせいいっぱいの心づくしに孝次郎は寛ぐが、このまま名古屋か東京に出ることを決めていた。

友人を訪ねて、まず名古屋で降りたが、雨の中を探しあてた家は焼失していた。駅の広い三等待合室は焼け出された人々であふれ、老若男女がひしめきあって寝場所を作っていた。

自分と同じやうな年配の男を見ると、孝次郎はかつての戦友を見るやうな哀しい気持ちだつた。人と話がしてみたくて仕方がない。いつたいこんな焼野原になるまで、どうして人々は我慢をしてゐたのかと尋ねたかつた。駅の三等待合室にひしめきあつてゐる家なしの人達の不運さを誰がつぐなつてやるのだらうか……。還つて来たばかりの孝次郎は腑に落ちないことだらけだつた。民衆のあらゆる能力や労力をこき使つた揚句の果てが、こんな落ちぶれかたになるのかと腹が立つて来る。その腹立ちが苛々と色濃く迫つて来た。忠義に死んだものが馬鹿をみたではないか、死んだものを呼びかへして来いッ。自分だつてこゝに立つてゐるのはまだ幽霊なのだぞ。孝次郎は勇ましい戦死者になつて、かうした孤独さに置かれてゐることが口惜しかつた。

孝次郎は、焼け野原に建ったバラックの居酒屋を見つけて、そこの親父と話しながら夜を明かす。その親父もまた戦争で息子を失い、家を焼かれ、あらゆる悲惨をなめていた。「十五六の男の子」が店を手伝っていた。二人はぼそぼそと語り続ける。

「軍隊位いんちきな處はありませんよ。自分は二度目に召集が来た時は、もう、これでは生きることはむづかしいと思ひました。何しろ、毎日毎日、筏を組んで漂流する練習ばかりしたゞですから、そんな事をしてゐるうちに段々自分は怖くなつてきて逃げ出したくなりました……」

「さうさ、どうも、此の戦争はたゞでは済まんと考へてゐたが、えらい不始末をしでかしたものさねえ、何しろ向こうみずで、勘のやうなもので戦争を始めたンだから。――可哀想に、私の女房も、息子は死ぬし、家は焼かれるし、娘の亭主も中国へ行つて、いまは子供ごと背負ひ込みで、それに、この子も岡崎の工場で怪我をして腕一本なくしてしまつて……それでもう女房の奴、気が変になつてしまつてね、気病みとでも云ふのか、半年ばかりぶらぶらして一向に埒のあかん女子になりましてねえ」

作品は「何處へ行くと云ふ當てもないけれども、まだ二三時間はこゝにゐられるのだ……。孝次郎は厠を探しに店の戸を開けて戸外へ出て行つた。表は案外広い電車通りで、細葱をいつぱい積んだ荷車が一台店の前に停つてゐた」と終る。『新潮』に発表された初出の末尾には脱稿日として（昭和二十一年一月十七日）と記されている。

復員し敗戦の現実に直面した孝次郎が十分に描かれているとは言えないが、戦後の芙美子の感情が、孝次郎や飲み屋の親父の言葉となって迸り、ほとんど生《なま》の状態で投げ出されている。その意味で作品としては破綻している。が、芙美子のやり場のない憤りは、一夜の宿を求めて焼跡を彷徨う復員兵や焼け出された庶民と一体化して尽きることがない。やりきれない思いが際限なく続く。芙美子の実感からほとばしる叫びは、敗戦を生きる人々の心に沁み込んでいったことだろう。

しかしながら、芙美子は絶望だけを登場人物に語らせているわけではない。戦争が終結したことが、そのまま新しい時代への幕開けであることを、飲み屋の親父と一晩語り合った孝次郎に語らせる。

息子を戦地へおくつたり、工場へ出したりして、祖国を想へばこそ、無理な長い戦争にも此人達は耐へ忍んできた。どの人も泣くだけ泣いたあとのやうに、何も彼もあきらめかけてゐる……。だが、そのあきらめは空なあきらめではない。いままで只の一度も自分達の国家だの、政治だのを考へてみた事もないつまらない女達までが、この敗戦で、しみじみと国の姿を手にとつて眺める気持ちになつてゐるのだ。誰に気兼ねもなく手離しで泣き合へた人々の心の中には、少しづつでも小さい希望が与へられてきた。戦争最中の、あの暗い不安な気持を続けるよりも、戦ひに敗けてよかつたと思ひ、誰もが、現在に吻つと息をついてゐるかたちだつた。

作者芙美子の感情があまりにも生《なま》なかたちで出ているために、作品は肝心の孝次郎が造型されることなく、その悲劇も深められることもなく終った感がある。戦時下の貧しい農村の男女の悲劇を描いた『吹雪』の方が、作品としてはまとまっているのだが、はるかな時代を経た今なお、『雨』の登場人物の叫びが胸に突き刺さってくる。孝次郎や飲み屋の親父の向こうに、同じ悲劇を体験した無数の庶民の悲鳴を聞く。彼等は孝次郎と同じように明確な顔を与えられないままに、翻弄され、深い痛手を負い、やり場のない怒りや愚痴を吐き出しながらも、明日を生きるために手足を動かさなくてはならない。時代を乗り越える群衆の逞しさをも含めて『雨』は、今も、作品の命を保つ。

芙美子が個人の顔をくっきりと、戦争の中から浮びあがらせたのは、一九四七（昭和二二）年一月号の『人間』に発表した『河沙魚《かわはぜ》』からだった。

5

私は『河沙魚』を、林芙美子の文学のみならず、戦後文学の最高峰におく。世評の高い『晩菊』

をはるかに越えていると思う。言葉は厳選され、揺るぐことない緊密さをもって次の言葉を用意する。芙美子の特質とでも言うべき情緒的リズムを拒絶した文体が、作品の緊張感を高めている。

空は暗く曇つて、囂々《ごうごう》と風が吹いてゐた。水の上には菱波が立つてゐた。いつもは、靄の立ちこめてゐるやうな葦の繁みも、からりと乾いて風に吹き荒れてゐた。ほんの少し、堤の上が明るんでゐるなかで、茄子色の水の風だけは冷たかつた。千穂子は釜の下を焚きつけて、遅い与平を迎へかたがた、河辺まで行つてみた。──どんなに考へたところで解決もつきさうにはなかつたけれども、それかと云つて、子供を抱へて死ぬには、世間に対してぶざまであつたし、自分一人で死ぬのは安いことではあつたけれども、まだ籍もなく産院に放つておかれてゐる子供が、不憫でもあつた。

作品の冒頭である。全文を書き写したいほど見事な文章が続き、芙美子が戦後の復帰を完璧な形で果たしたことを思わせる。

荒れ狂う風の中、舅の与平は胸まで川水につかっている。「おぢいちゃん！」と千穂子に呼ばれて振り返った与平の顔の描写は象徴的である。

棚引いてゐた茜色の光りは沈み、与平の顔が只、黒い獣のやうに見える。なまぐさい藻の匂ひがする。

「おぢいちゃん」と「黒い獣」「なまぐさい藻の匂ひ」が、並列される。

千穂子は戦地から夫の隆吉が帰ってくるのを待ち続けていた。その一方で与平と関係を持ち、産院で女の子を出産したばかりだった。姑のまつは中風で五年間も寝ついている。実科女学校を出てから、京成電車の柴又駅で切符売りをしていた千穂子は、車掌をしていた隆吉と結婚し、二人の男の子がいた。退職後、百姓や土地売買のブローカーをしながら生計を立て、夫婦仲は睦まじかった。隆吉の出征後、夫の実家に身を寄せ、姑の世話をしながら骨身惜しまず働いているうちに与平と関係ができた。与平は五七歳、千穂子は三三歳、性の陥穽と言うしかない関係だった。

「千穂子は臆病であつた為に、ふつとした肉体の誘惑を避けることが出来なかつたのだ……。一度、軀を濡らしてしまへば、あとは、その関係を断ち切る勇気がなかつた。若い女にとつて、良人を待つ四年の月日と云ふものはあまりに長いのである」と芙美子は書く。与平も千穂子も寅年の生れであり「二匹の雌雄の虎がうゝと唸りながら、一つ檻のなかで荒れ狂つてゐるやうな思ひ出が、千穂子の軀を熱く煮えたぎらせた」と、千穂子を与平とあくまでも対等に扱っている。性欲を決して男だけのものとはしていないし、千穂子を被害者に仕立ててもいない。二人に共通しているのは戦地に行っている隆吉への思いと、隆吉の不在の淋しさだった。それが一層に二人を結びつける。

「与平にとつては、嫁の千穂子が不憫で可愛くて仕方がないのであつた。隆吉に別れてゐる淋しさが、千穂子との間にだけは、自分の淋しさと同じやうに通じあつた」と芙美子は書く。昼間はどのように自制しても、夜になると「千穂子へ対する哀れさ不憫さの愛が頂点に達して」与平は本能のままに行為し、そのあとは息子に対する自責の念に駆られる。千穂子という女も自分も、あらゆる人間がいやになり、人付き合いも悪くなり、魚釣りばかりしていた。隆吉の復員を待ち望む一方、隠し通す気はなく謝罪することを決意していた。が「ずしんと水底に落ちこむやうな孤独な気持ち」に苛まれ死ぬことを無意識に思ったりもする。

千穂子は女の子を産むが、不器量のため貰い手が付かつかない。千穂子はすべてを隆吉に話し、彼が新しい嫁を迎えて再出発してくれることを期待し、どのような制裁も受けることも覚悟していた。

自分と云ふ性根のない女を、思ひきり虐なんで貰はなければならないやうな気がした。そのくせ、千穂子は与平を憎悪する気持ちにはなれなかつた。俎板の上で首を切られても、胴体だけはぴくぴく動いてゐる河沙魚のやうな、明瞭りとした、動物的な感覚だけが、千穂子の脊筋をみゝずのやうに動いてゐるのだ。

与平は金を工面し、金を付けて嬰児を養女に出そうとするが上手くいかない。子供を産んで一ヵ月が過ぎる。佐世保に着いた隆吉から明日あたりに戻ってくるという電報が届いた。姑のまつは二人の関係に気がつきながらも何も言えず、嫁のかいがいしい介護で生きていた。千穂子はこの河添いの生活をそれなりに愛していた。隆吉の帰還と共に失われることを思うとたまらず江戸川の土手を下りてみる。

もう、追ひつめられてしまつて、どうにもならない気持ちだつた。「死ぬッ」千穂子は独りごとを云つた。死ねもしないくせに、こゝろがそんな事を云ふのだ。肉体は死なないと云ふ自信がありながら、弱まつた心だけは、駄々をこねてゐるみたいに、「死ぬッ」と叫んでゐる。四囲は仄々と明るくて、何處の畑の麥も青々とのびてゐた。

千穂子は「苔でぬるぬるした板橋の上に立つて」江戸川の流れを見詰める。作品は次のように閉じられる。

どうしても、死ぬ気にはなれないのが苦しかつた。本当に死にたくはないのだ。死にたくないと思ふとまた悲しくなつて来て、千穂子はモンペの紐でぢいつと眼をおさへた。全速力で何とかしてこの苦しみから抜けて行きたいのだ……。明日は隆吉が戻つて来る。嬉しくない筈はない。久しぶりに白い前歯の突き出た隆吉の顔が見られるのだ。いまになつてみれば与平との仲が、どうしてこんな事になつてしまつたのか分らない……。自然にこんな風にもつれてしまって、不憫な赤ん坊が出来てしまつたのだ。――長い事、橋の上に蹲踞んでゐたせいか、ふくらつぱぎがしびれて来た。千穂子は泥の岸へぴよいと飛び降りると、草むらにはいりこんで誰かにお辞儀をしてゐるやうな恰好で小用を足した。いゝ気持ちであつた。

戦地に夫を送り、夫の家で暮らす多くの嫁を襲うものを、家族内の悲劇としてだけでなく、性の誘惑や本能、さらには日本の庶民の家屋の間取りまでを含めて芙美子は描く。田の字型の間取りでは、襖一つ隔てて、それぞれの寝息までが聞えるのだろう。あまりに無防備な家の構造である。性がおおらかであったというより、プライバシーの持ちようのない家の間取りが生み出した悲劇であり、だからこそ密室でなされる情事のような罪のにおいも薄い。若くして結婚する時代だから、当然祖父母と呼ばれる世代もまだ若い。五七歳の男は、「おぢいちゃん」と呼ばれようと、壮年の肉体と欲望を持っている。中風の妻を持つ男と、戦争に夫を送り出した女が、同じ家に寝起きしていれば、起こるべくして起こった悲劇といってもいい。舅と嫁の悲劇は、モラルの枠を外してしまえばそれほどに特殊なことではない。

戦争が起した悲劇には違いないが、芙美子の力点は人間を捉えて放さない性にあるのではないか。闇の中で繰り広げられる夫と嫁の関係を、身じろぎもしないで見詰める姑まつの絶望が、作品のうしろに鮮やかに浮かび上がる。怒りも嫉妬も憎悪も、そして、悲しみも、情けなさも、あきらめも、全てを封じ込めて、無表情にまつは嫁の千穂子の世話によって生き続ける。いつ惨劇に転じてもおかしくない家族のありようは、あやういバランスの中に辛うじて保たれ、隆吉の明日の帰宅を待つこととなる。

　隆吉がどのような結論を出すのか。作品のその後は読者に委ねられる。いくつものストーリーが用意されるが、芙美子は「小用を足した。いゝ気持ちであつた」とだけしか書かない。こうした描写と終り方にも驚かされるが、作品世界は読者の心にいつまでも揺曳する。

　戦争の悲劇は十分に描かれている。といって、ストレートな反戦文学というわけではない。しかし戦後になってはじめて書くことの出来た作品であるにはちがいない。夫の家で、病気の姑の看護をし、健気に夫の武運を祈りながら帰還を待つ妻の物語を、禁断の男女の物語とした芙美子は、戦争未亡人の性の問題に立ち入っていく。やがて戦争を背景に時代に翻弄される男女の生と性の悲しみの集大成として、『浮雲』が用意される。時代と社会、個人がそれぞれ抜き差しならない関係で切り結ばれていくことを、林芙美子の文学は私たちに突きつけている。

　『雨』『河沙魚』が掲載された『人間』については、高橋英夫『鎌倉文庫と文芸雑誌『人間』』（一九九三年三月、大空社）に詳しいが、戦時下、生活の一助にと鎌倉在住の作家が集まって始めた貸本屋・鎌倉文庫が、戦後、出版社・鎌倉文庫となった。『人間』は一九四六（昭和二一）年一月、その鎌倉文庫から川端康成と久米正雄を代表として創刊された文芸誌である。改造社時代の『文藝』編集長を務めた木村徳三が編集を受け持った。誌名は、一九一九（大正八）年から一九二一（大正一〇）年にかけて里見弴、久米正雄らによって出された文芸雑誌『人間』を踏襲し、「新たなる日本文学の発展に寄与する」ことを目的とした。作家の手による理想を掲げた文芸誌として、敗戦後の文学界に旋風を巻き起こした。

川端、久米のほかに、高見順、菊池寛、永井荷風、大佛次郎、北原武夫、正宗白鳥、高浜虚子、室生犀星、林芙美子、野上弥生子、平林たい子、吉屋信子等々を執筆陣に揃え、創刊号二万五〇〇〇部はまたたくまに売り切れた。活字に飢えた人びとは行列をなした。一九四六（昭和二一）年六月、大学生だった三島由紀夫が、川端の推薦で短篇『煙草』を発表し、評判となった。しかし一九四七（昭和二二）年四月、紙の統制でページ数が六四ページにまで削減、部数が減少し、一九四九（昭和二四）年には教科書会社の目黒書店に売却された。木村がそのまま編集長を勤めるが、経営状態は悪化し、一九五一（昭和二六）年八月、六巻六七冊をもって廃刊となった。

芙美子は、『人間』に、『雨』『河沙魚』の他に、『別れて旅立つ時』（『夢一夜』二部、一九四八年五月）『野火の果て』（『夢一夜』三部、同九月）『めかくし鳳凰』（一九五〇年三月）の五篇を発表している。付け加えるなら『河沙魚』と同じ号には、野上弥生子が『転生』を書いている。

『河沙魚』は、短編集『淪落』（一九四七年六月、関東出版社）、に、『淪落』『雪の町』『あひびき』『ボルネオダイヤ』『雷雪』とともに収録される。「昭和二十二年四月二十四日」の日付で書かれた「あとがき」を通して、新たな出発を模索する芙美子の様子が浮かび上がる。

当分、私は人間の弱点のなかへくすぶり込みたいと願つてゐる。私のかうした目的が、私の中のいまゝでの仕事すべてをふいにしてしまつても、それほど強く私を引つぱつてはなさない。どんな醜の醜なるものも、人間のいとなみのなかには存在してゐる。その醜の醜なるものゝなかに、私は作家として無関心であり得ない執着を持つ。

具体的に『河沙魚』に触れているわけではないが、ある決意が表明されている。

風あたりのいゝ涼しい処でのみ、私は人間を見てゐたやうである。人間の弱さに対する懐疑を涼しいところからばかり見てゐたのが私の甘さであつたのだらうと悟つてくる。—何にしても、私はこのごろ、むせうに仕事をしたい。昔の仕事に対して何のみれんもなくなつた。長いデッサン時代を過ぎて、これから私は絵具を塗る。パレットを持つて本格的な仕事をしたいと思つてゐる。社会性のある作品を書いてみたいと思つてゐる。

心の中に広がる意欲と野心にあおられたような昂ぶりが延々と続く。戦時下を含めて作家としての長い空白と試行錯誤からようやくに脱した充実感と気負いに満ちている。『河沙魚』はそうした中の作品であるが、表題作の『淪落』『ボルネオダイヤ』等々と比べても、際立った魅力と迫力を持つ。さらにいうなら、『河沙魚』以外の作品に「醜の醜なるもの」を感じることは難しい。

芙美子自身の『河沙魚』についての直接的な言及は、「『晩菊　林芙美子文庫』あとがき」（一九四九年三月、新潮社）まで待たなくてはならない。

観念を突き抜けて、形而上的なものを突き抜けて、私は単純に人間の心底をつかみたい気がしてゐる。短篇においては、最も注目すべき発端が私には重大な事であつて、手あたり次第にものを書く淫しかたはさけるべきだと私は考へてゐる。

河沙魚は、さうした私の仕事の中でも、最も感傷を捨てた珍しいものとして読んでいたゞければ有難い。只の不倫な作品として読み捨てられはしないかと不安だけれども、私の血みどろな思ひを少しでも汲んでいたゞければうれしいのだ。

『淪落』と『晩菊』にそれぞれ収められた二つの「あとがき」を通して、芙美子の『河沙魚』への思いが伝わってくる。しかしながら世評は『晩菊』に高かった。『河沙魚』の人生の一断面をどぎつい油絵とする手法は、人生の無情をしみじみとうたい上げた『晩菊』の方へと減色されていく。この意欲に満ちた実験的な作品『河沙魚』に心を残しながらも、芙美子は流行作家の波に乗り、いつしかその手法を忘れていったのかもしれない。

注

（1）最今、林芙美子の戦時下の作品が発見されている。二〇一三年四月四日『朝日新聞』夕刊は、一九四一年一二月一八日付『満洲日日新聞』に掲載された『決戦議会の感想』及び一九四四年五月一日〜一二日にかけて『満洲日報』に一〇回連載された『少年通信兵』について報じた。共に植民地文化学会代表の西田勝氏が見つけた。前者は真珠湾攻撃を受けた太平洋戦争の目的貫徹を決議した国会を傍聴した一千字を超える文章である。感動の「涙が鼻頭につき上げ」、「全将兵は必勝の信念の中にと謂ふ言葉の中に、もう一つ全日本女性の名も加へていただくのはもとより、私達はこれからも益々陰になり陽になって最大の女の力を出して行かなければ」と書く。後者は機械いじりの好きな貧しい農家の少年が通信兵を志願し、合格して通信学校に学んでいるという内容である。共に植民地文化学会のウェブサイトで読むことができる。

（2）二〇一三年一〇月『華やかな孤独　作家・林芙美子』（藤原書店）を出すに際して林芙美子の姪で、芙美子の没後林緑敏と結婚した林福江さんに数度書き取りをさせていただいた。鹿児島の姉ヒデの長女正子、次女俊子は芙美子の世話で昭和女子大学付属高等女学校を卒業。正子はタイピストとして満州に渡り、帰国後結婚し長男が生まれたが、夫は出征して間もなくスマトラ沖で戦死。俊子は東大生の恋人と婚約するが、四ヶ月後に出征。サイパンで玉砕している。二人の姪が『指』のモデルだが、戦後の作品の主テーマともいえる戦争未亡人の原型に二人の姪がいることを思う。なお福江さんは末っ子で三女にあたる。

日々の暮らしに根付く反戦メッセージ
――壺井栄『二十四の瞳』『母のない子と子のない母と』を中心に

小林裕子

　壺井栄は、優れた反戦文学を世に問うたことで知られた作家である。その代表的なものが『二十四の瞳』と『母のない子と子のない母と』である。ところで筆者は既に『二十四の瞳』については、拙著『女性作家評伝シリーズ12・壺井栄』（新典社　二〇一二年五月）でかなり詳しく反戦文学としての特色を分析しているので、本論では、そこではほとんど触れなかった部分について、論じてみたいと思う。

　これらの作品は、壺井栄の作家としての活動の中で突然現れたものではなく、そこに至るまでには長い道程があった。二つの作品を用意したものは、第一に一九三〇年代におけるプロレタリア文学運動の現場での下積みの活動経験である。まだ作家でも詩人でもなかった栄は、獄中に取られた夫の代わりに、機関誌の発行作業その他の雑務に献身的に働いた。中国侵略に反対し、帝国主義戦争に抵抗したこの運動の中で、戦争に根本的に反発する力を、栄は体験的に身に付けていったのである。第二に『大根の葉』で作家としてデビューして以来、『暦』『廊下』『種』『霧の街』と積み重ねてきた地道な写実力と、物語を紡ぎだす創造力を着実に獲得していったことである。

この二つの体験は、戦時下の厳しい言論統制をもかいくぐり、いくつかの反戦的、あるいは厭戦的小説を生み出していった。『海の音』『垢』『夕顔の言葉』『絣の着物』『母を背負いて』などの諸作品である。むろん、それらは作品量全体から見れば、けっして多数とは言えない。職業作家として、生計を担う必要から生み出されたものも一方にはある。その結果、戦争協力的作品も皆無とは言えない。

しかし、宮本百合子などごく少数の作家を除いては、ほとんど全て戦争遂行勢力に進んで（または渋々）屈服し、戦争賛美、軍隊賛美に傾いていった事を思えば、栄の戦時下の反戦的表現がいかに貴重だったか理解できるだろう。

こうした下地があってこそ、戦後になって反戦的言論への弾圧が消えたとき、『二十四の瞳』などの反戦文学を生み出すことが可能だったのである。

戦時下における壺井栄の戦争協力的作品と戦争への抵抗を示した作品については、既に先行研究として鷺只雄氏の『【評伝】壺井栄』で網羅的に論じられている。さらに拙著『壺井栄』でも「第四章　戦時下の潜り抜け」の中で、『海の音』、『垢』、『夕焼』その続編『海風』、さらにルポルタージュ『日本の母（二）』を取り上げ、厳しい言論統制をかいくぐって、庶民の本音に込められた厭戦的心情がさりげなく提示されたことを指摘した。

一例を上げれば、『日本の母（二）』（初出未詳、一九四二年・夏）では、戦争によって父を失った少女の作文は、このように引用されている。凱旋した父親を喜んで迎える友達を羨みながら、涙を隠す少女の心、凱旋の時は国旗を新調して迎えると約束したのに、「今は新しい国旗に黒い布がついている」(『壺井栄全集 11』)と記す少女の心の痛み。この作文に込められた深い嘆きを紹介したところに、壺井栄の反戦の意思表示は明瞭に見て取れる。

また拙著では『垢』という戦時下に交わされる夫婦愛の美しさを描いた小説を取り上げ、新婚まもない時期に夫を戦地に奪われる妻の嘆きを、検閲すれすれのところまで微妙な表現で表した壺井栄の勇気に注目している。

さて本論では、戦前の作品として『夕顔の言葉』(『日本少女』一九四三年三月)、『絣の着物』(『文芸読物』、一九三四年四月)、『母を背負いて』(初出未詳、一九三四年)などについて紹介してみたい。

『夕顔の言葉』は童話である。主人公のヤス子は、将来何になりたいか、希望を書けという教師の求めに、「女子師範へ入学して先生になりたい」と書く。ヤス子が教師になることは、出征した兄の強い願望だった。さらに兄は夕顔の種と朝顔の種を妹に託し、ヤス子はともかくも兄との約束を果たして、夕顔の花を咲かせる。ヤス子はこれを押し花にして、約束通り、戦地の兄のもとに送る。

しかし間もなくヤス子と母のもとにもたらされたのは、兄の戦死の報であった。物語はこのように続く。

おかあさんとヤス子は、ある一夜、思い切り泣いて、一郎を忍び《ママ》ました。

「思うさま泣いて、あとは泣かんようにせんと、一郎も浮ばれんでな、ああ、もう堪能するだけ泣けた。これであしたからまた、仕事が出来るぞい」

おかあさんはそう云って、涙を拭い、われとわが心を励ますかのように、声を上げてはっはと笑いました。

（『壺井栄全集　9』）

二人が泣くのは何を目的とするものか。「堪能するだけ」泣いて、明日からまた懸命に働くためである。声を上げて笑うのも、自分を励まして明日から生きていくためである。ここには、兄の死による痛手をなんとしても切り抜けなければならない庶民の覚悟はあっても、「戦死」を名誉なこと、栄誉あることと受け止める認識は微塵も見られない。「一郎も浮かばれんでな」という言葉も、病死、事故死、あらゆる死にざまにあてはまるもので、彼が「名誉の戦死」を遂げたという栄光につながるものは、何も示していない。時代状況の中で引用部分だけ読めば、一郎が戦死ではなく、病死したとさえ受け取られかねない。この童話には、この部分に限らず、兄の戦死を栄誉と結びつけるような表現は、皆無なのである。

貧しさから、ヤス子は教員になる道を諦め、工場で働こうかと考える。しかし、妹のその進路は死んだ兄の強い希望だった、と説く母の言葉に、ヤス子は思い直す。若くして死んだ兄の希望を成就させてやりたいという母の願いが切実に伝わる母娘の会話である。ここにも早すぎる兄の死を無念に思い、彼の希望を叶えることで、その死のマイナス面を償いたいという母親の心情が溢れている。いわば、その死のプラス面――栄光の側面を全く評価しないい心情が示されていはしないか。

次の引用を見よう。

夕顔が見事な花を咲かせたことを、「まるで一郎の短かった生涯のように、成就したのです」と受け止める語り手の言葉は、何を表現したものだろう。一見、これはまるで肉体は滅んでも精神は「悠久の大義」に生きるという、戦死を美化する時局迎合の言葉のようにも取れるかもしれない。しかし、この童話には、何度も繰り返すように、戦死を美化する表現は皆無なのだ。「お国のため」「一身を捧げる」といった類の一語すら無い。ここに示されるのはただ、兄の短い命を惜しみ、涙を流し、それでもなお兄の遺志を継ぐことで寂しさと嘆きを乗り越えていこうとする、母娘の愛と粘り強さのみである。


たった三粒の種、それが百倍も、それ以上にもなって、次の生命に備えている姿、それは、花が散ったと淋しがる人の心に、無言の言葉をなげかけているようでした。

（『壺井栄全集　9』）


「花が散ったと淋しがる人の心」という表現もまた、「名誉ある戦死」にはふさわしくないだろう。さらに、種が百倍にもなって「次の生命に備えている」という表現は、兄の遺志を継ぐ人間が未来にわたって無数に生まれ出るという意味だろうか。もしそうだとしたら、その遺志とは、大日本帝国の栄光を引き継ぐという意味ではありえない。ここに書かれた限り、兄の遺志とは、妹に教師になってほしいということ、夕顔の花を咲かせて欲しいということに尽きるのだから。

つまりここに表現されているのは、教師になるという個人的な願望や、夕顔の見事な花を咲かせるという日常的なささやかな幸福、それらの価値を、国家の理想とか目標よりも価値あるものと見る人生観である。大東亜共栄圏などという集団幻想に、取り込まれない壺井栄の庶民的着実さが、この小さい童話にも明瞭に示されているといえよう。

『絣の着物』もまた、「個人的願望」「日常的幸福」の価値を再認識し、それらを無残に破壊する戦争という巨大な国家悪を、密かな声で告発する静かな反戦小説である。

上質の木綿の紺絣の着物は、見た目も美しく、着心地もよく、日常生活における幸福感をもたらす着物である。喜んでこれを着た息子は病死し、母親の冬子は「この時世に息子を戦場におくることの出来なかったことを、親としての自分たちにも、死んでいった息子の上にもそれを一種の不幸としてかんじていた。」という時局迎合的な言辞があることはある。しかしこれを前座部分として、後半でこの小説はがらりと色調を変えるのだ。

海軍士官の甥の信一が休暇で冬子の家に立ち寄ったとき、思いついて着せてみた紺絣の着物は彼によく似合った。信一自身も気に入って、とうとう借り出して、休暇でくつろぐ時間には着て楽しんだという。しかしその彼もまた戦死した。「信一の父の短い手紙をみると、かえって溢れるほどの心が流れてきて、冬子はうっと声を忍んで泣いた。」冬子は絣の着物を抱くとひとり噎び泣き

「ぽたぽたと流れて落ちる涙の眼に、白いかすりが流れては消えた。」とある。紺絣の着物に表された日常生活の安穏で満ち足りた日々（休暇中にくつろぐための着物であることが、それを強調する）。それを戦場の過酷な日々と対照し、平和な日常生活の価値を再評価する。そしてそれを奪いさる戦争という暴力への静かな怒りが示された小説である。冬子たち夫婦にとっても、信一の父にとっても、生の輝きをもたらす信一という存在を、理不尽になぎ倒していく戦争への怒りが込められている。

『母を背負いて』は東京への空襲が激化し、焼夷弾が隣近所に落ちるという状況のなかで、希望を失わず、家族や友人たちと励まし合って生きている女学生の話である。こう言うと戦時下の美談のように聞こえるが、罹災した友人「渡邊さん」を見舞うこの女学生の眼に、「渡邊さん」は生半可な同情や理解などはねのけるような激しさを見せる。「ねええ、よく焼け出された人たちが、身軽になってさばさばした気持ちだって言うわね。渡邊さんもそんなふうね」という友人の一人の言葉に「渡邊さん」は「急にきっとした顔」になり、こんな言葉を吐く。

「うそよ。わたしはちがうわ。大事な書物一冊出せなかったことを思うと口悔しくて。母を背負って逃げるときは欲がなくなって、ただ一生けんめいだったの。だけどあとで焼跡へいってみて、苦心して集めた書物があとかたもないのを見た時は、やっぱり惜しかったわ。」

（『壺井栄全集　2』）

この「渡邉さん」の本音を伝えていることは、注目に値する。空襲の被害などものともせず、かえって物欲にとらわれている人々を批判するような時局迎合的風潮、言い換えれば欲望を抑えて滅私奉公に勤しむことを称揚するような戦時下美談の欺瞞をあばき、庶民の本音を提示しているからである。

このように、壺井栄は、戦争協力的作品も書いてはいるが、一方で、反戦的言辞をさりげなく、作品に忍び込ませることも巧みだった。

平穏で幸福感に満ちた日常生活の価値を再認識し、きれいごとの美談の欺瞞をあばいて戦争の被害に憤るという形で、厳しい検閲の目をかいくぐって、間接的ながら反戦的メッセージを作品の中に潜ませてきた。

こうした作家だからこそ、戦後になって（占領軍による検閲はあったにしても）、ある程度自由にものが言える時代になって、『二十四の瞳』『母のない子と子のない母と』などの優れた反戦文学を書くことができたのであろう。

では先述の、反戦文学を生む下地になった二つの要素――プロレタリア文学運動の体験と、地道な写実力および物語を紡ぐ創造力は、『二十四の瞳』のどこにあらわれているだろうか。

まずプロレタリア文学運動の体験が顕著なかたちで顔を覗かせるのは、共産党員（アカ）の描き方である。作中には日本全国の共産党員への大弾圧――三・一五事件と四・一六事件についてこのように語られている。

四年まえ、岬の村の分教場へ入学したその少しまえの三月十五日、その翌年彼らが二年生に進級したばかりの四月十六日、人間の解放を叫び、日本の改革を考える新しい思想に政府の圧迫が加えられ、同じ日本のたくさんの人びとが牢獄に封じこめられた。そんなことを岬の子どもらはだれも知らない。（引用は文泉堂版『壺井栄全集　5』、以下同じ）

かなり観念的、概念的ではあるが、こうした表現で語り手は、日本共産党の当時の思想と行動を全面的に支持する立場を明らかにしている。またつづり方運動に関わって投獄された小学校教員について触れた箇所もある。

問題の中心は片岡先生ではなく、近くの町の小学校の稲川という教師が、受け持ちの生徒に反戦思想を吹きこんだという、それだった。（中略）そのさがしている証拠品というのは、稲川先生が受けもっている六年生の文集『草の実』だというのである。（中略）

「あら、『草の実』なら見たことあるわ、わたし。でもどうしてあれが、あかの証拠。」（中略）謄写版の『草の実』は、すぐ火鉢にくべられた。まるで、ペスト菌でもまぶれついてい

るかのように、あわてて焼かれた。（中略）

翌日の新聞は、稲川先生のことを大きな見出しで、「純真なる魂を蝕む赤い教師」と報じていた。

引用部分のあとには、小林多喜二が警察の拷問によって殺されたことも付け加えられている。これらの共産党に関する記述はすべて、単行本にする際、加筆された部分である。

引用でも明らかなように、当時の共産党が反戦思想を堅持し、これを行動に移そうとしたこと、それを政府が躍起となって弾圧したことが描かれている。そればかりではなく、「どうしてあれが、あかの証拠」といぶかしむ大石先生のように、共産党員とはほど遠く、ただ作文の内容に感動して生徒に読み聞かせただけの教師でも、警察に引っ張られかねない、という、言論弾圧の凄まじさをも物語っている。ただし、大石先生は「あかって、なんのことか」と聞かれたら、「ようわからんのよ」としか答えられないような無邪気さ、いわば庶民と同じ無邪気さの持ち主として描かれている。

これらの引用は、弾圧に抵抗して戦争に反対した共産党を評価する、支持表明ともいうべきものだが、壺井栄のプロレタリア文学運動の体験は、そこに示されているだけに留まらない。社会の最も底辺の人々の悲哀、口に出せない嘆きを聞き取り、表現するところにある。貧しい教え子の娘は小学校さえ中退し、身売りさせられてしまう。修学旅行の途上、店でこの娘に偶然出会った大石先生は、彼女を今の境遇から救い出すことができない自分の無力さに胸を痛める。娘は無言のまま、全身で我が身の不幸を嘆き、訴えているのが、大石先生には痛切に解るのである。貧しい娘の、この身体表現への理解と描写は、プロレタリア文学運動の体験なくしては書けなかったに違いない。ディテイルにおける描写力の巧みさもこの小説の特徴である。

反戦のメッセージは、戦争の酷たらしい被害を如実に表現することによっても可能である。しかし、戦場ではなく、もっぱら銃後の（あるいは戦後の）生活を描くこの小説では、むきだしの残酷さよりもむしろ穏やかな日常の中に、ひたひたと静かな訴えとして反戦のメッセージを提示する。

その顕著な例を一つだけあげよう。戦争が終わり、最初に担任となった当時の教え子たちが、大石先生を囲んでささやかな同窓会を開くことにする。しかし男子は、五人のうち三人が戦死したのだ。なかに一人、戦争によって失明したソンキがいる。ソンキは、当時一年生だった旧友たちが、大石先生と一緒に写した写真を大切にして、繰り返し眺めたという。あまり何回も眺め返したので、ひとりひとりの旧友たちの誰がどこに写っているか、すっかり諳んじるほどだった。

写真を手にした彼は見えない目で見つめながら、ひとりひとり、指差して名前を言うのである。多くの読者の涙を誘う場面であり、反戦のメッセージがもっとも鋭く、食い入ってくる場面である。

「ちっとは見えるんかいや、ソンキ」

磯吉は笑い出し、「目玉がないんじゃで、キッチン。それでもな、この写真は見えるんじゃ。

な、ほら、まん中のこれがせんせいじゃろ。その前にうらと竹一と仁太が並んどる。先生の右のこれがマアちゃんで、こっちが富士子じゃ。マッちゃんが小指を一本にぎり残して、手をくんどる。それから……。」

磯吉は確信をもって、そのならんでいる級友のひとりひとりを、人さし指でおさえてみせるのだったが、少しずつそれは、ずれたところをさしていた。相槌のうてない吉次にかわって大石先生は答えた。

「そう、そう、そうだわ。そうだ。」

あかるい声でいきをあわせている先生の頬を、涙の筋が走った。

この場面はどうして読者の涙を誘うのか。失明したソンキが哀れというだけではない。失明した彼に気兼ねする友人たちへの思いやりから、障害を気にしないかの如く明るくふるまうソンキ。それにもかかわらず、障害の事実を自ずから明らかにしてしまう彼の振舞い。ソンキをそれとなくかばいながら、ソンキへの哀れみを気づかせまいと、悲しみに耐えている大石先生。愛情と配慮に満ちた美しい三者の関係が浮かび上がり、その美しさに感動して読者は泣くのだ。その背後には、人と人との結合の美しさと対照的に、戦争という悪意と殺意に満ち満ちた国家的暴力の相貌が浮かび上がってくる。物語を紡ぎ出す壺井栄の創造力が十分に発揮され、『二十四の瞳』の反戦文学としての特色を、鮮やかに示す場面である。

プロレタリア文学運動をくぐった後、作家として出発した壺井栄が、いわば筋金入りの反戦思想をスローガン的に示す作品ではなく、庶民の女の実感を持って描いた戦争の悲惨。侵略戦争に反対した共産党へのシンパシイも背後に潜ませつつ、造形された美しい師弟愛の物語。これはそうした壺井栄の持ち味によって成功した独特な反戦文学といえよう。

『二十四の瞳』の初出はキリスト教系の家庭雑誌『ニューエイジ』で、一九五二（昭和二七）年二月から同年一一月まで一〇回にわたって連載された。角がきには連載小説とあり、挿絵は森田元子である。この作品が童話であるか、小説であるかは議論の分かれるところだが、「です・ます体」でしかも説話調で書かれたにもかかわらず「連載小説」と銘打たれているのはやや意外の感を与える。直接的にはこの雑誌が児童むけのものではなく、成人を対象としたものだったためであろう。連載を待ちかねるようにして光文社から単行本として刊行されるにあたり、壺井栄は「です・ます体」を「である体」に改めたばかりでなく、全体に大幅な加筆訂正を加えた。光文社からは一九五二（昭和二七）年一二月二五日、創作童話シリーズの一冊として刊行されている。

『ニューエイジ』は宗教雑誌と言う性格もあり、発表当時はさして反響を呼ばなかったが、刊行後は光文社という大きなメディアの力もあってたちまち版を重ね、ベストセラーになるとともに映画化もされ、空前の観客動員数を記録して壺井栄ブームをもたらした。

『ニューエイジ』に連載を依頼した坪田理基男は、この小説の初出と単行本との内容を比較して

「『ニューエイジ』がキリスト教の雑誌だということで、かなり遠慮して書かれ、社会的な問題についてあまり多くふれていませんが、光文社の『二十四の瞳』には、反戦思想を生徒に吹き込んだという稲川という教師のことや、その友達だった片岡先生のことや、短い文章ですが、日本が次第に軍国主義化していく世の中のうつりかわりや、その他、先生（壺井栄）が日頃から考えられていたことが、はっきりと出ていました。[1]」［（ ）内引用者］と述べているように、これによって「反戦平和の主張が鮮明に打ち出されることになった」と最新の『壺井栄全集 5』（一九九七〈平成九〉年四月、文泉堂出版）の解説（鷺只雄）にも述べられている。

　大石先生は特権的知識や情報とは無縁なところで生き、徹底して非力であった。にもかかわらず、一億総狂信状態のあの戦時下で、「死ぬのはいや、死なせるのはいや」という、彼女にとってはきわめて当然至極の反戦的心情をしっかりと保ち続けた女性の半生が、ここには描かれている。それは反戦文学の一つの可能性を示したことであり、そこにこそ意義があると言えよう。いわば、平凡な庶民の心に存在する心情の美しさと、時流に躍らされぬ平静さの価値を再認識させたところに、この小説の値打ちがある。

　戦争という悪意・殺意に対するに、教師と生徒からなる小さな共同体の愛と善意、というのがこの小説の基本の構図である。戦争によって、痛めつけられながらも、愛と善意の輝きを失わず、粘り強く復活した小さな共同体。そういう形で普遍的な希望を語ったところに、この小説の多くの読者を獲得した魅力があるのは、言うまでも無い。

最後に、この小説の語りの文体と、反戦文学としての不徹底さとの関係について、付け加えておきたい。

高杉一郎はこの小説を、「民衆の心にはじめて表現をあたえた」文学として高く評価する一方、「描写したり、批判したりするかわりに、ひたすらものがたる」文体の持つ限界を、次のように指摘した。これが反戦文学を意図して書かれたことは疑わないが「作者の意図は大変「一生懸命」なのに」「意味を限定し、明確にしていく言葉によってささえられず」、「リズムでおしながされていく情感にみちた言葉によって媒介されているため」読者に「おもい抵抗感をかきたてることができず、したがって読者を次元の高い平面に引き上げない」と。[2]

「次元の高い平面」の意味するものが、もし「反戦のメッセージが十分読者に共感を与えること」と解するなら、この高杉の批評はあたらないだろう。この小説において反戦のメッセージは師弟愛と並んで二本の大きな柱であり、それ抜きでは改訂版の『二十四の瞳』は成立しない。したがってこの小説がベストセラーになったという事は、そのメッセージに共感したからに他ならない。語りのリズム、情感にみちた言葉は反戦のメッセージとなんら矛盾するものではなく、この小説の場合は、むしろその文体が反戦のメッセージの伝達に功を奏したというべきだろう。自分の命と愛するものの命と、それが断ち切られる悲しみは、近松の浄瑠璃に見られるように、むしろ語りのリズムによって存分に強調しうるものなのだ。「戦争によって死ぬのはいや、死なせるのもいや」という素朴な感情は、論理的、分析的に構築された文体を必要とするものではないし、この小説は、まさにその素朴で普遍的な感情によってこそ、読者の心を捉えたのだ。先述のように、その反戦的感情は、戦争の要因や、戦争責任の追及に関する理論的追究を欠いていて、その点で限界があることは否めないが、しかし、それは必ずしも語りの文体のためばかりではなく、戦争に関与する民衆のあり方に対して、作者がやや一面的な捉え方をしているためである。つまり戦争による被害者的側面にのみ視線がむけられているということにほかならない。

『母のない子と子のない母と』について論じる紙幅があまり残されていないが、二、三重要な点を指摘しておきたい。この小説は最初『海辺の村の子供たち』と題されて、一九四六（昭和二一）年三月一日〜同年七月二〇日まで『少国民新聞』（後に『毎日小学生新聞』）に連載され、一九四八（昭和二三）年七月一日、雁書房から刊行された。後に全面的な加筆改稿を経て、『母のない子と子のない母と』と改題され、一九五一（昭和二六）年一一月一〇日、光文社から刊行された。これは『二十四の瞳』連載開始の三ヵ月前に当たる。このように明確に反戦のメッセージを打ち出した二作品を、連続して改稿し、また引き続きあらたに連載し刊行したことになる。その背景には、作者自身が単行本『二十四の瞳』のあとがきで「戦争は、人類に不幸をしかもたらさない」にもかかわらず、「再軍備の匂いはだんだんはげしくなってきて」と述べているように、日本の政治の方向に危惧を感じたためであろう。一九五〇（昭和二五）年六月、朝鮮戦争勃発、それに呼応して七月にレッドパージが始まり、八月には警察予備隊が発足、翌年には旧陸士・海兵の卒業生が幹部候補生として入隊し、一九五二年には保安隊と名称を変え、吉田首相は隊員を前にして新国軍の土台たれと演説した。作者は首相のこの演説内容を聞いて「机の前にすわっていることに苦痛を感じ」たと「あとがき」に記している。改憲論議が活発化し、集団的自衛権容認が閣議決定され、自衛隊の海外派兵が現実のものとなった現在の状況をみれば、作者の危惧はまさに的中したと言わなければなるまい。

ところで、この作品は初出の『海辺の村の子供たち』と初版『母のない子と子のない母と』では改稿部分が多いため、文泉堂版全集ではこの二作品を別の小説として扱っている。しかし、両者に含まれるエピソードは、かなりの部分共通しており、前者を改稿して後者が成立した事は否めないので、両者を比較して重要な相違点をいくつか挙げておくことにする。改稿の意図は、主として反戦文学としての訴えを明確にすることにあったので、その点に関する改稿部分を指摘しておきたい。

『二十四の瞳』が教師と生徒の心の交流、精神的結合を描きながら、「教育する」よりもむしろともに悲しみ、ともに喜ぶ子どものように無垢な女教師像を表出しているのに比べ、『母のない子と子のない母と』では、教師は登場しないが、周囲の大人たちすべてが子どもたちの教師としての役割を果たしている。史郎の母・祖母・祖父はもとより、おとら小母さんも、漁場を見張るやまんばの米さんもみなそうである。生きるための知識を授けるだけではない。生き抜く心構えが教室でのお説教としてではなく、現場での取り組みを通して、すべて労働の中で伝達される。そのなかで史郎も一郎も、労働の価値を学び成長していく。そうしたプロセスが一本貫かれているため、「父のない子」ばかりが登場するこの小説が明るい健康さを失わないのであろう。

反戦の意図を明確にする語りは「僕は戦争大きらいだ」「戦争さえしなかったら、僕たちは仕合せだったんだ」というように『海辺の村の子供たち』にも随所に示されているが、『母のない子と子のない母と』ではいくつかの点で、注目すべき反戦的主張が提示されている。まず一つは原爆についての言及であり、これは『海辺の村の子供たち』発表の時点では、占領軍の検閲にひっかかるため、明示できなかった事項である。[3]主人公の一郎の母親は広島の原爆によって兄一家と母（一郎の祖母）とを失い、「そんなことも、おかあさんの病気を重くした」と語られている。

また戦争の酷さを語るこんな言葉もある。復員して再会した父に、空襲の被害について語る一郎の言葉――「おかあさんが四郎をしょって、田んぼの方へどんどん逃げたんだけど、星川の近くの人は星川へ逃げて、そこでぼくの知ってる人、たくさん死んだんだよ。」「くすり屋のおばさんなんか赤ん坊しょったまんまね……。」[4]ここまで話して一郎は言葉をつまらせ、しゃくりあげてしまう。爆撃による非戦闘員の無差別の死、それへの抗議をこういう形で明示しているのである。

この作品が「父のない子」ばかり登場するのに「母」を二つ重ねて題名にしているところからもうかがわれるように、改稿後の主題は、戦争の被害にめげずに成長していく子どもの姿だけではなく、おとら小母さんを中心とした戦争による女の不幸と、それからの立ち直りの姿である。またここに登場するのはほとんど男の子ばかりであるが、幼いうちから「女の子はなんじゃらかんじゃらと」家の手伝いをさせられて、男の子のように勝手に遊びまわることが許されない、とはっきりジエンダー差別に触れてもいる。
また、最後におとら小母さんと一郎の父が結婚に同意する結末はめでたしめでたしであるが、この結末を付け足したことは、この作品のおとら小母さん（初出ではおしげ）の人間像に大きな改変をもたらすものであろう。簡単に言えば、おとら小母さんの女性性に、視線が向けられる結果になるからである。これ以前の彼女は、あくまでも一郎と四郎の母親代わりであり、その女性としての側面に視線が向けられることはなかった。ここにきて、一郎に父親との結婚を切り出す彼女のはじらいと逡巡とに、濃厚に女性性が匂ってくる。切り出された一郎の困惑は描かれているが、二人の間に対立は生じない。新しい家族の幸福を予感させて物語は終わる。こういう形で日本中の夫を失った女の不幸に一つの解決の道を示唆し、希望を与えることも、改稿の意図の一つであったに違いない。

敗戦直後、二七万人とも六〇万人とも言ういわゆる「戦争未亡人」が存在したが、彼女たちに対する法的、社会的救済措置は一九四六（昭和二一）年二月の「軍人恩給支給停止」以後、一九五二（昭和二七）年四月の「戦傷病者戦没者遺族等援護法」公布まで捨て置かれていた。

壺井栄の親しい友人佐多稲子は、こう述べている。「日本の現政府は敗戦を口実にして戦争によつて生じたたくさんの不幸に対しては、責任を回避してゐる。」その結果夫を失った女たちは「経済的なことも、子供の教育も、自分々々の家の中で始末してゆくしかない。」そうした窮状には「国家や社会の手によつて」援助が差し伸べられなければならない、と。また、そうした寡婦が

「再婚の意志を持ったときには、これを周囲で祝ふほどの、闊達な感情をみんなが早く持ちたい。(5)」という注目すべき発言もしている。「早く持ちたい」とは、まだまだ寡婦の再婚に対して周囲の目が批判的であることを示すものである。佐多のエッセイは一九四六(昭和二一)年一二月の時点の発言であるが、『母のない子と…』の刊行がこの五年後であることを差し引いても、刊行当時、寡婦の再婚に対する周囲の理解が急速に進展したとは考え難い。ちなみに一九五〇年八月の『女性改造』には「平和への希い」として戸川エマ(文筆家)、柳瀬朝子(画家柳瀬正夢の妻)、アナウンサーの妻などの手記を掲載しているが、いずれも夫への追慕と子供への愛を抱きつつ、戦後社会を生き抜く覚悟が語られていて、再婚を匂わせる言説は皆無である。

寡婦を取り巻くこのような社会状況の中で、壺井栄が、「夫のない女」と「妻のない男」の結婚によって、小説の結末をハッピーエンドで結んだことは、「戦争未亡人」の再婚を促す一つの積極的なメッセージになりうるのではないか。打算と利害を離れ、純粋に母のない子と子のない母と、妻のない男の幸福を願う周囲の人々の暖かい配慮によって、この再婚が進められていくと言う物語設定に込められたメッセージ。それは、寡婦が再婚によって幸福を掴もうとする権利を認めることであり、男の再婚は問題にされないのに、女の再婚は批判的に見られるという、女性に対する世間の差別意識を払拭するためのメッセージでもあるのだ。

その他にもエピソードの入れ替えや、順序の組換えなども伴う大幅な改稿によって、『母のない子と子のない母と』は、子どもと女の立場から反戦のメッセージを明確に打ち出し、大人と子どもとの魂の交流——小豆島の自然と労働の中で知らず知らず育まれる教育とを描き、さらにジェンダー差別へのソフトな批判も含む物語として再生したわけである。

注

（1）坪田理基男『「二十四の瞳」の思い出』（『回想の壺井栄』所収　青磁社　一九七三年六月）。

（2）高杉一郎『解説』（『壺井栄集』所収　筑摩書房　一九六〇年二月）。

（3）鷺只雄『【評伝】壺井栄』（翰林書房　二〇一二年五月二五日）において詳細に解説されている。

（4）『壺井栄全集　10』から引用。

（5）佐多稲子『未亡人の生きる道』（『婦人公論』一九四六年一二月）。

三枝和子の「女と敗戦」三部作

中山和子

「女と敗戦」をテーマに小説を書こうと思いたったとき、三枝和子はたとえばホメロスがトロイア戦争を書いたような「一大叙事詩」が出来ぬものかと考えたという。

しかし、すぐにその不可能にも気づいた。「私は体験者である」。戦争の体験者は「たんたんと他《ひ》人事《とごと》のようにこれを語ることはできない」と。一転して「『私小説』の発想」をとらざるを得ないと決意し『その日の夏』（講談社、一九八七〈昭和六二〉年五月）、『その冬の死』（同、一九八九〈平成元〉年二月）、『その夜の終りに』（同、一九九〇〈平成二〉年二月）という、女と敗戦を扱った一連の物語が作られたのだという。

しかし、この「女と敗戦」三部作には、私小説のような同一の主人公や登場人物はいない。同一の人物たちによって、編年体風に書きつぐことを避けねばならなかった理由を、三枝はさらに次のように述べている。

一人の女性に背負わすにはあまりに過大な問題を抱えていたので、人物を変え、時の流れをずらすことによってリアリティを確保したいと思った。そうしなければ、相反する価値を一身に生きるスーパー・ウーマン、スーパー・レディを主人公にする小説を書く他なくなる。敗戦体験を素材にしたスーパー・レディ小説、というものを、私は敗戦体験者であるが故に、逆に書くことができなかった。

（「あとがき」『その夜の終りに』）

このような慎重さにもかかわらず、じつは「本当の意味での戦争の物語は、体験者は書くことができないのではないかという真実」を、三部作を書き終えて「発見」したというのだから、執筆中の困難も推測される。

この幾重にも屈折する語り難さは、そのまま敗戦体験、とくに女が蒙った体験の計り知れない重さを示唆するであろう。しかし、だからこそ、敗戦国の女の物語は、なおも語りつくされねばならないのであり、後の世の女たちが再構成して大きな物語をつくるかも知れない、その時の「一部分になれれば幸いだ」と三枝和子は語っている。

そもそも小説家としてスタートしたころの三枝は、人間関係や制度の不条理、妊娠・出産といった女の生理への嫌悪を表現しようとして、既成の小説概念を超えようとする、方法意識のきわめて先鋭な作家であった。その背後には、誰の目にもサルトル、カミュ、カフカなどの作家の影響がみられたのである。その後も東西古今の文学のあらゆる手法を参照しながら、重いテーマに挑戦する、方法意識の強い作家だったといってよいだろう。

その三枝が、あらためて「私小説」の発想――この場合でいえばレアリズムの方法によって書くというのだから、戦争は格別なテーマであった。

はたして、「女と敗戦」の物語が可視化しえたものは何であったか。そのとき不可視化されたものは何であり、後の世の女たちの物語によって、さらに語られねばならぬ問題とは何であるのか。

――以下三部作を検討することにしたい。

*

三枝和子が小説家を志した初期に、森川達也と二人で『無神派文学』(一九五八〈昭和三三〉年～一九六四〈昭和三九〉年)を出していた時代。その四号に掲載された『諒闇』という作がある。

主人公は戦争によって性的不能となり、現在は妻と弟が性的関係を続けている。主人公は天皇を去勢したいと願い、藁人形をナイフで切断する。実際に天皇襲撃を実行するが、彼の風采のあまりな凡庸さに呆然自失し、逮捕されて精神病院送りとなるというもの。三枝はその初期から、戦争の問題を考えていたし、それを作品化していたことがわかる。

「三枝和子特集」(『現実』第五号、一九八五〈昭和六〇〉年・春)のインタビューのなかでもこの作にふれていて、天皇行幸の折に、京都大の学生たちが車のボンネットを叩き、天皇の戦争責任を追及したのが話題となった当時、ボンネットを叩くかわりに「過激な小説」を書いたのだ、と語っている。

ここでいう「過激な小説」の意味は、さらに追求してみてほしかったけれども、インタビューは当時の和子が天皇の肯定から否定へと「揺れる意識」を持ったか否かという方向へ移っている。答えは次のようである。

揺れるんじゃなくて、パッと裏返るんですね。だから質は同じなんですよ。今から思えば、たいへん一元的なものの考え方なんです。愛国少女というものは、すぐ天皇制批判に変わってしまうところがありますね。狂信だけが植えつけられていたのが、同じ狂信性で逆に動くんです。そういう性格は自分の中に確実にありますし、自分と同世代の男の人を見ても、そういう方は多いですね。

軍国少女であった自己を率直に語っているが、この問題はじつは、右翼から左翼へと容易に裏返る思想構造――心情美学の深くからんだ問題として重要な思想的課題といってよい。

この発言があってからほぼ二年の後に第一作『その日の夏』は出版されたわけである。敗戦の詔勅を境に、まさに容易に「裏返る」過程が扱われている。「私小説」の発想でしか描けないという作者の宣言どおり、勤労動員中の女性の体験的事実にもとづいた世界である。それゆえにこそ、ここには右翼から左翼への裏がえりという、思想の紋切り型をこえた、新たな問題の提起が可能になっているといえるだろう。

＊

『その日の夏』は敗戦の年の八月一五日から八月二四日までの一〇日間を、一章ごとに区切って構成されている。主人公「私」は一六歳、H師範本科女子部学生として勤労動員中「玉音放送」を聞いて皆とともに号泣する場面から始まる。

必勝を信じ、耐えぬいてきた戦争の終りを知らされ、「私」は大泣きに泣いたけれど「『天皇陛下お許し下さい』という言葉は、私の意識の中には、ついぞ浮かんで来なかった」（十五日）。「ほんの二十数時間前までは、強く、激しく、死ぬまで頑張ろうと決心し、いきりたっていたのに。この言いようもないあっけなさ――」（十六日）、しかし、あの「毎日が憑きものだった」ともいいきれない気もする「私」の意識の曖昧。たしかに模範的軍国少女だった優等生の「私」の曖昧な態度にいらだつのは、知的で冷徹、シニカルな宇田典子。彼女を配することで「私」の像はいっそう浮き出す仕掛けであるが、やや理想化された気味のある宇田の言動は、後年の作者の投影があるように思われる。

『源氏物語』などを何となく読みはじめる「私」に「不愉快だわ」と攻撃的に出る宇田は、『平家』ならまだ解る、「見るべき程のことは見つ」といった平知盛のように「何から何までちゃんと見てやろうと思っている」といって、宙の一点を睨むのである。

さまざまなタイプの寮生仲間たちと過ごしながら「私の内心の変化は、信じられないような速さで進んで」いった。それは教師の指導、新聞、ラジオの言説、まして終戦の詔勅の内容の影響ではなく、「自分の内心に自然に起きた何かによって変化」（八月二十一日）しているのだった。「私」のなかの旧い価値体系を崩したきっかけは、たしかに「玉音放送」にちがいないが、それが次にくる何かを示したのではない。何かの指示はなくとも「生きているかぎり次の日は始まるのだという確認からそれは始まった」（八月二十一日）という。

何か月ぶりかで食べる真白なお握りをゆっくりゆっくり味わいながら、はじめて戦争の終わった嬉しさを実感する「私」は「身体と心がばらばらの方向をむきはじめている」と思う。しかしなお「身体は、本当に意地汚い」（八月二十一日）と反省もする。その反省がいつか消え、「反対の意識が生じて来た。今日、突然に、」（八月二十三日）とある。

「突然」と「私」には意識されているのだが、じつは八月二一日と二三日の間に、当時の「私」には明瞭でなかった意識下の地盤の大きな揺らぎがあったのである。それは後年の作者の目から、八月二二日の出来事としてはっきり記述されている。――それは寮の同室の丸尾スミが「あの人が死んで、ほっとしている」といい放った事件であった。

皆はその人をスミの恋人と思っていたので驚いた。嫌いではなかったが、決して好きではなかったその人に、特攻隊出撃前、「一晩、傍にいてくれ」と頼まれて「死にに行くんだから許した」。だから生きて帰ってきても会いたくないし、憎んでしまうかもしれない。だから「死んでくれて、良かった」というのである。おもいがけぬ事態にショックを受けている女生徒たちに向って、宇田典子はぴしゃりという。「米兵の暴行と同じことされたんだ」と。戦争を理由にいい加減なところで結びついた「不潔」を彼女は攻撃した。

丸尾問題のなりゆきに「ひどく打ちひしがれた」思いになって以来、おそらく「私」の奥深い意識のなかで、「身体」の自然というものへの肯定が生じはじめたと思われる。とりわけ「真白なお握り」をゆっくり味った「女」の「身体」のなかで、しずかに自然は発光しはじめたようだ。その時、あらためて「女」という〝性〟にとって戦争とは何であったかが根本から問われたのだった。

最終章「八月二十四日」の記述はそのことを裏書している。帰省の途次、混雑をきわめた列車の中で復員兵士の一団と乗り合せ、身動きならぬまま、「私」はモンペの後へ射精される。列車を下りてはじめてそれと知り、駅のホームの便所で洗い落しながら「私」は「瞋《いか》りのために、歯の根が合わないくらい震え」ねばならなかった。

沿線の水田のぎらぎらした照り返しを眺めながら、私は激しく泣いた。口惜しかった。顔の分からないその男の顔を心の中で痛打していた。米兵に暴行されるよりも、もっと手酷い侮辱だと思えた。

「私」が帰省した田舎町では、不貞腐れたように妹が歌い出す「湖畔の宿」の替え歌が高く響き渡って、この作は閉じられる。

　昨日生まれた豚の仔が、
　汽車＊に轢かれて名誉の戦死。
　豚の遺骨はいつ還る、
　四月八日の花祭……

＊当時「ハチに刺されて」もあった（小林亜星『私の戦後60年』『朝日新聞』二〇〇五年八月二五日）

　輝ける皇軍の名誉の「戦死」は、もはや「豚死」でしかなかったのである。それが妹の声、女声として響きわたるのも意味深いだろう。

「敗戦」という事態の認識も思想化も、「女」の立場からしかおこなわれないのではないか——「女の立場から戦争を捉えるという認識の端緒」をつかんだ時、やっと出発できた、と三枝が「あとがき」で語っていた意味は、このように読み解いてきて、納得がいくであろう。

　これをたんに「事実に密着した素直な書き方であるが、誰かが証言しなければならなかった敗戦の瞬間と直後の夏を、見事に描いた記念碑的作品」（奥野健男）といった理解からは、何も見えてはこないだろう。

第二作『その冬の死』(一九八九〈平成元〉年二月)の物語は、敗戦から四ヵ月後の焼跡、闇市、米軍キャンプ場周辺を舞台に展開する。

来春は女専を卒業、大学進学が出来るかも知れないという希望にあふれ、空腹なのについ『神曲』の訳本を買ってしまうような千加子は、第一作の「私」の後身といってよいだろう。

近頃決定された「女子教育刷新要綱」によれば、高等教育機関が女子にも解放され、女子中等学校教科が男子と平等になり、大学は共学制、学生以外の一般女子にも教室が解放されるという。千加子はそれを新聞でよみ、胸が詰まりそうだった。戦争に敗けて良かった、としみじみ思ったのである。もし「日本が勝って戦争が終ったりしたら、女に生まれた自分には好きな学問などする道は絶対に開けなかった」と思っている。

女子教育の刷新も男女同権も、自分たちが勝ちとったものではないから、いい気になるな、という論調にたいしては、何だっていいじゃない、と反撥した。「敗けて、日本男子の権威が失墜したお蔭で訪れて来た得難い機会」なのだった。

女に学問は要らんという頑固な父親を説得してくれた伯母のおかげで、千加子はやっと女専にはいった。敗戦後の国の体制の変化は、そういう彼女の未来を約束する展望ばかりだった。千加子はからだ中に力が満ち溢れてくるのを感じていた。

千加子が小学校時代よく一緒に遊んだ従兄の橋永清一は、学徒出陣した元海軍士官である。伯母一家つまり彼の家族が全滅した廃墟の街へ、ネイビーブルーの外套のまま復員してくる。

一家全滅のつらい事実を知らせ、後仕末のことなど話す千加子に、清一は「生きて帰りたくなかったよ」と口にする。間髪を入れぬ早さで「甘えた言いかたね」と千加子は彼の言葉を遮るのだ。「生きて帰りたくなかったなんて、嘘の言葉ね」「人間誰だって、自分が一番大事でしょ。親兄弟の生命と自分の生命と、どっちが大事かというと、やっぱり自分でしょ」とたたみかけ「『おれは戦争に行って来たんだ』という顔をして憤ってる」と冷やかすように笑う。「今度の戦争、兵隊さんだけが苦労したんじゃないわ。……私ね、復員兵たちのそういう一種の傲った姿勢が気に入らないわ」。

「戦後」というものを全身で呼吸しはじめた若い女の潑剌とした発言である。そしてこの手強さには、帰省列車の中で復員兵士から受けたあの「私」の侮辱の口惜しさがひそかに形をかえて底流しているだろう。

ともあれ第二作の物語は、この聡明で美しい千加子が「進駐軍」の黒人兵二人に拉致、暴行されるという事件で山場を迎える。人違いの強盗容疑で橋永が警察に連行され、千加子との待合わせ場所に現われなかったとき事件は起きる。塀の側に転がされ、人間の声でないような声をあげていた千加子を、面倒みてくれた記憶喪失の老人は力をこめていうのだった。「男どもはおめおめ帰って来たんだ。女だって、こんなことぐらいで死ぬことはない。生きて行くんだ」

「私、生きて行こうとは思いませんが、死にはしません」と、火を噴くような目付で両の掌を握りしめる千加子。彼女の憎悪は復讐の悪夢として生なましく描かれる。

「き、き、き」

獣のような笑い声が耳許で聞こえた。

——あいつらだ。

剥き出しの白い歯が、ぶあつい闇のなかから、真直ぐに彼女めがけて落ちて来た。

——いまだ。

彼女は出刃庖丁を握りしめた。（中略）

——殺してやる。

そう叫んでいたのだ。ずっと、そう叫んでいたのだ。

黒人兵の桃色の口が見えた。真直ぐ、彼女めがけて襲いかかって来た。

「ぎゃあっ」

桃色の口が叫んだ。出刃庖丁の先から血が噴き出した。しかし桃色の口は消えない。桃色の口は入れ替り立ち替り襲いかかって来る。（中略）

いつのまにか彼女はねっとりとした血の沼のなかに首まで漬って溺れそうになっていた。見廻すと彼女が殺した桃色の口が、その血の沼にぶかぶか浮かんでいる。

正気にもどった千加子は、ごみ捨て場の残飯あさりで面倒みてくれる老人に甘えてもおられず、かといって今後の生活の目途は立たない。「進駐軍」に強姦された事実を受け入れてくれる世間は、彼女の周囲にはなかった。大学進学の夢も潰えたと思う千加子は、ガード下の闇屋で米軍用慰安婦の簡易宿泊所を経営する、花丸姐さんを尋ねて行く。

そこに居て稼いでいるユリコは、戦争中には海軍士官用の従軍慰安婦だった。早死した母親の連れ子で、父親に芸者屋へ売られ、借金を肩がわりするという条件で軍の南方慰安婦に応募した。今は金に縛られず、威張りくさる日本兵相手でもない「自由な娼婦」である。「今が一番いい」と思っている。仲間の娼婦たちも元気がいい。たとえばミヨコの啖呵。「あたしたちさあ、防波堤なんだって。(中略)おう、いいじゃないか、やってやろうじゃないか。そいで堰《せき》とめといて、護られた純潔娘さんと敗残兵たちで子供を生むのかい。さぞ、いい餓鬼が生まれるだろうよ」

ミヨコほどあけすけではないが、ユリコも米軍用慰安婦を「パンパン」といって冷たく見さげる世間に我慢がならない。どうやって、ということは分からないながら、「いつか、きちんと復讐してやるよ」という怨念を抱えている。

ユリコは南方の従軍慰安婦時代「お茶だけ飲んで帰ってもいいですか」といった、若い海軍士官の「ひどく寂しそうな目」を忘れられずにいて、ネイビーブルーの復員兵を見かけるたびに胸が騒いだ。いっぽう強盗の嫌疑のはれた橋永は、千加子の行方を探していてユリコとめぐり合うのだが、彼女のことは全く記憶になかった。ユリコのほうは明瞭に彼だと思い出す。橋永から「進駐軍」に暴行されたらしい若い女を探していると聞いて淡い期待を裏切られ「殺されたんでしょうか。それとも、自分で死んだんでしょうか」という橋永の言葉に、さらに挑戦的になる。「彼女のことは知っているけれど」教えない。「死にもしないで生きてたら嫌なんでしょう。」私はその娘さんにパンパンになることをすすめようと思っているのよ、と言い放つ。

橋永はじっさい千加子の母に、彼女がもし生きていたら、責任の一半は彼にもあるのだから、千加子と結婚するよう頼まれていると話す。「敗けたんだからそういう屈辱は負わなければならないと思っている」と橋永は語るのだ。

「屈辱だって?」

女は鋭く言った。「誰が屈辱を負うのよ?」

「誰が、って、ぼくがですよ」

「ふん」

女は鼻先でせせら笑った。「何にも分っちゃいないんだから」

男の性というものの女の性に対する鈍感さ、その家父長的感性を鋭くとらえ、女の立場、男の立場の差異をこれくらい浮き上がらせた場面はほかにない。戦後社会のジェンダー構造の深刻さをよくとらえている。

一方、橋永には学徒出陣前、ひそかに思いながら、約束はしかねていた藤子という女性がいた。たまたま彼女らしい人が「進駐軍」司令部の軍人と連れ立って行くのを見かけた橋永は、一瞬かっとなってそれを引離そうとし、その場で射殺される。元海軍士官が米軍に射殺された、という新聞記事で持ちきりの娼婦たちに混って、千加子は黙して下を向いていた。

これまで「進駐軍」とわざわざカッコを付しているのは、それが敗戦当時の一般の呼称だからである。正確にはむろん〝占領軍〟というべきである。当時占領軍のことを進駐軍と言い馴らした根拠には、日本占領が平和的占領であり、日本の非軍事化と民主化とをもたらした、いわゆる「よい占領」であるという、日米支配層の定説が大きく作用していた。千加子もまた、女性参政権、家族制度廃止、女子教育刷新、等々の女の未来図に、息苦しいほどの期待を抱いた一人だった。

しかし、「よい占領」軍である「進駐軍」が残忍な性暴力支配者であることを、千加子はその生身の犠牲においてすでに確認していた。今また、幼馴みの海軍士官の、女をめぐる無残な死をまねいた、狂暴な支配を見なければならなかったのである。

「占領とは領土の占領であると同時に女の占領でもある」(1)といわれるが、三枝はここで女と男の双方からそれを浮かび上らせた。下を向いたまま押しだまっている千加子は、敗戦と占領の闇の深さに打ちのめされているといえるだろう。

しかし、千加子の沈黙をはじき飛ばすかのように、彼女と同宿の米軍用慰安婦たちは新しい女の時代を手ばなすまいと意気盛んである。――復員兵が死んでもパンパンが悪いのかよ。パンパンがいやらしけりゃ、芋泥棒もいやらしんだ。――好きでパンパンやってんじゃないよ。日本人の奥様と「進駐軍」のオンリーとどこが違うのさ。――この仕事、絶対やめないよ。

敗戦直後を生きる「自由な娼婦」たちの反逆的な気概と、たくましい生活力とが充分につたわってくる。ただし、その後の娼婦たちの運命は、こうした一面のみでは捉えがたいことを示したのが、次作『その夜の終りに』（一九九〇〈平成二〉年二月）なのである。

＊

『その夜の終りに』は全三部作のうちで、最も重量感のある秀作といえよう。人物の内面に細やかな光があてられ、それらの輻輳する銀座のバアが舞台である。

主人公格の染代は四十を過ぎてなお新宿夜の街に立つ街娼婦。銀座のバア「花散里」に元新橋芸者のふれこみで出ていたが、じつは十八の時、「特殊看護婦」つまり従軍慰安婦に応募してシンガポールへ行き、美貌を買われ海軍「士官用」になった。敗戦後はそのまま日本政府出資の特殊慰安施設協会「RAA」（Recreation and Amusement Association）の占領軍用慰安婦である。オンリーになって捨てられて、街で客を取ったこともある。――そういう過去がばれそうになり、十三年も務めた銀座のバアをやめざるをえなくなり街娼となった。

　シンガポール時代、恋人に近い気持でつき合った蔵前中尉が、朝鮮特需で大層な羽ぶりとなって「花散里」の彼女の前に現われたのである。シンガポールでは高級将校にちやほやされ、恐いもの無しだった染代から、煙草やウィスキーをもらい、捕虜に分けてやっていたおかげで現地戦犯・処刑をまぬがれた。その礼をいうため、探し出し訪ねて来たのであった。

　従軍慰安婦の前歴が周囲にばれる恐怖におびえながらの、蔵前中尉に対する悲しい未練がよく描かれている。前作『その冬の死』の従軍慰安婦ユリコにあった気概は染代にはもはやない。

　染代のバアをやめる気持を決定的にしたのは、同じ頃、「進駐軍」の落し子だという金髪のカオルの採用が決った時である。染代はオンリー時代に産んだ、金髪で青い目の女児を施設の前へ捨てている。カオルは茶目であり、本当なら安心すべきはずなのに逆にのぼせてしまう。

　一方、「花散里」のママ縁子は敗戦の年、「女性事務員募集」、宿舎、被服、食糧全部支給！　という看板、実は「進駐軍」慰安婦の不足をおぎなう「国家的規模の女衒」にだまされた娘の一人だった。京都のお茶屋でお座敷に出るうち旦那が出来、その死を潮に「花散里」の権利を買った。前からこの店にいた染代に気圧され気味の縁子は、染代の過去をあばきたいとずっと思っている。

　染代の手紙を持った蔵前が或日、バアに現われる。たどたどしい手紙の内容は次のようなもの。

「体は売っても心は売らぬ」女郎の操「心は蔵前さま一人ときめて」戦争中を生きてきたのに、戦後オンリーとなったこと、深く深くお詫びしたい。カオルちゃんの茶目が青いような気がしたり、赤ん坊の目が茶目だったように思われたり、「もうどうしてよいか分りません。カオルちゃんは私の子です」。私は「ノーバイ」かも知れず、もう死んだほうがいい。カオルちゃんは「私の子ではないかもしれないけれど、よろしくおねがいします」。

戦後二十年たった元慰安婦は、乳呑子を捨てたうしろめたさに責められ、病毒の不安におびえ、ほとんど錯乱状態を示している。縁子は染代を追いつめたことを後悔し、金さえあればと思ってきた水商売の女の不安をかみしめる。バアをやめてすぐ街娼に落ちねばならなかった理由は、染代が施設に寄附を続けていたからに違いないと見抜くのも縁子。蔵前は染代の自殺を何とか止めようと思うが、縁子は死ぬ前に「お互いよくここまで来たわねえ」といってやりたく思う。

染代は元慰安婦の養護施設にいる、梅毒末期の豆太郎へひそかに別れを告げにいった。髪も歯もすっかり抜け、「ノーバイ」が進んで痴呆症になる前に自殺しなくてはならないのだった。「あたしはこれでいいの、あたしは絶対結婚できないようなひとたちと、そのひとの最期までつきあったんだから」。そして、他人には弔いをさせぬかのように、染代の死体はあがらなかった。

「自由な娼婦」の気概も、たくましい生活力も朽ちて、戦後二十年という時間の経過とともに、慰安婦たちは確実に老いを迎えていた。敗戦直後に彼女たちの背景にあった女性解放の波も、次第に引き潮に転じている。その時の元慰安婦たちのかけがえのない青春の夢のあやうさ。生涯消えることのない悔恨、そして、あきらめ。――身体をおそう病毒の不安、絶望――。

赤い夕陽に輝く河の中へ、ザブザブザブザブと入って行く染代の最期の後姿は、戦争被害者としての女の像として、みごと象徴的に浮かび上っている。

さらにいえば、とくに染代の崩壊を早めたものが、占領軍オンリー時代に産んで捨てた、混血児に対する罪悪感であったことは意味深い。GHQ占領軍は兵士らの生んだ混血児とその母にたいし、何の保護も政策もとらなかったばかりか、報道や調査も許さなかったということである。「よい占領」の汚点を認めるわけにはいかないからである。染代がこうして日米合作の酷薄な「占領」政策による犠牲者でもあったことに、作者の視線はとどいていた、といっていいかも知れない。

この作の面白さはさらに慰安婦次世代を登場させていることだろう。

金髪で抜群のプロポーションを誇る「進駐軍」の落し子、自称パンパンの子カオル。十五の時施設を逃げ、ストリップ劇場を皮切りに水商売に入ったという反抗的な娘。

「私生児」の有以子と張りあい、いがみ合うが有以子は無口で虚無的な娘である。特攻隊の落し子として大叔母の戸籍に入ったが、家の金を盗んで上京し、水商売に入ったという。

教師となるよう期待されているアルバイト大学生令子は、なかでも理論派であるが、恋人は精神的関係、ボーイフレンドはノートとセックスの関係という新時代派、彼女に優しいボーイフレンドは学生運動に熱中している。

これら若いホステスたちの繰りひろげる議論——たとえば、「進駐軍」の子と特攻隊の子はどう違うか——女にとって、子にとって——論争にはママの縁子も加わってお客のいない銀座のバアが、結婚制度、女性問題をめぐる討論会めいた風景を呈するのもなかなか面白い。

もとから売春婦というものに肯定的だった令子は、染代の自殺をくいとめようと熱心に彼女を探し歩く。しかし、それはただのヒューマニズムなどではなかった。「戦争中、日本軍隊用の慰安婦として連れて行った売春婦を、敗戦後、また進駐軍用として使った」という事実を、染代に関する出来事のなかで初めて知り「国家が主導した売春のありかたに腹を立てた」からである。

令子はやはり地方に帰って両親の希望する教師などにはならず、本格的に女性問題ととりくみ、勝者敗者にかかわらず発現する〝戦時性暴力〟、女と権力との性的奴隷関係をさらに徹底的に解明する可能性をひめた娘である。

ともあれ、主人公染代のあの印象的な入水の光景に示された、元従軍慰安婦の悲しい運命は、これら次世代の若いホステスたちが重層的に描かれることで、歴史の奥行きをいっそう増していると いえるだろう。

＊

このように見てくると、「女と敗戦」三部作は、あきらかに第一作『その日の夏』の助走段階から、敗戦と女の「性」が主要テーマであったことがわかる。

第二作『その冬の死』の戦後初期米軍兵士による、女の「性」の屈辱的支配と、元日本軍士官射殺――「占領」という領土と女の暴力的支配下にあっても、慰安婦たちにはまだまだ軒昂たる意気があった。

しかし、第三作『その夜の終りに』において頂点を示す敗戦と女の「性」のテーマは、街娼にまで落ちぶれた元従軍慰安婦の哀れな自死であり、その象徴的描写である。

今日の視点からすれば、染代たち従軍慰安婦が日本軍によって管理された、軍用の強制売春システムのなかの事実上の「性奴隷」であったことは明らかであろうと思う。三枝和子がすでに一九八〇年代から「女と敗戦」をテーマに従軍慰安婦の運命を焦点化していたことは高く評価されてよい。

しかしまた、染代が高級将校用として厚遇され、一般兵士用慰安婦の惨苦をまぬかれていた特権も、充分自覚されてよいのであって、染代が養護施設に最期の別れを告げに行った、一般兵用の廃人にちかい豆太郎のような慰安婦こそ、じつは「女と敗戦」第四部として、あらたに描いてもらいたかった主人公なのである。

三十人も四十人も並んで順番待ちという一般兵用の慰安婦たちの凄絶な苦役。しかもその多くが若い娘であり旧植民地、朝鮮、台湾、その他占領地からの強制的徴集だったといわれる。

韓国人女性金学順さんのカムアウトによって、「慰安婦」問題がいっきょにクローズアップされ、戦後補償請求、集団訴訟問題にまで展開していくのはようやく一九九一年以降のことである。

「女と敗戦」というテーマは、じつに敗戦後四十余年を経てから、性暴力・性差別と重なる民族差別――その極限としての慰安婦――という深刻な課題を自覚させられているのである。今日までに女性サバイバアたち（朝鮮韓国のみならず中国、フィリピン、インドネシアその他）の証言や日本軍人の記録、証言も数多い。調査や研究も一部進められている。

今は亡い三枝和子は、思えば、自作よりさらに「大きな物語」の語りつがれることを望んでいたのであった。その期待に応えうる素材が確かにそこにある、と私には思われる。

注

（1）加納実紀代『「混血児」問題と単一民族神話の生成』『占領軍と性──政策・実態・表象』（インパクト出版、二〇〇七年五月）

■六〇年安保

一九五八年一〇月、日米安保条約改定の第一回正式交渉が始まると、相互防衛義務を負うことなどに対する批判が高まり、「安保反対・民主主義擁護」を掲げ学生や市民による大規模な大衆運動が巻きおこった。翌五九年三月には、知識人や労働組合代表などの呼びかけにより、総評、原水爆禁止日本協議会、日中国交回復国民会議、憲法擁護国民連合、全国基地反対連絡会など一三四の団体が参加する安保改定阻止国民会議が結成された。同会議が行った四月の第一次行動には一万一〇〇〇人が参加、六月の第三次行動では一〇万人となった。

このような反対闘争の高まりを受け、岸信介内閣は条約の早期改定を断念、調印は六〇年一月にずれ込んだ。調印後、国会批准を急ぐ岸内閣は、五月一九日深夜、安保特別委員会で警官隊を導入し強行採決、翌二〇日、衆議院で会期延長と新安保条約批准の採決を自由民主党単独で強行した。この事態を受けた安保改定阻止国民会議は、岸首相退陣・国会解散を求める二〇〇〇万人署名、連日の国会請願、労組の統一行動を行い、批准書交換のためのアイゼンハワー米大統領の来日阻止も掲げた。

この日から参議院での自然承認までの一ヵ月間が一年数ヵ月続いた六〇年安保闘争の最大の山場となった。六月一五日には全学連主流派が国会に突入し、警察が催涙弾を発射した。そのさなかに東京大学の学生樺美智子が死亡し、一般市民・学生の負傷者は一〇〇〇人をこえた。自然承認前日の六月一八日には、安保改定阻止国民会議の発表で三三万人のデモ隊が国会を包囲し、これに呼応した全国各地の集会には四四万人以上が参加した。デモ隊は国会で請願署名簿を野党議員に手渡した後、「安保反対、岸退陣、国会解散」のシュプレヒコールを繰り返しデモ行進を行った。

岸内閣は、アイゼンハワー来日を断念したが、安保条約の改定は六月一九日午前〇時に自然承認された。六月二三日、新安保条約が発効するのと同時に岸信介首相は退陣を表明した。

■ベトナム戦争

一九四五年九月、日本軍と戦ってきたベトナム独立連盟（ベトミン）はベトナムの独立を宣言したが、旧宗主国フランスはこれを認めず、ホーチ・ミンを主席とするベトナム民主共和国（北ベトナム）と対立、第一次インドシナ戦争が勃発した。アメリカは一国の共産主義化が周辺国の共産主義化を招くというドミノ理論に基づいてフランスを支援したが、一九五四年五月にはジュネーブ協定が締結され、フランス軍はベトナムから撤退した。停戦の暫定措置としてベトナムは南北に分割されたが、一九五六年の選挙によって統一されることが定められた。しかし、一九五五年に南ベトナムにはアメリカの全面的な支援をうけたベトナム共和国が成立し、ゴ・ディン・ジェム大統領は統一を拒否した。一九六〇年には統一を望む北ベトナムや農地解放を望む南ベトナム農民、反米・反ジェム派の都市知識人などが南ベトナム解放戦線（ベトコン）を結成、ジェム政権に対するゲリラ活動が開始された。これが第二次インドシナ戦争、いわゆるベトナム戦争の始まりである。

アメリカは一九六四年八月、アメリカの計画的な挑発行為に対する北ベトナムの攻撃であった「トンキン湾事件」への報復を口実に直接的な軍事介入を始めた。北爆の開始である。アメリカ軍は首都ハノイ市などを戦闘爆撃機やB52大型爆撃機で爆撃した。一九六五年には約二〇万人の地上軍を派遣し、その数は六九年には五四万人と膨れあがった。

これに対し北ベトナムはホーチミンルートを使ってカンボジア国境から南ベトナムのフォーチュン山地に入った。車両での移動が困難な山地でアメリカ軍はヘリコプターで攻撃を行い、隠れ場をなくすために山地の木を枯らす枯葉剤を大量散布した。枯葉剤に含まれるダイオキシンの被害は現在も続いている。また、アメリカ軍はナパーム弾やバール爆弾、毒ガスなど核兵器以外のあらゆる兵器を使用し、多数の死傷者と環境被害をもたらした。アメリカ軍がベトナム戦争で使用した爆弾は第二次世界大戦中に投下された爆弾の二・七三倍にあたる七五五万トン、死傷者は北ベトナム軍・南ベトナム解放戦線で二二七万人、一般市民四四〇万人、南ベトナム政府軍六〇万人、アメリカ軍三六万人である。

ベトナム戦争の特徴は、多くのジャーナリストが様々なメディアで戦争の実態を報道し、その悲惨さを伝えたことである。これが国際的な反戦運動の高まりや、「大義なき戦争」への兵士の士気低下を招いた。アメリカでは一九六七年一〇月、三〇の都市で反戦デモが行われ、ワシントンでも一〇万人規模の反戦集会が行われた。日本でも作家の小田実らが「ベトナムに平和を！　市民連合（べ平連）」を組織するなど反戦運動が高まった。一九六八年三月に南ベトナムのソンミ村でおきたアメリカ兵による女性や子どもを含む非武装の住民五〇四人の虐殺事件は国際的な非難をうけ反戦の運動のシンボルとなった。

このような情勢のなかジョンソン米大統領はテレビ放送で北爆の部分的中止と大統領選挙への不出馬を表明した。一九六九年一月に就任したニクソン大統領は、ベトナムからの段階的撤退を計画し、キッシンジャー大統領特別補佐官に北ベトナム政府との秘密和平交渉を開始させる一方、アメリカに有利な条件で和平協定を締結するため一九七二年には北爆を再開した。

一九七三年一月にパリ協定が調印され、アメリカ軍はベトナムから一斉に撤退。三月には撤退が完了した。一九七五年三月北ベトナム軍は南ベトナムに全面攻撃を開始し、四月三〇日にサイゴンが陥落、南ベトナム政府が戦闘の終結と無条件降伏を宣言し、ベトナム戦争は終結した。ベトナム戦争終結後、ベトナム経済は停滞し多くの難民を生み出した。

■七〇年安保

一九六〇年に改定された日米安保条約は、一〇年後の一九七〇年六月以降は日米いずれかが条約を終了させる意志を通告することができると定められていた。この日米安保条約の自動延長に反対し、「安保破棄」をスローガンに闘われたのが七〇年安保闘争である。七〇年安保闘争は、ベトナム戦争反対、沖縄返還、成田新国際空港反対などの課題や、日大闘争・東大闘争に代表される学園紛争とほぼ同時にそれらと一体化して行われた点が六〇年安保闘争とは異なっている。

一九六五年二月に米軍が北ベトナム爆撃を開始すると反戦運動が高まり、四月には「ベトナムに平和を！　市民連合（べ平連）」が結成され、討論会、ニューヨークタイムズへの反戦意見広告の掲載、米軍脱走兵への援助、新宿駅西口地下広場でのフォーク・ゲリラ集会、『週刊アンポ』の発行など既成の運動とは異なる市民の自発性と自立性に依拠する運動を行った。ベトナム戦争の激化は日米安保条約と、米軍基地が集中しアメリカの施政下にあった沖縄の問題をクローズアップさせ、沖縄返還と安保反対、ベトナム反戦は一つの課題と意識されるようになっていった。

一方、大学管理法案の策定に象徴される大学の自治・学生の自治権の制限を目論む政府の政策は、学生運動の高揚をもたらし、一九六八年、六九年は学園紛争が最盛期を迎えた。日大闘争が行われた六八年末には全国で一一五の大学が紛争状態にあった。六九年一月には東大安田講堂を要塞化した学生と機動隊との間で二日間にわたる攻防戦が繰り広げられ、テレビ中継された映像は全国に衝撃を与えた。

一九七〇年六月二三日、国労、動労、全自労など二七の労働組合が時限スト・集会を行い、全国三二大学がゼネストに入った。各団体は集会・デモを行い、明治公園に四万人、代々木公園に九万人、清水谷公園に二万人が集まったが、この日、安保条約は自動延長された。

「核」の時代と向き合う

情緒的反戦意識の行方
——被爆作家・大田洋子の場合

黒古一夫

1　揺れ動く順応主義——戦中から戦後へ

周知のことに属するが、女学校の頃から「芸術への夢を至上のもの」（『囚人のごとく』『婦人公論』一九四〇〈昭和一五〉年四月）とするようになった大田洋子は、『聖母のゐる黄昏』を長谷川時雨率いる『女人芸術』（一九二九〈昭和四〉年六月）に発表して作家として出発する。しかし、一時の隆盛から「下宿代も払えなければ小遣いにも困つて、私は家から送金させたり、着物や持ち物を売つたり質入したりして暮」（同）すような逼迫した生活におちいり、そこからの脱却を図って、変名で一九三八（昭和一三）年『海女』を中央公論社の「知識階級総動員懸賞小説」に応募し、また同じく『桜の国』を翌年の朝日新聞「創立五十周年記念懸賞小説」に応募し、共に入選を果たして再出発を果たす。

その再出発のきっかけとなった双子の姉妹を主人公とする『海女』（『中央公論』一九三九〈昭和一四〉年二月）に、海女たちの生活に関する次のような記述がある。

負けることは生計の歪むことだつた。彼女等が働いてさへ居れば、今では生活に困るやうな家はないのだつた。（中略）しかし今の若い女は親たちと違つてゐた。次第に眼ざめるものを抱き、賢明な貯蓄心を持つてゐた。そして、それは反響的な作用に基づく一つの心の動きだとは云へ、日支事変への覚悟は、彼女等の平素の貯蓄心を、より幅の広いものにして来つゝあつた。事変の起きた以後は、貯蓄心許りでなく、海女も集団となつて銃後の後援も盛んにしてゐた。彼女等にとつて身を切られるやうな労働の大切な時間を割いて、青草を刈り、二千五百貫の乾草にして軍隊へ贈つた。少なすぎる小使ひ銭を集めて献金もするのだつた。海女は又、女子青年団にも入つてゐて、続けざまに演習をする男子青年団のために、炊き出しをしに集つた。その時と同時に彼女等の母親は、白襷甲斐々々しく、争ふやうに国防婦人会の集りへ押しよせてゐるのだつた。

時代背景を鮮明にするために取り入れた部分なのか、それとも時流に阿《おもね》るための記述なのか、いずれにせよこの引用部分を見る限り、戦前の大田洋子は「二月の深夜に火鉢もおかず、マルクスをよみ、資本論を読んだ」（「自作年譜」昭和三年の項『昭和文学全集53巻』所収、一九五五〈昭和三〇〉年二月）体験を持ちながら、中国との本格的な戦争（日支事変＝日中戦争）に対して、その意味について思いめぐらせることもなく、ましてや「反戦」などという思想は露ほども抱くことがなく、「戦争協力」の道を歩むようになったと言っていいだろう。それ故、内閣情報部の要請を受けて結成された「ペン部隊」（一九三八〈昭和一三〉年）以降、続々と結成された各種「戦地慰問団」の一つ「輝ク部隊」（『輝ク』は『女人芸術』の後継誌）の一員として中支の日本軍を慰問したり（一九四〇〈昭和一五〉年五〜六月）、大政翼賛会傘下の日本文学報国会が「建艦献金」を目的として原稿を募集した『辻小説集』（一九四三〈昭和一八〉年七月、八紘社杉山書店）に『蒔かぬたねは生えぬ』を寄稿することができた、と考えられる。

十五年の初夏、梅代は上海から船で青島を訪れた。知人の娘と山東路に出て見ると真昼の街は潮のやうな米国水兵の群におほはれてゐた。水兵はみんな女をつれてゐた。どの女も口と爪を真赤に瞼を青く塗つてゐる。アメリカはじつにだめ、ね。梅代がつぶやいた。この水兵と女を見るとあの沖の艦こそ紙風船のやうに権威がないわ。娘も云つた。港の沖に幾日も居坐つてゐる白い巨艦が、そのころ話題になつてゐた。日本の兵隊は享楽に縁遠い眼をして街の警備に当つてゐた、考へ深く、大地を踏みしめて歩いてゐる。娘と梅代はこの人達に立派な乗物を沢山贈らなくてはと話した。艦や飛行機の乗手が優れてゐて、その乗物が少くては日本国民の恥と、娘は力んだ。それらは日本の国民の誰にでも作れるものとも、娘は云つた。外地ではとくにそれがつよく心にくるのね。と梅代も娘に答へた。（『蒔かぬたねは生えぬ』全）

ここには、石川達三の『生きてゐる兵隊』(『中央公論』一九三八〈昭和一三〉年三月)や火野葦平の『麦と兵隊』(『改造』一九三八〈昭和一三〉年八月)などが意に反して白日の下に引きずり出した、泥沼化しつつあった中国戦線で苛酷な戦闘を強いられていた日本軍兵士への思いも、その日本軍によって「殺され、奪われ、焼かれ」(いわゆる「三光作戦」)ていた中国民衆への想像力も、全くない。あるのは、「鬼畜米英」的偏見と、「知人の娘」に代表される健気な日本人を褒め称える言葉だけである。その意味では、大田洋子という女性作家は、戦前においては時流と添い寝していた「流行作家」であった、と言っていいかも知れない。ただ、自らの感性(感情)に素直に従うことを特徴としていた大田洋子が、日中戦争の勃発に際して次のような感想を持ったことも忘れてはならない。

私は戦争にびつくりした。三四年の間一つの家の幸福を計らうとして抑えに抑えた作家としての生活が、「一つの家」の独りの生活の中で堰を切つたが最後、血みどろに小説の勉強をやり直すものと考へてゐた私は、家の中に机の位置を決める間もなく、気分的に右往左往しなければならなかつた。男であつて戦争に行ける方が救はれるのではないかと思ふほど、私は落ちつきを失ひ、計算してゐた拠りどころが、根こそぎゆらめく思ひに駆り立てられて苦しかつた。私の場合は作家としての形の上での生きやうが幾年間か中断してゐたため、時を得て流れ出さうとした熱と力が、その時のゆゑにはゞまれた打撃はかない強いものであつた。

(「『流離の岸』について――自作を語る――」『月刊文章』一九四〇〈昭和一五〉年六月)

ここには、日中戦争が始まったために、沈滞期からの再出発を目論んでいた意欲が阻害されてしまったことへの不満（恨み）が、自己中心的にではあるが「正直」に書かれている。ただ、ここで気になるのは、アジア太平洋戦争を「十五年戦争」という史観で捉えた場合、その開始を告げた満洲事変（一九三一〈昭和六〉年）から日中戦争に至る期間について大田洋子はどのように考えていたのだろうか、ということである。因みに、日中戦争の始まった一九三七（昭和一二）年の一〇月頃から執筆が始められ、一九三九年一二月に初の著書として小山書店から刊行された長編の自伝小説『流離の岸』は、文壇的処女作『聖母のゐる黄昏』が『女人芸術』（一九二九年六月）に掲載され、上京して本格的に作家活動を始めようと決意するところで終わっており、奉天北方の柳条湖における満洲鉄道爆破事件をきっかけに、この年の九月一八日に始まった満洲事変については触れられていない。

そんな戦争観を持っていた大田洋子も、度重なる東京における空襲を逃れて、一九四五（昭和二〇）年一月、故郷の広島市に居を構えていた妹中川一枝宅に身を寄せるが、そこで八月六日、原爆に遭遇する。

2　被爆──「反戦・平和主義者」への転回

一九四五（昭和二〇）年八月六日午前八時一五分、当時三〇万人余りが住んでいた広島市を襲った原爆の惨禍は、戦時下の女性作家を代表する一人であった大田洋子の文学と思想を一変させる。それを象徴するのが、戦後初の単行本となった一九四七（昭和二二）年一月一五日発行の長編『真昼の情熱』（丹頂書房）の「加筆」である。『真昼の情熱』は、戦時中の中国山東省済南を舞台にした「恋愛小説」である。

周知のように、広島の妹宅で被爆した大田洋子は、避難した生まれ在所の広島県佐伯郡玖島で、避難直後から原民喜の『夏の花』（一九四九〈昭和二四〉年二月、能楽書林）と共に原爆文学の嚆矢と言われる『屍の街』（一九四八〈昭和二三〉年一一月、中央公論社、ただし削除版）を執筆するが、その冬芽書房版（完全版、一九五〇〈昭和二五〉年五月）の「序」に、次のような言葉を記していた。

その前後の五カ年の年月（被爆から『屍の街』が削除なしで刊行されるまでの五年──引用者注）は、作家としての恢復をのぞむ私にとって、不幸な、運命的な、その上不思議な五年間であった。戦争による約十年間を空白にされた者へ、重ねての被害が加えられた。

それはいまも余韻をのこしている。わたしはその間にほかの作品を書こうとしていた。原子爆弾とは関連のない、別の作品を書こうとした。すると私の頭の中に烙印となっている郷里広島の幻が、他の作品のイメージを払いのけてしまうのだった。原子爆弾に遭遇した広島の、その作品化が難しければむつかしいほど、私の眼と心に観察され、人々にきいた広島市の壊滅と、人間の壊滅の現実が、もっとも身近な具体的な作品の幻影となって、ほかの作品への意欲を挫折させた。

これを読むと、被爆から『屍の街』(冬芽書房版)を刊行するまで何も書かなかったように見えるが、大田洋子は敗戦直後のエッセイ『海底のやうな光――原子爆弾の空襲に遭って――』(『朝日新聞』一九四五〈昭和二〇〉年八月三〇日)を皮切りに、浦西和彦編の「年譜」(『大田洋子集 第四巻』所収、一九八二〈昭和五七〉年一〇月)によれば、この間小説だけでも『仮睡』(『婦人画報』一九四六〈昭和二一〉年七・八月)、『六如抄――ある手記の内――』(『新小説』一九四七〈昭和二二〉年四月)、『渇くひと』(『自由婦人』一九四八〈昭和二三〉年一月)、『牢獄の詩』(『新日本文学』同年五月)、『不知世』(『新小説』同年九月)、『人世座』(『婦人画報』同年一一月)、『ホテル・白孔雀』(『ひまわり』一九四九〈昭和二四〉年一~四月)、『洗心抄』(『婦人文庫』同年七月)、『今日的』(『新日本文学』一九五〇〈昭和二五〉年一月)、『誘惑者』(『婦人画報』同年同月)、『紅と赤いきものと血』(『女性改造』同年二・三月)、と一一編もの短編を書いている。また、「年譜」には洩れているが、『河原』という五〇枚余りの短編も発表している(『小説』一九四八年二月)。更に、エッセイは、小説の何倍かを書いている。また、著書にしても、『真昼の情熱』の他、『情炎』（一九四八〈昭和二三〉年三月、新人社）、『屍の街』（中央公論社版）、『ホテル・白孔雀』（一九四九〈昭和二四〉年一二月、ポプラ社）を出している。その意味では、確かに占領期における大田洋子は、戦前に比べて「不幸な、運命的な、その上不思議な五年間」を過ごしていたかも知れないが、作家活動を「中断」していたわけではない。

さて、そこで戦後初の単行本『真昼の情熱』の「加筆」についてであるが、この長編は元々『新女苑』の一九四二（昭和一七）年一月から一二月まで『真昼』と題して連載されていたものである。戦後単行本にする際、全四十一章のうち第十四章から第十六章までと、第三十八章から第四十一章までの四〇〇字詰め原稿用紙にして六〇枚弱が書き加えられた。この「加筆」部分で、大田洋子の思想的転回を見る上で重要なのは、第三十八章以下の部分である。連載（初出）時には戦地へ発っていった夫への主人公の無事に過ごしている旨の手紙で終わっていた（第三十七章）のだが、そこに「その年の暮れ、いまゝでよりも、もつと大きな戦争がはじまつた」（第三十八章の冒頭）から、「その夏の半ばに、戦争が終わつた。ながい苦しい戦争だつたけれど、見るかげもない、みじめな、無条件降伏であつた」（第四十章の終わり）までと、戦後になって主人公の夫が無事復員してきて「平和日本」で雄々しく生きていこうと決意する最終章（第四十一章）とが書き加えられた。

大きなふたつの強国に向つて宣戦布告がされたのを、テル（主人公――引用者注）が知つた日は、田園の盆地に雪がふつてゐた。テルは慄然とした。直感的に日本の深い破綻をかんじ、ラジオの報導《ママ》が耳にはいつたとき、ちようど人参を切つてゐた包丁を、テルは土間にとり落した。テルは雪の盆地の平和が、この日に破れたやうな心持がした。骨を刺すやうな哀しい予感が、いまはどこにゐるとも知れぬ緒方（テルの夫――引用者注）のうへに、はるかに通ふかと思つた。

（第三十八章　傍点引用者）

この部分と『辻小説集』に寄稿した『蒔かぬたねは生えぬ』と比べてみれば、戦後の変化は明らかである。また、初出の最終章（第三十四章、単行本では第三十七章）の出征中の夫に宛てた手紙に書かれていた「お武運長久をおいのりいたします」が、単行本では削除されているのも、単純に考えれば「軍国主義」復活に厳しい目を光らせていたGHQ（SCAP）のプレスコードを意識しての処置だったのかも知れないが、大田洋子の「戦後」に対する配慮の一つであったとも考えられる。

「これからどうなつて行くのでせうね。日本のことよ。でもゝうテルはなにかつかんだわ。あとでは立ち直れるにしても、一応虚無に落ちる気がしてゐたのですけどね、あなたが帰つてくださつてから、空虚になんかなつてゐられなくなりましたわ。私はとても虚無的になんかなれさうもないわ」

「なにをテルはつかんだのさ。云つてごらんなさい」

「それがとても簡単なことなんです。まづ勇気を出すの。それから忍耐よ。日本の欠乏に勇気でこたへて見たいのよ。それから勤労と労働なんですの」

「勇気、忍耐、勤労かい」

「それだけよ。どこにものがれる道はないのですもの。一人々々がそれだけを守つて生きれば、いつか日本はいゝ国になるのでせう。自分の国が悪いのに、自分だけ幸福といふことは、だれにもないのですものね」

（第四十一章）


この引用には、戦時下において積極的にとは言わないが、例えば文学者を戦争へと全面協力させようとして結成された日本文学報国会の機関誌『文学報国』の「決戦一筆」欄に、『適応性への努力』（一九四四〈昭和一九〉年四月一日）や「戦う女性」欄の『文学―節操を保つもの』（一九四五〈昭和二〇〉年一月一〇日）を書いていた大田洋子はいない。いるのは、「平和」になった戦後を意欲的に再出発しようとしている大田洋子だけである。

そこで思うのは、このような「転回＝変化」は、例え未曾有の体験に他ならなかった広島での「被爆」を経験したからと言って、一朝一夕に可能だったのだろうかということである。大田洋子の戦後における最初の発言『海底のやうな光――原子爆弾の空襲に遭って――』は、想像を絶する被爆の実態を語りながら、「広島市が一瞬の間にかき消え燃えただれて無に落ちた時から私は好戦的になった。かならずしも好きではなかった戦争を、六日のあの日から、どうしても続けなければならないと思った」というようなパラドキシカルな言い方を挟み、原爆攻撃の本質を見抜いたような次の言葉で締めくくられていた。

新兵器の残忍性を否定することは出来ない。だが私は精神は武器によって焼き払う術もないと思った。あの爆弾は戦争を早く止めたい故に、使った側の恥辱である。ドイツが敗北した。ドイツを軽蔑できなかったと同じに、あの新型爆弾というものを尊敬することはできない。広島市の被害は結果的に深く大きいけれど、もしその情景が醜悪だったならば、それは相手方の醜悪さである。広島市は醜悪ではなかった。むしろ犠牲者の美しさで、戦争の終局を飾ったものと思いたい。

もしこの時期にＧＨＱのプレスコードが布かれていたら、「新兵器の残忍性」とか「使った側の恥辱」、「相手側の醜悪さ」等の言葉だけでも「海底のやうな光」は掲載不許可になったのではないかと思えるが、佐多稲子が『大田洋子集　第一巻』の解説で「敗戦後すぐに『朝日新聞』に大田さんが書かれましたでしょう。あれを見た時に、大田さんの文章が変わったと思ったんです」と語っているように、広島で被爆したことが大田洋子を「変えた」と考えられる。

それは、「日本の無条件降伏によって戦争が終結した八月一五日以後、二〇日すぎから突如として、八月六日の当時生き残った人々の上に、原子爆弾症という恐愕にみちた病的現象が現れはじめ、人々は累々と死んで行った。／私は「屍の街」を書くことを急いだ。人々のあとから私も死ななければならないとすれば、書くことも急がなくてはならなかった」(『屍の街』「序」)として、被爆直後から避難先で『屍の街』を書き綴ることによって得られたもの、と考えられる。幸い『屍の街』は生原稿が残されているので明白なのであるが、この記録文学風に自らの被爆体験を綴った長編に表れた「反戦」意識は、情報も十分でなかったはずの片田舎の避難先でよくぞここまでと思われるほど、鮮明かつ本質的なものであった。

戦争している相手の国が、末期へきて、原子爆弾を使ったことについて、一般には怨嗟的な解釈がされているようである。理性をとおしてよりも、反発的な感情のもとに、そう云われているようだ。これは甘いあがきである。ソ連が戦争の終わりにのぞんで仲介に入り、五分々々に引き分けてくれるだろうと云つた、あのおひとよしの夢想に似て、不徹底な考え方と思える。

(中略)

侵略戦争の嘆きは、それが勝利しても、敗北しても、ほとんど同じことなのだ。戦争をはじめなければならなかつたことこそは、無智と堕落の結果であつた。(「無欲顔貌」)

とりあえず自らの「戦争協力」については棚上げしての言い方ではあるが、「被害」だけを強調する戦争への「甘い」総括＝反省を批判し、侵略戦争が「無智と堕落の結果」もたらされたものであることを、ここでは正確に撃っている。多くの被爆体験記・手記がもっぱら自らの「被害」だけを綴るところに成立していることを考えると、作家＝知識人としての自覚（『屍の街』には、避難の途中で被爆直後の惨状を見た大田洋子が「人間の眼と作家の眼とふたつの眼で見ているの。」「いつかは書かなくてはならないね。これを見た作家の責任だもの」と妹に言う場面がある）に基づいて、広い視野から被爆＝原爆を捉えようとしている大田洋子の「情報」分析能力の高さを思わないわけにはいかない。先の引用に続く部分。

広島市街に原子爆弾の空爆のあつたときは、すでに戦争ではなかつた。すでに、ファシストやナチの同盟軍は完全に敗北し、日本は孤立して全世界に立ち向つていた。客観的に勝敗のきまつた戦争は、もはや戦争ではないという意味で、そのときはすでに戦争ではなかつた。軍国主義者たちが、捨鉢な悪あがきをしなかつたならば、戦争はほんとうに終つていたのだ。原子爆弾は、それが広島であつてもどこであつても、つまりは終つていた戦争のあとの、醜い余韻であつたとしか思えない。戦争は硫黄島から沖縄へくる波のうえですでに終つていた。だから、私の心には倒錯があるのだ。原子爆弾をわれわれの頭上に落したのは、アメリカであると同時に、日本の軍閥政治そのものによつて落されたのだという風にである。（「無欲顔貌」）

この引用部分は冬芽書房版（一九五〇〈昭和二五〉年）のものであるが、生原稿（被爆直後）及び中央公論社版（削除版、一九四八〈昭和二三〉年）では、「そして広島市に原子爆弾の空爆のあつたときは、すでに戦争ではなかつた。一方的な、あの掃蕩に似たやり方のまへ、日本は戦争を見失つていたのであろう。戦争は硫黄島から沖縄へくる波のうへで終つてゐたのだから。」となっていた。一九四八年から五〇年まで、GHQによるプレスコードが布かれていた占領期とは言え、原爆の実相を知らせるジョン・ハーシーの『ヒロシマ』が邦訳されていた〈一九四九〈昭和二四〉年四月、法政大学出版局〉ということなどからも分かるように、被爆=原爆がどのようなものであったのか、被爆者にも徐々に理解されるようになっていた、ということがある。引用の「加筆」部分は、そのような原爆に関する様々な「情報」に基づいて行われたのだろう。

ただ、この「加筆」部分に底流する大田洋子の「怒り」については、冬芽書房版に収録されていたエッセイ『一九四五年の夏』〈原題『8月6日8時15分』、『改造』一九四九年八月〉にある、次のような感情と深く繋がるものと言っていいだろう。

政府はなんのほどこしもせず冷淡をきわめ、私たちは全く放たらかされていたのだつた。しかし人々はそんなことは自分の知つたことではなく、戦争がこうさせたのであり、仕方がないのだとあきらめ切つていたのだつた。悲憤の感情が胸の底にうごいていたにちがいないのに、云い現すことばを持たなかつたのだ。このことを思い返すとき、私の胸は高鳴り、ふるえ出しそうになつたのだつた。こんにちも日本人一般はむろん広島と長崎の原子爆弾被害に対して無関心だし、広島市民たちさえも、あの恐怖に対して、科学的に知ろうとしてはいない。

大田洋子のこのような日本政府や被爆者への「怒り」は、もちろん彼女の「反戦思想」を支える根源であったと見ていいが、それは紛れもなく、朝鮮戦争の勃発に前途を悲観して一九五一年三月一三日に鉄道自殺した原民喜の「絶望」に相通ずるものであったことも考えなくてはならない。自分も被爆者であるが故に、日本政府や原爆を投下したアメリカへの「怒り」、と同時に「被害」に自閉してその全体（科学的・思想的に）を知ろうとしない広島市民へも「怒り」をぶつけざるを得なかったのである。

3 「幻の原爆小説」と「深い絶望」

もっとも、被爆者を置き去りにしてきたアメリカ、日本政府、広島市民に対して「怒り」を隠さなかった大田洋子にしても、削除版とは言え中央公論社から『屍の街』が刊行される（一九四八〈昭和二三〉年一一月）まで、被爆体験を前面から取り扱った作品を発表して「反戦・反核」を訴えていたわけではない。それは、「幻の原爆小説」と言われた『河原』（『小説』一九四八〈昭和二三〉年二月）の内容と発表に至る経緯を知れば、歴然とする。この四〇〇字詰めにして五〇枚ほどの短編は、『朝日新聞』（大阪版）の二〇〇三（平成一五）年七月二五日に『幻の『河原』米で発見』と報道されるまで、江刺昭子の『草饐——評伝大田洋子』（一九七一〈昭和四六〉年、涛書房）にも、浦西和彦編の「年譜」にも触れられておらず、知られていなかった作品である。「小雪は暫くのあひだ、自分の顔を鏡にうつして見たことがなかつた。」で始まるこの作品は、河原で生活する被爆者同士の「恋愛」を描いたものである。当初、この作品は東京の能加美出版が文芸雑誌『小説』の創刊号（一九四六〈昭和二一〉年一一月）に載せる予定でGHQの事前検閲を受けたところ、この作品はパスしたのに他の作品が引っかかったために創刊号を出せず（横手一彦の『被占領下の文学に関する基礎的研究　資料編』の「Ⅱ　雄松堂版マイクロフィルム『占領軍検閲雑誌』にみるGHQ、SCAP検閲の実態によれば、この時検閲に引っかかった作品は、田村泰次郎の『故国』と思われる）出版社は編集者を代え、掲載作品を入れ替えて一年後に創刊号を出し、翌年の二月号にやっと掲載されるという経緯を持つ。

何故この作品が殊の外「原爆」に関して神経を尖らせていたGHQの検閲をパスしたのか。それは、先の新聞記事が「GHQ意識　広島の表現削り」と小見出しをつけたように、読む人が読めば、この短編が「ヒロシマ」の惨劇から数ヶ月後の避難生活を描いたものだと理解できるかも知れないが、「原子爆弾」も「ヒロシマ」も「ひどい火傷をした被爆者」も、「廃墟」、「原爆病」も一切登場せず、例えば次のような描写で辛うじてこれが「ヒロシマ」を描いた作品であることを推測させるだけのものになっていたからである。

その朝は二人ともまた町はづれの別荘にゐた。店のある繁華の町ではあたりの人もあらかたそのときすぐ亡くなつたけれど、店の傍までも近よれなかつた。

別荘もともに、そのあたりの町々も、二人が河原にのがれて小一時間も経たないまに、燃え落ちた。夕方、小雪たちは群衆に交つて、河原の土手に上り、一つの中都会が赤茶けた砂漠に変つた姿を眺めた。夜も、次の昼間も、またその夜も都の端から端に美しく燃えた。

極端な言い方をすれば、『河原』は「被爆＝原爆」について描くよりは、被爆者の「男女関係＝恋愛」を描くことに力点が置かれていたように見える。これは、単なるＧＨＱへの配慮の結果だったのか、それとも大田洋子の中に『屍の街』のように記録文学風＝私小説風な書き方をしたものであれば、相当踏み込んだ表現が可能だったが、「物語」ではそれができないという気持があったということなのか。

このことは、佐多稲子さえ戦時下の「戦争協力」が足枷となって参加を拒絶されていた、民主主義文学陣営の機関誌と言ってもいい『新日本文学』へ発表した『牢獄の詩』（一九四八〈昭和二三〉年五月）を読むと、よくわかる。この戦後の労働運動（革命運動）に力を注いでいる男と恋人である被爆者の女が苛酷な戦後を生き抜いていこうとする姿を描いた短編には、たった一箇所だけ原爆＝被爆のことが出てくる。主人公の体験した広島市内の光景として、である。

千恵は、その女の顔を見ているうちに、あることをとつぜん思い出した。真昼の朝の一瞬時に、真青にきらめく光線が全市をおおい、やがてまつたく跡形もなく滅び去つた郷里の市街の、電車やバスのなかで、戦争が終つた今も、異様な顔をした娘たちを、千恵はたびたび見かけなくてはならなかつた。
ウラニュームの光線に焼かれた火傷のあとの皮膚は、うす桃色や白や茶褐色の交わり合つた色をしていて、蟹の足に似たでこぼこの傷痕をのこしていた。赤んべのように、下に向つて引きつれた両眼や、切り裂いた口の端や、穴だらけになって耳朶のない耳や、それから癩のような手付きになつた娘たちが、電車やバスのなかで連れの者とたのしそうに話し、笑い顔をしていればいるだけ、千恵は耐えがたい哀しみで、胸にいつぱいの涙をため眼をそらした。

（『牢獄の詩』）

大田洋子は、『山上』（初出『群像』一九五三〈昭和二八〉年五月）という短編で、義務化されていた検閲を受けるために小倉（広島を管轄していたのが小倉の占領軍であった）へ送ってあった『屍の街』に関して、「一九四七年の冬の半ば」ＧＨＱの情報担当者から事情聴取を受けたことを記している。絶対的権力者であったＧＨＱからの事情聴取が、占領期における大田洋子の原爆＝被爆表現・反戦意識に微妙な影を落としていたであろうことは、想像に難くない。戦時中の強圧的な「統制」を経験している大田洋子にしてみれば、ＧＨＱの情報担当者は戦前の特高と同じように映っていたのではないか。
その意味では、強固な思想によって形成されたのではなく、被爆という体験から情緒的・時流的に作り上げられた大田洋子の反戦意識の「弱さ」、あるいは「揺れ」を、『屍の街』以外の占領期における原爆＝被爆表現には見られると言っていいだろう。

被爆者の恋愛を素材とした『人間襤褸』（一九五一〈昭和二六〉年八月、河出書房）から「不安神経症」で入院した被爆者（大田洋子自身）の心理と思想を隈無く描き出した『半人間』（初出『世界』一九五四〈昭和二九〉年三月）に至る時期につい綴ったエッセイ『ノイローゼの克服』（『婦人公論』一九五八〈昭和三三〉年二月）に、次のようなことが書かれている。

一九五一年（昭和二十六年六月二五日）に朝鮮動乱がはじまった。この動乱は私を身ぶるいさせた。それまでに抱き続けてきた戦争へのいきどおりの総和が、朝鮮動乱という名の、平和破壊のきざしを見るに及んで、いちどきにふきこぼれた。私は広島で原爆投下にさらされたにもかかわらず、生き残ってはいたが、人間として記憶しない方がいいに決まっていることを、できる限り忘れようとしていた。それを主題にした作品を書くことからも、のがれたい思いにかられていたのだった。幸いかどうかはわからないが、五、六年ぼ歳月がながれても、広島で陥った私の虚脱は続いていた。

そして朝鮮動乱が起きた刹那、私の虚脱は消えた。はげしいいきどおりと絶望感がやって来た。絶望に負けまいとして、長編『人間襤褸』を書きはじめた。地獄の様相が私のなかに生きていた。いっさいの記憶が甦り、作家と人間の板ばさみのなかで、私は熟睡できる注射、もうろうとして憤りを抑えることのできる、前記の注射をしながら、五百何十枚かの作品を書いた。

もちろん、「死」と隣り合わせの日常を生きなければならなかった被爆作家大田洋子の「憤り」や「絶望」を、理解できないというわけではない。しかし、被害者意識を募らせ、孤立感を深めていった大田洋子の被爆体験の対象化＝作品化を支えた戦後の反戦意識について思うと、やはりその「脆弱さ」を感じざるを得ない。加害者意識＝戦争協力への自覚が希薄だったからそうなったのか、それとも時代がそうさせたのか、はたまたそれが彼女の資質だったのか、結論を出すにはまだまだ時間と更なる研鑽が必要だろう。

なお、この稿を書き終えた後、私は懸案であった井伏鱒二の「戦時下」の在り方と原爆文学の傑作『黒い雨』（一九六五年）に至る過程を『井伏鱒二と戦争――『花の街』から『黒い雨』まで』（二〇一四年七月、彩流社）にまとめたが、井伏鱒二の「したたか」かつ「しなやか」な戦争への対処の仕方を知った今、大田洋子の「苦しさ」は理解できても、戦争に対して常に主観的（情緒的）にしか対処できなかった生き方は、戦争が露頭してきた昨今の政治状況を鑑みて、やはり危ういものであったと思わざるを得なかった。

ポスト「戦後」の表象
――大庭みな子『浦島草』論

清水良典

1

大庭みな子の代表作といえる書き下ろし長編小説『浦島草』（講談社）は、戦後三〇年以上過ぎた一九七七（昭和五二）年三月に発表された。それは東京オリンピックと大阪万博を経て、日本が世界でも未曾有の経済成長を遂げたあと、七四年の第一次オイルショックで戦後初のマイナス成長を経験した直後であった。その後のバブル経済をまだ予想できないものの、戦後の右肩上がりの成長がいったん失速した鎮静期間として、現在からは振り返ることができる。また七六年に、新潟県の生んだ大物政治家である田中角栄元首相が戦後最大の疑獄事件によって逮捕されていることも、新潟県の大地主をめぐる歴史点描が含まれたこの物語の内容と無関係とはいえない。

『浦島草』には広島原爆体験や中国大陸での従軍体験をはじめとする「戦争体験」言説が大量に含まれている。そこには戦後三〇年を経た一九七〇年代中頃の時代の屈折が織り込まれていて、単純な反戦表現として括ることはできない。作者自身の広島で原爆の被害をつぶさに目撃した戦争体験と、作中人物雪枝のアメリカ滞在期間とほぼ等しい一一年間のアメリカ（アラスカ州シトカ）在住体験、そして何よりも大庭文学独自のジェンダー観が、同じ頃に執筆された短篇『山姥の微笑』や、『浦島草』を跨いで書き継がれた長編『霧の旅』などと絡み合った複雑な表象の織物として描かれているからである。

それを論じる前に、この複雑な作品の人物関係をひとまず概観しておこう。

中学以来アメリカで一一年間を過ごした二三歳の菱田雪枝が帰国し、異父兄である菱田森人の住む東京の家へやってくる。都心にありながら古さびた書院と庭と土蔵を持つその家の主は、白金色の髪をした妖婆のような冷子である。彼女には戦後中国から引き揚げてきた夫の麻布龍がいるのだが、森人は冷子との間に生まれた息子の黎とともに奇妙な同居生活を三〇年来続けているのだ。黎は「自閉症」「精薄」「白痴」などと周囲から呼ばれる状態のまま三〇歳に成長している。さらに、黎の世話を任されている二五歳の奔放な混血の女性、夏生も同居している。いっぽう雪枝には結婚を考えている三三歳のアメリカ人の恋人マーレックがいるが、彼もやがて雪枝を追って来日し、この奇妙な一家と交わるようになる。

この作中人物たちの人生には、直接的にしろ間接的にしろ、それぞれ戦争が絡んでいる。

冷子は昭和二〇年、龍の出征中にかつて夫の赴任先だった広島に疎開していたが、買出しに出ていた間に原爆で姑を喪った。姑の安否を確認するために足を踏み入れた爆心地で、冷子は凄惨な被爆の現実をつぶさにその目で見ている。体調を悪くした彼女は夫の友人だった森人に連絡して援助を求め、やがて彼と結ばれて黎を身ごもった。まさに黎はヒロシマと敗戦の申し子なのだ。

麻布龍は、いうまでもなく戦争の直接体験者である。青春のさなかに中国の戦場に駆り出され、戦場では殺人はむろん強姦や人肉食まで経験したらしい。日本に帰ってくると母はなく家も焼けており、妻は友人との間に子どもを設けていた。戦争によって人間としての誇りも家庭も、全てを失ってしまったところから彼の戦後の生活は始まった。

夏生は戦後日本に駐留した若い米兵と、黎の子守りをしていた母親ユキイとの間に生まれた混血児であり、母は産褥で死に、父も朝鮮戦争で戦死して森人たちに引き取られるに至った。いわば彼女は、生々しい敗戦後の混沌の歴史の申し子なのである。

マーレックもまた、ナチスに殺されたユダヤ系ポーランド人の父とフランス人の母との間に生まれた。現在住むアメリカは、解放後のフランスで母がアメリカ軍将校と再婚したのちに移り住んだ国である。そんな彼は、アメリカが原爆を投下した国の女性と結婚しようとしているのである。その意味で一見戦争と無関係な戦後生まれの雪枝も、三〇年前の不幸な対戦国の因縁を背負って森人と冷子のもとへ現れたことになる。

しかし、第二次世界大戦というグローバルな国家間の戦争とは別に、この小説にはもう一つの日本国内の小さな「戦争」が深く絡んでいる。菱田家の郷里である新潟県蒲原で大正時代末期に起こった小作農争議である。

大地主の桐尾家に大番頭として奉公していた森人の父は、その争議の渦中で小作人たちによって殴り殺されたのだ。彼と愛人関係があった桐尾家の女主人ふゆは、そのあと首を吊って自殺した。そして森人本人も東京に冷子がいながら、ふゆの娘ありと婚約したのだが、そのありもまた妊娠していたにもかかわらず母親と同じように首を吊って自殺した。こうして蒲原の支配者であった桐尾家は、占領軍の指導で進められた農地解放と、二人の女主人の相次ぐ謎の死によって「お化け屋敷」と近所の子供たちに呼ばれながら没落していった。

不思議なことに桐尾家の記述には男の当主の名前は出てこない。同時に菱田家の森人の父の名前も出てこない。家父長の〈父〉なる名が不在のまま「ふゆさま」と「ありさま」と仙女のように尊称される女性が蒲原の暗い歴史の中心に坐っている。そして常に不吉な死のイメージと結びついた黒い「よのみ鳥」の影が蒲原の記憶には付きまとう。その桐尾家の女主人に、菱田家の男は二代続いて愛人として性的に惹かれてきたのである。

片や夏生の祖母、つまりユキイの母親は、蒲原で筵旗を立てて鎌を振りかざして地主の家を取り囲んだ一員だった。そして森人の母親せつは夫を桐尾家のふゆに奪われたように亡くしたあと、桐尾家から分け与えられた土地を手放した上で、徹底的な合理主義的事業家として成功し、七つ年下のありの又従兄に当たる男と再婚し雪枝を生んだ。晩年に至ってせつは桐尾家の屋敷を買い取ってもいる。桐尾家を見返すための、さらにいえば桐尾家の女主人との戦いを貫いた生涯ともいえる。

いってみれば第二次大戦という政治的男性的な国家権力の戦いに比べて、蒲原の「戦争」とは、世襲の土地に根ざした近代日本の中の封建的権力構造をめぐる戦いであり、同時にその内部に幽閉されたジェンダーをとりまく葛藤と矛盾を戦闘的に含んでいる。ふゆの夫は性病であった。そのために彼女は愛人を作り、夫には次々と若い女をあてがい二人の営みを眺めていたという。気が狂って縊死したといわれるのも夫から梅毒が伝染していた可能性を否定できないし、彼女の魔女めいた性的放恣も夫への生涯をかけた戦い、あるいは復讐と見ることができる。その生涯が彼女に夫を奪われたせつの戦いをさらに派生させたとすれば、蒲原にまつわる「戦争」は、ジェンダーの矛盾が憎悪の根として媒介されていることになる。

『浦島草』が大庭文学の代表作であると同時に、日本文学のジェンダー研究からも重要な考察の対象であり続けてきたのはそのためである。その蒲原の「戦争」に、敗戦後のＧＨＱによる農地解放が決定的な変化を及ぼしたことを考えると、この作品における二つの「戦争」は結局みごとにリンクしているといわなければならない。

2

この二つの「戦争」の交点に立っているのは、冷子である。冷子は原爆の広島投下という未曾有の戦争体験を背負うと同時に、蒲原のふゆやありとも共通した、恐怖と憎悪からなるジェンダーの闇をも背負っている。

彼女のジェンダーの闇とはどういうものだろうか。

まず麻布龍と結婚した彼女は、麻布家の「嫁」という立場に安住することができなかった。姑の優しさの底に息子を奪った若い女への憎しみを感じていた彼女は、ひそかに姑の死を願っていたのであり、広島市内に姑を捜しに出かけたのも「姑の死を確認するために行った」のである。

彼女は龍と結婚して以来、心のどこかでいつも、姑が煙のように消えてなくなればよいと思っていて、姑が原爆の焔につつまれたらしいとわかったとき、冷子の中にかき立てられた歓びと恐怖の量は同じくらいだった。

（「浦島草」）

原爆はその意味では、彼女の深層に燃えたぎっていた暗い恐怖と憎悪の形象のごとく出現したのである。冷子の暮らす屋敷の倉と墓のあいだの叢に咲く、無気味な黒い焔のような花である浦島草は、龍が復員してきたとき庭いっぱいに咲いていた。原爆の焔と浦島草の黒い焔が、この作品では冷子の暗い憎しみの情念の象徴として描かれている。

雪枝と夏生を前にして、冷子が自らを「鬼婆」と呼ぶ場面がある。

ほら、あたしの手のひらは黒いでしょう。長いまがった爪がついている、鬼婆の手よ。黒くなんかありませんよ。普通の色です。雪枝は言った。

いいえ、黒い血が流れているんです。どんなに洗っても消えないんです。

彼女のいう「黒い血」とは姑の死を望み、生まれた黎を憎む自らへの罪業の意識だけではない。一対の夫婦関係を外側から縛り付ける血縁のしがらみを憎悪し、さりとて「妻という名にしがみつく以外にどんな生き方もなかった」日本社会で、曾祖父以来の家を受け継いで暮らす他にどこにも生きる場所のなかった、永遠に異物のような女のあり方を宿命的な業のように呼んだ言葉でもある。「阿波人形」を思わせる純日本風の容貌でありながら、奇態な同居生活を続けるうちに髪が白金色に染まっていった冷子の姿は異様だ。日本女性でありながら日本的なジェンダーのありようを憎み、混乱と矛盾を体現せずにおれない意味で彼女は自らを「鬼」と呼び、また「山姥」と呼ぶのである。人間社会の制度に支配された「里」を逃れ「山」あるいは「森」に住みつき、若い男を食い殺す女が「山姥」である。都心でありながらも時間を超越した龍宮めいた隠れ家のような家で「龍」を夫とし、しかも「森人」と暮らす冷子は、ずっと「山姥」の心を抱いて生きてきたといわなければならない。

彼女の原点は、もちろん広島にある。冷子は森人とともに広島を訪れた際に、行きずりの主婦と自分を引き比べて、「何かを、落としてしまったのね、ここに。あのとき。あたしは、あたしたちは」と言う。

冷子は、自分が今、誰一人、友人を持たず、したがって、人間というものを局部的にしか見られず、肥大した性のイメイジだけが、不気味にふくれて崩壊しかけている癌細胞のように脳皮を覆っていることに気づいた。（中略）彼女はあのとき以来、他人というものを拒絶してしまったのだ。辛うじて、彼女をどうやら普通の人間に見せかけていたのは、森人と龍がいたからだったが、彼女はこの二人の男を城壁に、自分の世界に閉じこもることしかできなくなっていた。

銃眼から外を覗くと、仮想敵視しなければならない女たちだけが眼に入った。

（「月の蠟燭」）

かつて被爆者の詩人峠三吉は「にんげんをかえせ」と書いた。〈にんげん〉であることを人類規模で否定されたまま〈女〉として生きなければならないという矛盾、その結果として性という「局部」だけで存在し続けること、それゆえ性的魅力を自分よりも持つ女性を「仮想敵視」しなければならないことへの烈しい恐怖と憎悪が、彼女を根底から破壊し作り替えてしまったのである。

冷子の背負っているものは、近代日本が敗戦まで封じこめ眠らせてきたジェンダーの矛盾が、暗い焔に焼かれていびつに噴出したものだということができる。パンドラの箱もしくは龍宮の玉手箱に押し込めてきたものが開いてしまったのである。その意味では、冷子が象徴しているものはたんに女性ジェンダーのみならず、ジェンダーを歪んだ姿で内包してきた近代日本そのものなのだ。

一方、復員後の龍は冷子と森人の関係を知ったのちも、彼の妹が勝手に進めた離婚を認めず、むしろ黎を実子として届け出た。その意味では彼は、「鬼」であり「山姥」である冷子をそのまま受け入れたわけだが、「破壊的な恐ろしい言葉をすぐに口にする男」であった龍にとって冷子と離婚せずに寝室を共にしつづけることは、裏切った妻への、戦争で破壊された自身の人生への、やはり暗い憎悪の情念による復讐というべきかもしれない。

そして森人の女の好みは雪枝が観察して感じたように、母から聞かされた「極悪な巫女」のような女ふゆのイメージによって作られていて、それを冷子に重ねて見ている。その意味では森人の女性観とセクシャリティは、家父長的な家庭の夫婦生活の範形を最初から逸脱していた。冷子が「鬼女」「山姥」だとすれば、森人もまた男のジェンダーから逸脱した「神秘」（雪枝）であり、「あいつのすることはわからない」と兄洋一からも評されるような不気味な空洞を抱えているのだ。

こうした龍と森人と冷子との奇妙で倒錯的な同居生活は、いうなれば戦争によって物理的にも深層意識的にも〈家〉を破壊された近代日本のジェンダーの、いびつな虚無を感じさせる。家に拠りすがり性的存在としてしか生きられない女と、支配し帰属するべき家を失った男たち。それは東京の都心の中に異次元のように紛れ込んだ特異な閉鎖空間であり、同時に戦後の日本のジェンダーのあり方そのもののグロテスクな象徴でもある。

日本を訪れたマーレックは、「日本人は、みんな母親に手をひかれている子供か、手をひいている母親かのどちらかだ。母性文化だよ」と肩をすくめて言う。さらに彼は「男と女に関しては」

「彼らは性的な匂いがとても弱い」と指摘する。

動物みたいに襲いかかって、ひっかかれたり、噛みつかれたり、代償を払うのを承知で男と女がもつれ合っているという感じが希薄だ。だいたいセックスのことに限らず、生き方自体がたまたま種子を蒔かれたその場所に坐っていて、徐々に根を張りめぐらし、動かずに、自分の周囲の大地から養分を吸いあげることで枝を繁らせ、幹を肥らせているという感じがする。

（「蜃気楼」）

母性的な「植物」性の文化圏で、母性を拒否した冷子を中心に三人がもつれ合ってきた植物的な性的生活は、あの黒い焰のような浦島草の隠微なイメージと繋がっている。彼らには未来も行き場もない。結果的にこのあと冷子は家を売り払って、新しい生活に転換する決意をする。そして龍は彼を騙していた愛人を階段から突き落として死なせてしまい、逮捕されてしまう。彼らの人生はたしかに原爆と戦争によって根底から壊されてしまった被害者のように見えるが、その残酷な黒い焰は彼らをいわばジェンダーの鋳型から解き放ち、いったん空虚な赤裸の状態に差し戻したということができる。つまり、どんなに彼らの生活が異様に見えようとも、それは土着の封建的な近代に始まり焰に焼かれて家を失った敗戦後に至る歴史の中で、一種の異議申し立てとして姿を現した異様さなのだ。

このように近代日本のジェンダーを逆説的に象徴する冷子たちの世代に対して、雪枝、そして夏生と黎は、明らかに戦後の新しい世代を象徴している。先の引用した述懐の際にマーレックは、強い性的な関心とともに「夏生は植物的ではない」と思っている。このマーレックの「外来者」からの視線によれば、ふゆやあり、そして冷子のような日本的ジェンダーの制度からはみ出した「山姥」的存在でさえ、彼女たちがいずれも「たまたま種子を蒔かれたその場所」に根付いている点においては日本的で「植物的」であることを相対化しつつ、同時に動物的な行動力と積極性を発揮する夏生が日本女性のニュータイプであることを示唆している。

しかし夏生と、親子のように夫婦のように、そして双生児のように暮らす黎との組み合わせには、もう少し重大な象徴的意味合いが隠されている。

3

夏生と黎の二人が原爆と敗戦のシンボルであることは自明だが、作品の記述で黎には一見不釣合いな表象が付きまとう。

皇居と天皇である。

冒頭、アメリカから帰国した雪枝を森人が出迎えて都内をタクシーで移動する際に、話題が終戦の翌年生まれた黎に及んだとき、車はちょうど皇居の横を通っている。

雪枝は三十になるというまだ見ない甥のことを考え、皇居の松を眺めていた。（中略）

雪枝は甥のことを考え、森人がむかし、あの首を吊った桐尾ありと結婚しようとしたときには、その子供はもう生まれていた筈だと、年月を数えた。いったい、どういうつもりで、と考えていたとき、運転手が唐突に口を利いた。

天皇陛下と皇后陛下ってのは、夫婦でもひどく不便な暮し方をしているんだそうだねえ。

彼は皇居の松を見て笑った。

お前さんは東の間、あたしゃあ、西の間っていう具合に。まあ、おれたちにはわからない暮しなんだろうが、おれは、天皇に生まれなくてよかったよ。――皇太子の方は、まあ、もうちょっとは融通が利くらしい。

しかし、子供はちゃんとつくっている。べつに問題はないのさ。森人はそっけなく言った。

（「よのみ鳥」）

このまさに唐突な話題が、たんにタクシーが走る都内の地理的な説明的要素として挿入されたものでないことは、その後の作品内でたびたび天皇に関した言及が出現することでも察することができる。たとえば雪枝が冷子と初めて顔を合わせた場面で、森人が菱田の母にとっては一族の英雄であり、片や冷子に「あなたは、我が家にとっては決して姿を見せない魔女みたいな存在でしたよ」

と告げたとき、浄子は薄く笑って次のように言うのである。

英雄というよりは、――そう――神格化された――ええ、神様だったんだわ、――あの人は。この人の家では。紫色の神秘的なきれに包まれた、御神体みたいに、――決して姿が見えなくて――。そう。あなたは御存知ないのね。戦争中の勅語だの、御真影なんかのこと。（中略）そう、あなたのお兄さんは、その御真影みたいな存在だったんでしょう。

（「浦島草」）

この言葉に雪枝は、「あなたは、緋色の袴をはいた巫女でしたよ」と応じ、「天皇のことはよくわからないんです」と付け加える。

森人が戦争中の「御真影」と重ねられているとすれば、黎はまさに戦後に生まれた天皇ということになる。ただし昭和天皇と現天皇、もしくは戦後生まれの現皇太子にそれぞれが結びつくとは思えない。人物のアナロジカルな比喩というより、戦前と戦後の天皇制の変遷そのものがここでは象徴されていると見るべきだろう。政治的軍事的な統帥権をすべて剝奪され、戦後民主主義の社会で発言の自由も就職の権利もないまま「象徴」としての儀礼行為に従事させられ、生物学の研究に知的労働を傾注する以外は、ひたすら皇位継承者たるべき男子の世継ぎを生ましめることを義務づけられた存在である象徴天皇。そのような戦後の象徴天皇と、思えば黎の表象は驚くほど似通っている。

　幼い頃から木の葉を何時間でも飽かずに無限に並べていた黎は、現在は冷子の遠縁のつてで造園会社に勤めさせてもらい、「植木を植える穴を掘ったり、水をやったり、根まわしをしたり、掘り起した植木の根を結えたり、煉瓦を並べたり」（夏生）しているという。これが人畜無害な植物学や生物学の研究に従事し、植樹祭や新嘗祭で鍬入れを行なう戦後の象徴天皇の職務を暗示することはいうまでもない。

　そのような黎を、アメリカ兵との混血として生まれ今は通訳の仕事をしている夏生は「ばかな犬のような黎」とさえ呼ぶ。一家全員の庇護を受けながら人並みのコミュニケーションも自己表現もできない存在を「犬」とあけすけに呼びながら、しかし同時に「黎が居なくなったら、それこそだあれも居なくなっちゃう、この世界に」と夏生はいう。「占領兵の落し種子」であり「征服された民族の強姦の歴史を証明する生き証人」と自らを呼ぶ夏生は、他の誰よりも黎に親近感を抱いている。その一身同体のような関係の深さは、たんなる同情や愛情とは別種の紐帯を思わせる。


　　つまり決してあたしは一方的に彼の犠牲者になっているわけじゃなくて、彼はあたしの保護者で救い神みたいなものだということ。あのひとは神様――よ。あたしたちは二匹の動物のようにからだをすり合わせて育ち、またこれからもこういう状態をつづける以外に生き方がないと思っているわ。

二人は敗戦の屈辱と荒廃の申し子であり、同時に焦土の被征服民族として生まれでた新時代の象徴である。もし黎に戦後の象徴天皇の面影が付与されているとすれば、夏生はその天皇を象徴の支えとすることで辛うじて民族的な帰属意識を保っている戦後の日米安保体制下の日本そのものであろう。自分の意志や感情を何も語らず木を植えたり土を掘ったりしているだけの象徴的な「神様」と、アメリカ軍による占領の落し子との「二匹の動物」。その組み合わせによって、まさに戦後日本は「こういう状態をつづける以外に生き方がない」まま存続してきたのである。

しかし二人によって示された、このグロテスクな象徴は、決して退嬰的でも悲観的でもない。きわめて逆説的にではあるが、本書において彼らは全てを喪った日本の、未来への希望のごとく描かれている。まさに黎は「黎明」なのである。

（「白いかわうそ」）

4

語る言葉を持たないのは黎だけではない。森人も冷子も、麻布龍も、そして蒲原の洋一も、この小説の登場人物はみんな一筋縄でいかない秘められた内面を秘めている。

帰ってきた日本を「閉ざされていて、外来者の入りこめない世界」と当初、雪枝は感じていた。

そこへ侵入して「よのみ鳥」の暗い死の記憶が付きまとう蒲原と、原爆の焔を思わせる黒い焔のような浦島草の咲く冷子の屋敷と、そして現在の広島を経巡りながら、全ての人物から隠し持っていた言葉を聞き出す。いわば箱のように閉ざされたその玉手箱もしくはパンドラの箱を、彼女は開けてしまう役割を果たすのだ。

つまりこの小説は、浦島太郎のように一九七〇年代中頃の現在の日本へ一一年ぶりに帰ってきた雪枝が、戦前の蒲原での暮らしから戦争体験、そして戦後の歪んだ体制下での発展を、つぶさに歴訪し観察し、彼らをして語らしめる旅の物語である。継ぎ足されてたなびく煙のようなその語りの中で、半世紀の歴史が一気に過ぎていくのである。

しかし、そこで彼女が聴きとり目撃したものは、結局何だったのだろうか。

玉手箱と称する魔法の箱が、いったい何なのか——。その、閉じこめられている白い煙がいったい何なのか、それが、問題だ。

突然、雪枝ははっとした想いに撃たれた。そうだわ、それが——それこそ、わたしたちが、この不思議な旅の間じゅう、くり返しくり返し呟いて絶望した、わけのわからない、理不尽な人間の生命そのものなんだわ。人間という生きものが、生きているからには、生きることの証しとして、賛える、あの透明で、輝かしい、燃えたぎる、ゆらめく、呻く、——夢や、希望や、好奇心や、ありとあらゆる情念と、本能的な欲情をひっくるめた、生命の原動力ともいうべきものなのだと雪枝は気づいたのである。

（「けむり」）

雪枝が自分に連なる人物たちに語らしめていって判明することは、語られた言葉は逆に、どこまでも語りえないものを奥底に内包しているということである。真実が秘められたまま隠されているという意味ではない。語る言葉がすぐさま心を裏切り空中分解してしまうような、語ろうとしても筋の通った言葉になりがたい、——つまり「理不尽な人間の生命」に突き当たってしまうのだ。たとえば「御真影みたいな存在」であった森人はいったい何を考えているのか、最後まで物語を読んでも結局分からないままだ。龍も戦争で体験した真実全体を決して口にしない。冷子の内心も雪枝に対しては語られていない。森人と冷子、龍の三人の生活とは、その語りえないものを共有した者同士の共同体に他ならない。それが戦後日本というものの、キマイラのごとき解き明かしがたい実像なのである。

その中心にいる象徴的存在が、黎に他ならない。

いいかえれば言葉の成り立つ条理を根本から破壊された状態を原動力とし、出発点とすること、それが「戦後」という時代の宿命だった。黎はその意味でも、戦後の象徴そのものなのだ。黎は「わたしたちみんなの——原型」と雪枝はいう。その言葉を受け継いで、夏生は次のようにいう。

いえ、あたしたちはみんな、多分、黎に、ほんの少し、どうでもいい部分と、大して重要じゃないつまらない部分を、つけ加えただけの暮し方をしているのかもしれないわよ、もしかしたら。だからね、黎のような単純な原型をみつめて暮しているということは、いつも、人間のやり方を、つまり、世界に起っていることをはっきりさせてくれるということもあるのよ。

（「けむり」）

このように作者が黎を用いて表出した「原型」のヴィジョンは、たとえば坂口安吾が「堕ちよ」と提示し、武田泰淳が司馬遷を借りて「生き恥」と書いた、戦時下の知識人の絶望と背中合わせの原点と一見大差ないように見える。しかし『浦島草』が一九七七（昭和五二）年に発表されたという事実を忘れてはならない。破壊され終焉したものとしてではなく、終焉から始まり、さらにそれが続いた果ての姿として「戦後」は、この作品に姿を現している。「きしんだ音を立てて回転している巨大な機械」のような東京を、「内部に無数に並べられた柩」のような街を、そして蒲原の海岸の砂漠を消し去って出現した原子力発電所を。

そんな戦後の土壌から生まれ育った女である自らを雪枝は再発見し、マーレックとの関係や日本人としての将来の人生を再出発のスタートラインに置きなおさざるをえない。その雪枝が開けた玉手箱の煙の役割を終えると同時に、冷子の屋敷も煙のように消え失せて駐車場になってしまい、あの黒い焔の花もなくなっている。夏生は黎と独立してアパート住まいする。しかも彼女は黎の子を妊娠している。

戦後という「終わり」が終わり、さらに次の時代が始まろうとしている。その意味で、『浦島草』は戦後文学的な「戦後」の語り方が終わったあとの、さらにもう一歩先に踏み込んだポスト戦後文学の契機を秘めているのである。黎を「原型」とする希望とは、言葉の失墜を通り越した秩序なき再生の冒険なのである。

『浦島草』は『ふなくい虫』を発展させて書かれた作品であり、のちには『王女の涙』へと受け継がれている。大庭文学の中核を支える重要な作品である。しかし作者の思想はジェンダー観のみを論じられることが多く、等身大の全貌が理解されているとは言いがたい。それを昭和が終わり平成となって四半世紀を経た今日、そして戦後的言説の終焉ののちポストモダニズムをも通り過ぎた今日、読み返すことは、私たち自身の文学の冒険の「原型」でもあるといわなければならない。

空虚の密度を見つめて
――林京子論

永岡杜人

1　出来事との隔たり

林京子が自らの被爆体験を素材とした短篇小説『祭りの場』を発表したのは、一九七五（昭和五〇）年、長崎への原爆投下から三十年の後である。この出来事と作品の時間の隔たりに注目することから本稿を起こそうと思う。

短篇『祭りの場』には、「忘却」という言葉で何かを言おうとした箇所がふたつある。

「忘却」という時の残酷さを味わったが原爆には感傷はいらない。

しかし忘却という時の流れは事件のエッセンスだけを掬《すく》いあげ、極限状態は忘れ去る。

（『祭りの場』）

前者は〈全身にケロイド状の模様〉のある〈ひばくせい人〉が登場する少年漫画が掲載されたことを知った時の、後者はアンデス山脈で起きた航空機事故の生還者の記録を読んだときの作者の思いである。

ここで問題とされているのは、出来事そのものの忘却ではない。原爆投下も航空機事故も出来事としては記録され記憶されている。だが、時の流れは、出来事を最大公約数的な集合的記憶としてひとつの形に練り上げてしまう。そこから零れ落ちていくのは、出来事の内部にいた人々の、それぞれ異なる具体的細部を持つ記憶である。出来事の外にいた者や出来事の後にいる者が集合的記憶として出来事を記憶するという行為は、その具体的細部を忘却するという点において、出来事を経験した者に、ひとつの暴力として作用する場合がある。

三十年という時間は、出来事を集合的記憶に変えてしまうのに充分な永さを持っている。だからだろうか、この時期の群像新人文学賞や芥川賞の受賞作には植民地での生活や戦争、「引揚げ」の記憶を描いたものが少なくない。それらの作品には集合的記憶の暴力に抗うというモチーフが秘められているように思われる。例えば、一九六九（昭和四四）年、第一二回群像新人文学賞受賞作である李恢成の『またふたたびの道』の「あとがき」に記された「僕はもだしがたい気持でこの作品を書いた」という言葉には、日本人の集合的記憶には包摂されない朝鮮人の「引揚げ」の物語をその具体的細部とともに提示する意志が込められている。李恢成にとって、サハリンから「引揚げ」た朝鮮人を忘却されることは自らの存在の原基を奪われることに等しかったのである。

林京子が『祭りの場』を書いた背後にもこの「もだしがたい気持」と似たものがあったことは想像に難くない。彼女の生は一九四五（昭和二〇）年八月九日を境に全く異なるものとなったからである。

私のなかでも、何かが、十四歳の八月九日で終っていた。終ったのは、屈託がなかった上海時代の、母の胎内から生まれた私の生命と人生に思えた。それは終ったとしても、私は生きている。それ以後の生命と人生が、何から生まれ、何に根に伸びていくのか、見当がつかない。だが終ったことだけは、私にもわかった。（『上海』）

ここで注目すべきは、この区切りが誕生以来の〈生命と人生〉が終わったのに生きている、つまり死と再生に匹敵するような存在の在りようの転回と捉えられている点である。このような転回を遂げざるをえなかった〈それ以後〉の「私」は、一九四五（昭和二〇）年の八月九日の記憶、それも「私」しか語りえない具体的細部を伴う個的な記憶なしにはその連続性も全体性も維持できなかった。ここに『祭りの場』という短篇の強固な礎がある。だが、それだけでは林京子というひとりの作家の誕生を説明したことにはならない。忘却あるいは集合的記憶による個的な記憶の切り捨てに抗うというだけなら「小説」ではなく「証言」でもよかったからである。林京子が小説という形式を選んだ理由は、『二人の墓標』と『曇りの日の行進』を含む作品集『祭りの場』（一九七五〈昭和五〇）年八月、講談社）を読むことによってはじめて明らかになる。

短篇『祭りの場』は、〈私〉を主語とする、いわゆる私小説の形式で書かれている。語り手は一九四五（昭和二〇）年と現在を往還しながら八月九日を象っていくが、後に資料や伝聞で知ったことはそうとわかるように記述され、視点はあくまで〈私〉に固定されている。自らの経験を忠実に語ろうとすればこのような方法によるしかない。それ以外の語法で語ることは、既に言葉を発することができない死者を前面に押し立て何かを主張することに繋がる。原爆やアウシュビッツなどの極限状況を素材とした作品が抑制的に語られることが多いのは、生き残った者が「正義」を主張するために死者を晒すことを避けようとする周到な配慮による、とも言える。だが、限定された個的な記憶だけでは出来事の全体や、その全体性の下でしか明らかにならない真実を出来事の外や出来事の後にいる他者に伝えることはできない。極限状況を語ろうとする多くの者は、この経験の個別性と出来事の全体性の相剋に陥る。

この相剋のなかから生み出されたのが『二人の墓標』である。八月九日の爆風で削りとられた小さな山の窪地に建てられた墓標の下に眠るふたりの少女の被爆から死までを、姿を現すことのない語り手が語るこの作品は、敢えてジャンル分けすれば虚構《フィクション》に属する、と一応は言える。

ふたりの少女は動員されていた軍需工場で被爆するが、ほとんど外傷のなかった〈若子〉は〈母の住むみかんの村〉に帰り着き、背中一面にガラスの破片が突き刺さった〈洋子〉は山の窪地で命が尽きる。出来事の外部にいた者が、〈洋子〉を〈山の窪地〉に残して逃げた〈若子〉の行為を非難することができるのかをめぐり作品は展開するが、〈洋子〉の四十九日の翌日に、原爆症を発症した〈若子〉も死ぬ。外傷によって原爆投下の数日後に死亡した者も、数十日後に原爆症で死んだ者も、原爆の被害者であるという点においては同じである。だが、生きて家に帰り着いた者を責めることでしか我が子を喪った悲しみに耐えられぬ母も、死期が近づいた我が子から自責の念を拭ってやろうとする母も、そして、ただそれを見つめるだけの者もいたのである。

『二人の墓標』の語り手は、被爆した者、その家族、さらにその外部にいた集落の人々など様々な視点から八月九日を象ろうとしているが、単純に虚構《フィクション》とは言い難い既視感を感じさせる。それは、先行する短篇『祭りの場』によって与えられるものである。作中人物の年齢、〈若子〉が爆心地近くの軍需工場で被爆しながらほとんど外傷がなかったこと、ともに被爆した友人の〈洋子〉という名、〈片腕〉の工長（「祭りの場」では次長）、〈若子〉が〈支那大陸の或る街に、住んでいた〉ことなど、『二人の墓標』には『祭りの場』と重ねて読まずにはいられなくなる痕跡がちりばめられている。この痕跡が虚構《フィクション》である『二人の墓標』に刻み込まれた背景を、次の一節は如実に語っている。

若子の瞼に、数時間前までいたN市のありさまが浮ぶ。逃げた山で、洋子にとった仕うちが間違っていたとは、若子は思わない。しかしあの時の様子をありのままに話せば、村人は、非情か！　と多分非難するだろう。

理解できるのは、あの時、あの場所にいた人たちだけだ。それさえ時間がたてば、その日の異状な火の玉は消えてしまって、結果のよし悪しだけが残る。総ての条件が消えてしまって事実だけが残ったとき、若子はどうすればいいのか。

（『二人の墓標』）

出来事の只中にいた者にしか理解できない真実というものがある。従って、出来事はその内部から語られなければならない。だが、「異常な状況においては異常な反応がまさに正常な行動である」（霜山徳爾訳、フランクル『夜と霧』、一九五六〈昭和三一〉年八月、みすず書房、傍点原文）とされる極限状況にあった者がそれを〈ありのまま〉に語っても出来事の外や出来事の後にいる者は「正常な状況」を前提にしか思考することができない。出来事の全体性を抜きには成り立たぬ真実は、現実と虚構の間《あわい》でしか他者に語ることができない。一九四五（昭和二〇）年八月九日の被爆者の経験もそういう性格をもっている。

そのような真実を語るために呼び寄せられたのが、様々な作中人物の視点に入りこんで語りながら、結局姿を現さない語り手である。この語り手はいったい誰なのか、を問うとき、パウル・ツェランの詩集『誰でもない者の薔薇』（『パウル・ツェラン全詩集』第一巻、青土社、一九九二所収）の冒頭に掲げられた詩はそのきっかけを与えてくれるように思われる。〈かれらのなかに　土があった、そして／かれらは掘った〉と歌い出されるこの詩は次のように締めくくられる。

ぼくは掘る、お前は掘る、そして掘るのだ　あの虫も、
そして　あそこで歌うものが言う、「かれらは掘っている。」と。

おお　一人、おお　一人も、おお　誰も、おお　お前――
どこへ行ったのか、どこへも行かなかったゆえに?
おお　お前は掘る　そしてぼくは掘る、そしてぼくはぼくをお前に向かって掘る、
そして　ぼくたちの指に　指輪が目覚める。

（中村朝子訳）

この〈おお　一人、おお　一人も、おお　誰も、おお　お前――（O einer, o keiner, o niemand, o du:)〉という叫びにも似た一節は、両親や友人を強制収容所で喪い「生き残り」となったツェランが、自己の個的な経験を超えてユダヤ人虐殺という出来事の全体を歌い出す根拠となっているように思われる。〈わたし〉は、誰か（einer）を求めて土を、そして〈ぼく〉を〈お前に向かって〉掘る。向こうからも〈お前〉が掘る。やがて、〈ぼく〉は誰でもないもの（niemand）を経由して〈お前（du）〉という他者と出会い、〈ぼくたち〉となる。他者と共有することのできない具体的細部を備えた個的な記憶をもつ「私」は、この誰でもないものを経由することによって不在となった他者の、非在の記憶に触手する。同じひとつの極限状況に置かれたというそのこと、死者と生者を

分かつものが単なる偶然や恣意でしかなく、彼が生者となり「私」が死者となる可能性が「可能性」という言葉を超えてすぐ隣にあったこと、そのことが絶対に他なる者であるはずの他者と「私」を溶け合わせる。このような道筋でしか人は経験の個別性を突き抜けて出来事の全体性に辿りつくことができない。それを虚構と言うこともできるだろう。だが、そこには「虚構」という言葉からはみ出す出来事の手ざわり《リアリティ》がある。『二人の墓標』の語り手は、このような感覚と思考によって作者の経験の個別性を超え、八月九日の出来事全体に迫るために呼び寄せられた〈だれでもないもの〉なのである。そして、そのような語りを導入することが可能なのは虚構《フィクション》という形式だけなのである。

時間によって出来事から隔てられることによって明らかになるものがある。それを主題としているのが八月九日から十数年後の一九五〇年代末を作品内現在とする『曇り日の行進』である。作品の冒頭近くには次のような一節が異物のように置かれている。

私が住む、この海辺の街は、小説「太陽の季節」に書かれて以来、東京方面から遊びに来る若い海水浴客が、めっきりふえた。（『曇り日の行進』）

この一節が単に作品の舞台を説明するために置かれたものでないことは、少し後にある、肌を露にした〈若い海水浴客〉の〈男も女も、性の隆起を意識的に誇示しながら、何くわぬ無邪気さを装って、すれ違いざまに素肌をぶっつけあっている。男と女の生殖器だけが、移り気な光の中を闊歩していた〉という描写からも明らかである。この過剰に意味づけられた描写には、〈私〉が眼にしている若者に小説『太陽の季節』の作中人物が重ね合わされているように思われてならない。つまり、ここにはこの小説に対する批評が織り込まれているのである。

『太陽の季節』は一九五五（昭和三〇）年に発表された第三四回芥川賞受賞作であり、作品に描かれた既成のモラルに縛られない若者の風俗は、「太陽族」と呼ばれる若者を登場させるなど一種の社会現象を巻き起こした。「戦後の時代を画した、純粋戦後世代の第一声である記念碑的作品」（奥野健男）と評されたこの作品はしかし、大きな欠落を内包している。それを端的に言えば、死、あるいは存在の自明性への問いである。ヒロインの死によって幕を閉じる『太陽の季節』に死が欠落しているというのは奇妙な言い方かもしれない。だが、〈これは英子の彼に対する一番残酷な復讐ではなかったか、彼女は死ぬことによって、龍哉の一番好きだった、いくら叩いても壊れぬ玩具を永久に奪ったのだ〉（『太陽の季節』）という一文に行き当たるとき、このヒロインの死がプロットとして置かれたものであることに気づく。〈英子〉の葬儀に赴いた〈龍哉〉は〈英子〉の遺影は眼にするが棺のなかの〈英子〉と対面したとは書かれていない。それはかつて恋人を事故で喪った〈英子〉が〈引き裂かれて潰された男の車を見た〉としか書かれていないのと同じように、『太陽の季節』という作品世界においては、死は彼らの外部にあり、彼らの生の物語を展開させる出来事に過ぎないからである。

作者の石原慎太郎は林京子に遅れること二年、一九三二（昭和七）年の生まれであり、戦争の時代を潜り抜けた世代である。『太陽の季節』にも戦争は〈英子〉が〈子供心に恋をした従兄の兄弟〉は〈戦争で殺された〉という形で影を落としている。もし、『太陽の季節』が「戦後の時代を画した」とするならば、それは、夥しい死と隣り合わせの日々が過ぎ去り、存在の自明性に包まれた日常が戻ったことを作品底部に据えているという点に求められるのかもしれない。

だが、そのような「戦中」と「戦後」を画する状況の変化とは無縁な若者もいた。『曇り日の行進』には、そのような者たちが刻印されている。その青年は、八月六日に広島で開催される原爆記念祭に参加するために東京から行進を続ける人の一団のなかにいる。〈原水爆実験絶対反対〉の〈白布ののぼり〉を持つ彼の顔には唇から左耳にかけて〈模型地図の、山脈〉のようなケロイドがある。

長崎か、広島か。青年は母の膝か胸に抱かれていて、あの日の閃光を頬に受けたのだろう。同年輩の、海辺の夏を謳歌《おうか》する健康な若者たちの中でみると、虫くった果実のようにかじかんでいてみにくかった。（同前）

〈性の隆起を意識的に誇示しながら〉海辺を歩く〈夏を謳歌する健康的な〉若者と、〈白布ののぼり〉を持った〈虫くった果実のようにかじかん〉だ青年とのコントラストは、戦争で死んだ者の空虚をざわめきで埋め存在の自明性に埋没する者と、死者が穿った空虚を携えて生きる者のコントラストでもある。顔にケロイドのある青年や原爆症の発症と息子への遺伝に怯えながら生きる〈私〉は、戦争という過去を切断し現在を生きることはできない。過去と連続する現在を生きることは、死によって不在となった者の空虚の傍らで生きるということでもある。廃墟となった街が再建され戦争の痕跡が消えるように人々の傍らから死者が穿った空虚が覆われていく。そしてそのような「戦後」を反映する小説が社会的なブームを巻き起こす。『曇り日の行進』は、そのような時代と、時代を反映した文学に対する批評を含んでいる。

出来事から隔たること、時間の経過による隔たり、「証言」としてではなく「小説」として、それも自分が経験した八月九日ばかりではなく虚構を交えた小説や被爆から数十年後の日々を素材とした小説を書くという行為によって隔たること、そういう迂回した経路を辿って林京子は一九四五(昭和二〇)年八月九日の出来事に接近していった。作品に刻印された言葉が被爆という出来事の内部に留まらず外部に突き抜ける力を持って読者に届くのは、その言葉が「隔たる」と「接近する」という一見矛盾する運動を繰り返すなかで紡がれたものだからである。

2　まなざしの二重性

一九八一(昭和五六)年、林京子は三六年ぶりに子ども時代を過ごした上海を訪れ、その旅を小説『上海』に書いた。その冒頭には、〈上海そんなに遠くない〉という〈国民学校五、六年生の副読本に掲載されていた、詩の一節〉が記されている。

上海そんなに遠くない、というつぶやきは、詩を書いた少年が内地を発って、船内で一昼夜を送り、翌朝、上海に入港したときの感想である。日本内地には、少年の祖母が残っている。赤・黄・緑と、別れの紙テープを束ねてもった老婆は、遠い国に行ってしまう、と孫たちを見送りながら、繰り返し嘆く。少年は、祖母の嘆きの言葉を思い出しながら、上海そんなに遠くない、とつぶやくのである。祖国への手がかりを求める、望郷の言葉である。詩の一節は、上海から日本を測る、私の言葉にもなっていた。（『上海』）

ここには、林京子の場所に対するまなざしの根底に在るものがどのように培われたかが如実に表されている。本来、距離はいま自分が居る場所からの隔たりによって測られる。従って、上海で暮らす子どもたちにとっては「日本そんなに遠くない」というのが普通の見方である。だが、上海の教室で〈上海そんなに遠くない〉と転倒した言い方を習う。やがて子どもたちは、そのまなざしが〈祖母の嘆きの言葉を思い出しながら〉、つまり他者の視点を経由して構成されていることに気づく。いま自分が居る、本来距離のない場所を他者の視点で〈そんなに遠くない〉場所と二重化するまなざしは異邦で暮らす者に特有のものである。

祖国を離れて異邦で暮らす者の二重化したまなざしは、祖国に帰ることによって修正されるとは限らない。幼少期を過ごした故郷《ふるさと》を喪失することによって新たな転倒に晒される。

長崎に引き揚げてきてから、私は、上海そんなに遠くない、とつぶやくようになった。頭が空白になって身の置き処がないとき、つぶやく。そうすると私の心は落ち着く。諫早に疎開している母や姉妹たちから離れて、長崎に一人下宿する淋しさもあるが、上海を離れている自分に、上海そんなに遠くない、と言い聞かせるのである。（同前）

〈上海そんなに遠くない〉という言葉は、上海を離れ長崎に居ることによって言語的な転倒を解消した。だが、かつては祖国との関係を見失わないように習わされたのであろうその言葉は、戦争が終わったら〈上海に帰ろう〉という気持とともに、喪失した故郷との関係を確認するという別様の意味をもって〈私〉に到来している。このとき、〈私〉の「場所」へのまなざしは故国《エグザイル》／故郷喪失者のそれと同質のものになっている。

故国《エグザイル》／故郷喪失とは、かつて居た場所（それは居るべき場所や、居るはずの場所であるという意味合いを含む場合が多い）から何らかの理由で、多くの場合暴力的に引き離された者たちである。彼らはいま居る場所をかつて居た場所と二重写しにまなざす。そして、現前と不在の間《あわい》に現実を構成するのである。それは存在や物語の自明性を問うことに繋がっていく。このような彼らの視線は、二十世紀半ば以降の言語論的転回と呼ばれる知の枠組みの転換を推し進める原動力のひとつとなった。E・サイードはこのように述べている。

すでに論じてきたように、故国喪失は怨恨と悔恨を生むが、また洞察に満ちた鋭いヴィジョンも生む。あとに残したことについては、ただ嘆くしかないかもしれないが、しかし異なる物の見方を可能にする一連のレンズを授けてくれるものとして利用できる。故国喪失と記憶は、その定義からしても、ともに手を携えるものである以上、過去について何を記憶するのか、それをいかに記憶するのかが、未来をいかに見るかを規定する。

（E・サイード、大橋洋一他訳『故国喪失についての省察』みすず書房、二〇〇六〈平成一八〉年四月）

自我同一性《アイデンティティ》を含むあらゆる同一性、安定性の感覚は、存在の自明性へと人を導く。「私」や「私」を囲繞する世界はこのように在ったし、これからもそう在り続けるだろうという確信は、別様《オルタナティブ》な世界や「私」の存在を見失わせる。空間や時間の移動の経験がもたらす流動性の感覚こそが〈異なる物の見方〉を可能にするのである。そして、そのようなまなざしこそが〈何を〉、〈いかに〉記憶するのか、そして〈未来をいかに見るのか〉を規定する。

『上海』という作品は、上海から長崎への移動、八月九日の世界の変容という出来事が培った「私」のまなざしを確認し描いた作品である。

〈少女期に過ごした過去の地を、確かめるため〉の旅の途上で〈私〉は次のような思いに至る。

成田空港を発って以来、私は三十数年前と今との間を、往ったり来たりしている。往ったり来たりしているのは記憶と思考で、実際は、迎えた瞬間に終わる、時が在るだけである。父がいて母がいて、四人の姉妹が家族として生活していた上海時代。見るもの聴くもの、味わうもの、肌に感じる風と温度と湿度と、あらゆる今が、過去の家族に結びつく。そのたびに胸をときめかせ立ち止まりながら、しかし訪ねれば訪ねるほど、無くなった日々を知るだけだった。

（『上海』）

〈上海〉と名指すことなく〈少女期に過ごした過去の地〉という言葉を使っていることからもわかるように、この旅は多くの者が試み憧れる「失われた時」への旅という一面を持っていた。〈私〉はあらゆる感覚を使って過去と現在《いま》を往還し、黄浦江の堤防で水の匂いをかいだときには〈子供のころに戻って感動〉する。まさに、過ぎてもう無いはずの「失われた時」が現在《いま》に立ち現れた瞬間である。だが、〈私〉はそこに蹲り現前する世界の傍らに佇むもうひとつの世界を貪ったりはしない。そうしたい「私」を峻拒し〈無くなった日々を知るだけ〉のもうひとりの「私」がそこにいる。

そうさせるのは〈私〉が〈旧い中国〉を探しながら、現前する〈新しい中国〉に眼を奪われるからであり、〈私〉の故郷である上海に日本の侵略の傷痕を見出すからである。〈租界の侵略、武力の侵略、買収による侵略、麻薬による肉体と経済の侵略、四方八方の侵略を、中国の人たちは経験している〉ことを抜きには中国をまなざすことができない〈私〉は、過去と現在、故郷と日本が侵略した場所を重ねて見ることによって〈何を〉、〈いかに〉記憶すべきかを問い直し続ける。通学していた上海第一高女の近くをマイクロバスが通過するとき〈飛び降りたい衝動〉に駆られた〈私〉が見学コースの友誼商店を抜けだし虹口にあった家のすぐ近くまで行きながら立ち寄らずに帰るのは、その問いの故である。

一九九九（平成一一）年、林京子は最初の原爆実験が行われたニューメキシコ州の〈トリニティ・サイト〉を訪れ、『トリニティからトリニティへ』（『長い時間をかけた人間の経験』）を書いた。そのときのまなざしも上海を訪れた十八年前と変わらない。ニューメキシコ州アルバカーキへ向かう車のなかで〈ニューメキシコの山と荒野を愛した〉アメリカの女流画家、ジョージア・オキーフを思い起した〈私〉は、彼女の描いた絵と二重写しに彼の地の自然をまなざす。そして〈オキーフが好んで描く花、山などの自然のなかに、少女や熟した女の肉体がみえてくるのである。それが、彼女の求めた究極の生命なのかもしれない〉という思いが〈グランド・ゼロ〉に立つ〈私〉にある気づきを与える。

大地の底から、赤い山肌をさらした遠い山脈から、褐色の荒野から、ひたひたと無音の波が寄せてきて、私は身を縮めた。どんなに熱かっただろう――。
「トリニティ・サイト」に立つこの時まで、私は、地上で最初に核の被害を受けたのは、私たち人間だと思っていた。そうではなかった。被爆者の先輩が、ここにいた。泣くことも叫ぶこともできないで、ここにいた。
　私の目に涙があふれた。

（『トリニティからトリニティへ』）

　人類史上初の核爆発実験という出来事から〈何を〉、〈いかに〉記憶するかを問うことは〈未来をいかに見るか〉に繋がってくる。そうであるならば、最初の被爆者は人間ではなく自然だったというこの気づきは、人間が自らが生み出した核という巨大な生産力と破壊力を持つ技術とどう向き合うべきかという極めて現代的な問いを先に進める一歩となる。

〈グランド・ゼロ〉に着く前に訪れた〈ナショナル・アトミック・ミュージアム〉でひとりの老人のまなざしに〈老人たちの世代が勝ち取った栄光〉を見た〈私〉は、〈核廃絶は人類の良識、と鵜呑みに信じていた私の神話〉が崩れるのを感じた。原爆投下の「正当性」を主張する〈アトミック・ミュージアムに展示してある過去〉と〈私〉の過去は重なり合うことはない。だが、その位置性《ポジショナリティ》を超えたところで語り合うことでしか人間は先へは進めない。〈「グランド・ゼロ」に向かう私は、被爆する以前の、十四歳の少女に還っていたようだった〉という言葉はそのことを指し示すとともに、八月九日の外や後にいる者には計り知れない、被爆という自らの記憶を長い時間をかけて人間の経験とする思索の跡がある。被爆者であるという消し去ることのできぬ記憶を括弧に入れ、ひとりの人間として「グランド・ゼロ」に立つことができたのは、あらゆるものを二重にまなざすそのまなざし故と言うことができる。

3　空虚の密度

一九四五（昭和二〇）年八月九日の出来事が林京子に死と再生に匹敵するような存在の在りようの転回をもたらした、と先に書いた。その転回の中味に分け入ってみたい。

おそらく、八月九日を境に自らの存在と世界が変貌してしまったことに林京子がはっきりと気づいたのは、その年の十月に女学校の始業式が〈追悼会〉から始まったときである。講堂の舞台正面の壁には被爆死した教師と生徒の氏名が書かれた紙が貼られ、白布の台の上にはお供え物が置いてある。その半数は原爆症のために坊主頭の、生き残った女学生は椅子に座り、教師と被爆死した生徒の保護者がそれを囲んでいる。読経が始まると、娘を亡くした母親は泣き伏し、父親たちは一様に天井を睨んでいる。

生き残った生徒は、生き残ったのが申し訳ない。母親の嗚咽《おえつ》は私たちの身を刺した。

担任教師が教え子の氏名を呼ぶ。惜しみながら呼ぶ。

講堂には線香の煙がたちこめていた。秋風が吹きこみ煙を乱す。

生き残った生徒は爆死した友だちのために追悼歌をうたった。

（『祭りの場』）


この短い一節に〈生き残った〉という言葉が三度繰り返されていることに注目したい。「生き残る」とは「他者は死に、自らは生きている」ということに他ならないが、その生と死を分けているのは全くの偶然であり、何の理《ことわり》もない。爆心地の近くで被爆しながら腕時計をしていた左手の手首に火傷を負った以外に外傷はなかった林京子は〈あの峻烈な爆風と閃光からほぼ完全に近く囲ってくれた物体は何か。偶然を造り出した重なりが知りたい〉（『祭りの場』）と記している。理《ことわり》のない死、つまり理不尽な死を死ななければならなかった〈爆死した友だち〉の存在が〈私〉に〈身を刺〉すほどの〈申し訳〉なさを感じさせている。そして、担任教師が〈惜しみながら〉呼ぶ〈教え子の氏名〉が彼女らの不在を指し示している。

不在のものが存在する、あるいは、かつて存在していたものが不在となった後の虚無が存在する。この存在論的な語法の転倒のなかに、八月九日が林京子にもたらした存在の在りようの転回を読み解く鍵が秘められているように思われる。

もうひとつ例をあげよう。三菱兵器工場で被爆した〈私〉が原爆投下直後の松山町を通りかかった場面である。

松山町はくわでならされたように平坦な曠野《こうや》になっていた。

松山町は電車と町工場が目立つ家並みが低い町である。兵器や製鋼所の下請仕事や鍋かまを修繕する家が多い町である。陽がささない通りに鰯《いわし》を焼く匂いがただよう町だった。家族がつつましく身を寄せて生活している町だった。此の町の持つ匂いが好きで、電車を途中で降りて私はよく歩いた。時には稲富と待ちあわせて工場の帰りを楽しんだ。薄暗い土間に老人が坐ってフイゴで風を送っている。火勢があがり人のよさそうな老人の顔が赤く浮かぶ。稲富は気さくに入りこんで、それ何ですか？　とたずねたりした。抱きしめたい、ささやかな幸福で満ちたりた町だった。それらの家が残らず無い。住んでいた人もいない。

（同前、傍点引用者）

厳密な時制を持たない日本語において、現在形と過去形が混在する文章は少なくない。従って、そこに何か意味を見出そうとすることは多くの場合ナンセンスである。だが、この一節には、そのようにしか書くことができなかった必然性を感じないではいられない。

原爆投下直後の作品内現在において松山町は既に無い。そこに現前しているのは〈くわでならされた〉ような〈平坦な曠野《こうや》〉である。従って、かつて在った松山町は過去形で語られるべきものである。だが、そこには〈である〉、〈送っている〉、〈浮かぶ〉という現在形が差し挟まれている。〈私〉の眼には、現在の松山町と過去の松山町ではなく、現在の松山町の存在と不在——〈平坦な曠野〉とそこに在った町が現在《いま》は無いという現実——が二重写しになっている。〈それらの家が無い。住んでいた人もいない〉と打ち込まれるように記されている、その不在、あるいは不在が生み出す空虚が現在《いま》そこに存在することが過去の松山町を過去形ではなく現在形で語ることを強いているのである。

このとき〈私〉を浸しているのは、存在の自明性が崩壊していく感覚である。自らの誕生を記憶することができない人間にとって「私」という存在者の存在も、世界の存在も自明のものとして立ち現れる。この原初的経験における存在の自明性が、世界や「私」がいま、ここに、こうして在ることの不思議を忘却させる。この忘却を打ち破るには何事かが生起しなければならない。

ハイデガーは世人《ダスマン》を存在忘却から脱却させ存在への問いへと誘うものは死への先駆であるとした。八月九日の夥しい死が〈私〉の存在の自明性を打ち砕いた、と説明することも可能であるように思われる。多くの論者が指摘するように、『存在と時間』は第一次世界大戦後という時代を色濃く反映しており、未曾有の戦争による夥しい死が存在への問いを引き出したとも言えるからである。だが、いま、〈私〉の前に在るのは空虚である。死が骸という、破壊が残骸という存在者によって知覚されるものであるならば、〈くわでならされた〉ような〈平坦な曠野〉——死体や残骸の不在——はいったい何を知覚させるというのか。

このように問うたとき、『存在と時間』はやはり原爆やアウシュビッツ以前の思考であった、と言わざるを得ない。存在者をかつて存在した痕跡ごと消し去ってしまう凄まじいまでの殺戮と破壊を経験した第二次世界大戦後の人間は、存在することの意味を根底から問い直さざるを得なかった。ハイデガーの存在論を批判的に受け継ぎながらその問いを問うたのが、ユダヤ人虐殺の「生き残り」のひとりであるエマニュエル・レヴィナスである。林京子が様々な作品に繰り返し書いている松山町を見たときの、その驚きがもたらした存在論的な転回に、出来事の外や出来事の後にいる私たちが接近するためには、レヴィナスの思考を経由しなければならない。少し長くなるが核心部分だけは引用する他はない。

この実存者なき〈実存すること〉に対して、われわれはどのように近づいて行けば良いのだろうか。あらゆる事物、存在、人間の無への回帰ということを想像してみよう。われわれは、純粋な無に出会うのだろうか。このようにあらゆるものを想像のうえで一掃〔破壊〕した後に残るのは、何かあるもの quelque chose ではなくて、イリヤ *il y a*〔がある、それがそこにもつ＝ある〕という事実である。あらゆるものの不在が、ひとつの現前《プレザンス》として、つまり、そこですべてが失われてしまった場として、大気の濃密さとして、あるいは、沈黙の呟きとして、立ち戻ってくるのだ。事物と存在とのこのような破壊の後には、非人称的な〈実存すること〉の「磁場」があるのだ。主語でもなければ、名詞でもないような何ものかが。もはや何もないときに、否応なく強いられる〈実存すること〉という事実が。しかも、それは匿名的なものである。すなわち、誰ひとりとして、何ひとつとして、この実存を自ら引き受けるものはない。それは、〈il pleut〉〔雨が降る〕や〈il fait chaud〉〔気温が高い、暑い〕と同じように非人称的である。〈実存すること〉は、いかなる否定によって遠ざけられようと、再び立ち戻ってくるのである。そこには、純粋な〈実存すること〉の容赦なさとでもいったものがあるのだ。

（E・レヴィナス、原田佳彦訳『時間と他者』法政大学出版局、一九八六〈昭和六一〉年一月）

レヴィナスが存在の思考の途上で措定した〈破壊の後〉は、林京子の記憶にある松山町の光景と酷似している。〈あらゆるものの不在が、ひとつの現前《プレザンス》として、つまり、そこですべてが失われてしまった場〉である松山町には〈実在者なき〈実在すること〉〉つまり〈なにかあるもの〉が在るのではなく、ただ、在るという事実だけが存在している。そこに在るものを言葉にしようとすれば〈主語でもなければ、名詞でもない〉ような〈匿名的なもの〉としか言うことはできない。主語や名詞として名指せないものが存在する。この存在論の語法の彼方に在る空虚の密度こそ〈私〉が松山町で目の当りにしたものであり、〈純粋な〈実存すること〉の容赦のなさとでもいったもの〉が〈私〉を貫いているのである。

一九四五年八月九日以後、この空虚の密度を傍らに携え自らが生きて在ることの〈容赦のなさ〉に晒され続けた林京子は、〈屈託がなかった上海時代の、母の胎内から生まれた私の生命と人生〉

とは異なる生を生きることを余儀なくされた。その歳月は六十余年に及んでいる。
古稀を前にして人生にひとつの句点を打つように書かれた『長い時間をかけた人間の経験』にもこの空虚の密度は漂っている。〈被爆を根にした死に的を絞って〉生きてきた〈私〉は、〈老いた末にくる老醜の死〉という〈新手の死〉が迫りつつあることに気づく。そして〈生きる、ということは何なのだろう〉と考え、三浦半島の三十三の札所を巡る遍路に出る。札所を探して長いトンネルを通った〈私〉は、〈くっく〉という〈クラスメートたちの笑い〉声を聴くのである。

これから先に続く札所巡りは、ありのままの姿であろう。笑いたいときに笑い、カナや友人たちと話したいときには、架空の姿に向かって語りかける。常の人であるために、心と肉体にはめてきた枠をはずして、気持に素直になろう。

（『長い時間をかけた人間の経験』）

ひとりで札所を巡る〈私〉に届いた〈クラスメートたちの笑い〉声は、八月九日から半世紀以上の時間を死者が穿った空虚の傍らで生きた者だけが聴くことができるものである。〈常の人〉であろうとすることをやめ、あらゆる時、あらゆる場所で空虚の密度を感じる。林京子が長い時間をかけて辿り着いたのはそのような生の在りようであった。『長い時間をかけた人間の経験』の翌年に書かれた『トリニティからトリニティへ』にも崖のこぶし大の穴とその下に転がっている石を見て、爆死した五二人の旧友を思い出す場面がある。

同学年生の五十二人が埋めていたこの世の空間、抱きしめたくなって手を伸ばしても手ざわりのない五十二の空間を、何で埋めていけばよいのでしょう。

(『トリニティからトリニティへ』)

死者は、存在するのとは異なる仕方で生者の傍らに在る。埋めようのない空虚として、密度を持ってそこに在る。林京子の文学が「原爆文学」というひとつのカテゴリーを超える響きをもっているのは、言葉にならぬものや存在論的な思考が届かぬものを言葉にしようとしているからに他ならない。

東日本大震災の被災地に、ただ、在るという事実だけが存在している、存在の容赦のなさがむき出しとなった光景を見たのは私だけではないだろう。空虚の密度を見つめ続けた人間だけが感じることができる、生の傍らに佇むもうひとつの世界。林京子の文学は、そのような視点からも読み返されるべきである。

米谷ふみ子と反戦
——ヒロシマ・ナガサキから〈ふくしま〉以後へ

北田幸恵

1　〈ふくしま〉に向かう視点

3・11東日本大震災に発する福島原発事故以後、大江健三郎はいち早く今回の事故が広島・長崎の被爆にさかのぼり、さらに近代から現在に至る日本の基本的性格につながるものとして捉える必要があるという見方を表明した。今回の大事故がビキニ環礁の被爆者、大石又七さんのことを思いめぐらしている最中であったことに触れながら大江は、核に対する国民の危機感において、これまでのあいまいな日本が続くことはありえず、「日本の現代史は、明確に新局面に立って」おり、「この現実の事故をムダにせず将来の大災害を防ぎうるかどうかは、私ら同じ核の危機のなかに生きて行く者らみなの、あいまいでない覚悟にかかって」いる。「わたしらは犠牲者に見つめられている」と述べている（『世界』二〇一一年五月）。歴史の重要ないくつかの岐路で責任を負うことを避けてきた日本人に、「あいまい」さからの脱却なくしては「この狂気（制御できないかも知れない幾つもの大暴力が動き始めている社会）」を生き延びることはできないだろうというのが、核時代を生き延びるための大江の根本的思想である。

林京子もまた『被爆を生きて　作品と生涯を語る』（岩波ブックレット、二〇一一年七月）の中で、原爆との因果関係を認めず原爆症の認定を却下してきた国の力にあらがい、「敗れた肉体をつくろいながら」戦後を生き延びてきた被爆者である作家として、福島原発事故に遭遇したことについて「日本にはまだ、八月六日、九日の被爆者がたくさん生きています。形は違いますが、核がどんな影響を及ぼしたか、学習してきたはずなんですよね。少なくとも為政者たち、専門家たちは知っているはずなんですよね。これだけ学習しない国って、あるのかな、と素朴にあきれています」と語り、「核というものは、いかなる場合にも絶対に利益につながらないということを、頭の冴えた人たちがなぜ分からないのか」「原発を作る時に、それらの最悪の場合を想定していなかったのか」、唖然としてあざ笑われているような気がすると、今回の事故が被爆者たちの戦後の苦難を愚弄するものであると厳しく告発し、「私はやっぱり最終的には人間だと思うのです。一人ひとりが人間として考えてほしいですね」と結んでいる。大江健三郎、林京子の発言は、〈3・11ふくしま〉をどうとらえるか、核による危機、狂気を超え新局面に立ち合うにはどうすべきか、という答えとして、人間一人ひとりのあいまいでない覚悟こそが必要だということを改めて照らし出している。

大江や林と同世代で少女時代に戦争を体験し、核との闘いを自身の文学の根幹に据えてきた重要な文学者に米谷ふみ子がいる。世界最初の被爆国の日本人として、半世紀にわたり世界有数の核保有国アメリカに住み、日本とアメリカの二重のアイデンティティに根ざし文学活動を展開する米谷の独自性とその意義は、今日、新たな視点から再評価されるべきであろう。

「核保有国で原爆イベントを続けて」というサブタイトルを持つルポ・エッセイ集『だから、言ったでしょっ！』（かもがわ出版、二〇一一年五月）刊行に合わせ福島原発事故直後に来日した米谷は、東京、大阪など各地で精力的に原発批判の発言を繰り広げた。二〇〇四年以来、米谷はロサンゼルスを中心にアメリカ市民に原爆の真実を知らせるため、原爆展開催などの草の根の反核運動に取り組んできた。同時に、被爆国にもかかわらずアメリカの核政策に追随する日本への危機意識と批判を小説、エッセイ、ルポで日本のメディアへ表明してきた。その米谷が、同書を書き終えた時点で起こった福島原発事故について「あとがき」で次のように語っている。


この本を書き終えた時に、東北地方を中心に広範囲にわたる前代未聞の巨大地震がありました。マグニチュード九・〇とか。その直後に大津波が起こり、何もかも呑み込まれる光景をCNNで見て身が竦む思いで、夜は眠れませんでした。その結果、私が二十年間恐れていた原子力発電所のメルトダウン（炉心溶融）寸前の事故[1]が起こったのです。

こちらのCNNでは日本政府が明瞭に深刻さを言わないので、こういうことに不明瞭では困ると文句を言っています。こういうことは人命にかかわる大切なことなので、明瞭でなければなりません。レポーターは知らないのでしょうが、アメリカ政府も核に関しては、ずさんで不明瞭です。どこの政府も原発の漏れには不明瞭で、人命より企業側の肩を持ちます。

また日本に五十四基（運転中）もの原発を建てたのか、広島、長崎の経験で核の危険性を学ばなかったのか、と私は昔から疑問に思っていて、新聞にそういうことを書いて載せてもらおうとしましたが、ダメでした。その新聞社の特派員が、「原発の批判はご法度なんだ。昔から新聞社と政府の間に批判しないという契約があるんだ」と私に言ったのに驚きました。

核問題は日本対アメリカという範疇で考えてはダメで、生きとし生けるもの全体の生存を考えることが大切です。

この米谷の発言には原発事故の核心を衝くいくつかの問題提起がなされている。一つ目は、メルトダウンという驚愕すべき事実が、政府によって国民に知らされなかったこと。二つ目は、広島、長崎を経験した日本が「核の危険性を学ば」ぬままなぜ五十四基もの原発建設を容認してきたのかということ。三つ目としては、メディアに強力な原発批判タブーがあったこと、などである。このうち三点目については今回の3・11大震災後、「風評」という名で人々の疑問や批判を封じる流れがあったことが指摘されているが[2]、事故以前からメディアによる原発批判規制を体験していたとする米谷の発言は、3・11直後の情報操作と平仄を合わせている。それだけにまた大江健三郎、林京子などと共に、事故直後の米谷ふみ子の「自粛」をうち破る勇気ある言論の意義が浮かび上がってこよう。

大江、林、米谷が一致して指摘する3・11以前から日本中に瀰漫していた均質な空気の醸成、つまりあらゆる場から異質なものが排除され、個人の思想や感覚が画一化されてきたのである。原子力界では内部から問題を指摘する労働者や警告を発する科学者は異端視され徹底して排除されてきた。[3] 原子力・原発の安全神話が政府、企業、地方自治体、メディア、学会、教育と、挙国一致的に張り巡らせられ、自らの生存に係る問題であるにもかかわらず国民が原発や核について冷静に真剣に議論する「広場」が消去されてきた。このような日本社会の〈メルトダウン化〉、〈原子力村化〉こそ今回の原子力事故を生み出したものに他ならない。改めて戦後日本の民主主義と個人の権利が溶解させられてきた現実へ、なぜ立ち至ってしまったたかが検討されなくてはならないだろう。

〈あいまいでない覚悟〉で〈一人ひとりの人間として考え〉、〈眼を覚まし行動に移すこと〉。大江、林、米谷が語るこれらの平明にも見える言葉の日常的な実践こそ現在、各人に求められているのではないか。福島原発以後、「新局面」に入った日本では、戦争の語られ方もまた変容せざるをえないことはいうまでもない。また反戦も新たな語られ方が求められている。米谷ふみ子の表現活動についても、このような視点から見直されなければならないだろう。反戦・反核の草の根の運動を、日本とアメリカの二国にまたがって展開する米谷ふみ子の姿勢は、地球のメルトダウンを回避し、人間が未来に生き延びるために今、何が必要かを示唆してくれている。以下、このような視点から米谷の活動の特徴と意義について考察してみたいと思う。

2　米谷ふみ子の原点と軌跡

一九六〇年三十歳のとき美術修行のため渡米した米谷ふみ子は、同年、映画脚本家・作家のユダヤ系アメリカ人ジョシュ・グリーンフェルド[4]と結婚する。脳障害の次男を抱えての苦闘を題材にした小説を日本の文芸誌に寄稿するもなかなか採用されなかったが、一九八四年五四歳で『遠来の客』により文學界新人賞を受賞し、二年後の一九八六年五六歳のとき『過越しの祭』により芥川賞を受賞した。アメリカに住むユダヤ人と日本人との国際結婚という異文化摩擦と、障害児を抱えた家庭の困難という国際的家庭小説の枠組みをもって米谷の文学は出発した。一九八六年に『風転草《タンブルウィード》』を刊行するが、二〇〇三年に始まったイラク戦争は米谷の文学活動に大きな変化をもたらさずにはおかなかった。

それまで新聞・雑誌に発表したエッセイをまとめたエッセイ集『ちょっと聴いてください　アメリカよ、日本よ』（朝日新聞社）を一九九三年四月刊行し、続いて『なんや、これ？　アメリカと日本』（岩波書店）をその八年後の二〇〇一年四月に刊行している。この年は九月一一日に世界貿易センター爆破事件、アメリカのアフガニスタン攻撃があり、二〇〇三年三月にはイラク戦争が開始。以後、米谷の執筆活動の軸足は小説からエッセイに移り、『なんもかもわやですわ　アメリカはん』（岩波書店、二〇〇四年一〇月）、『ええ加減にしなはれ！　アメリカはん』（岩波書店、二〇〇六年一月)、『だから、言ったでしょっ!』(前出)というように「アメリカはんシリーズ」ともいうべきエッセイ集を立て続けに刊行した。

シリーズの第一エッセイ集『ちょっと聴いてください　アメリカよ、日本よ』に収録された『二つの国に住んで』(『世界』一九九一年一〇月)には、アメリカに住んで日本語で小説を書く動機として、閉じ込められた狭い日本から出て広い世界に住む日本人の現実を日本の人々に的確に伝えたいこと、ウィメンズ・リブからも忘れられがちな重度のハンディ・キャップを持つ子供と暮らす女性の「夢とフラストレーション」を読者に伝えたいことを挙げている。在外作家ゆえの孤独や疎外感というデメリットはあるが、日本文学界のポリティックスや日本社会のしきたりや義理から解放され、日本を「澄んだ眼でより客観的に眺め」ることができるし、また旅行者鴎外、漱石、藤村などが持ちえなかった生活者の現実的な視点から書くことができるということを、在外作家の利点として挙げている。

人種の偏見ゆえに「広島に原爆を落とされ、アメリカの日系人は収容所に入れられ、ユダヤ人はアウシュヴィッツで殺された」、だからどんな差別も容認できないとして、人種差別発言を掲載した日本語ビジネス新聞から自作『タンブルウィード』を取り下げた顚末を記したエッセイ(『偏見と差別』『U・S・ジャパン・ビジネスニュース』一九八六年五月)には文壇のポリティックスに縛られず自己の信条を主張し擁護する米谷の姿勢が明白に示されている。マイノリティの女として、ユダヤ系の配偶者との間に脳障害児を持ちながら、ボランティアでハンディ・キャップのデイケアの所長を五年間勤めるなかで、アメリカ政府の組織の裏表を学び、福祉・教育・医学の複合した問題の底を生き抜いてきた米谷にとってあいまいに処する妥協の余地はない。今までの日本人は、「お上の逆鱗に触れないように、なにか奥歯にものがはさまったような言い方」をしてきたが、これからの国際的な時代には役に立たない（朝日文芸文庫版「あとがき」）という指摘を直截な表現で実践していくことになる。

二〇〇一年刊行の二冊目のエッセイ集『なんや、これ？　アメリカと日本』以降、世界の平和・政治に言及したものが一層多くなる。日の丸、君が代などの愛国心の強制が強まる日本のナショナリズム復活はやがて軍国主義の復活につながると警鐘を乱打する（『過去を忘れる者は過ちを繰り返す』『世界』一九九五年九月）。

女性は、お辞儀ばかりさせられていた。目上の人（男も含む）、神社の前、御真影に向かって、また戦没兵の英霊には、一、二時間も炎天下を、あるいは極寒の中を路上で待ち、恭しく歩く兵隊の胸に掛けられた木箱の中は空に決まっていると思いながらも、最敬礼させられた。息子や夫の戦死を遺族会ではお国のためだと言っているが、私の知人や親類はみな犬死だと思っている。

女が「理不尽に頭を下げさせられた時代」「まったく破壊的で無意味な十五年」であった戦争体

験を持つ日本人女性として戦後責任を果たすことの決意がよみとれる。

一九九九年九月に起きた茨城県東海村原子力発電所事故に対しては『被爆国の杜撰な核管理』(『週刊金曜日』一九九九年一二月一七日、共同通信一九九九年一〇月配信)を書いた。十年前、日本の中高生に英語のプログラムを教える長男の赴任先が原発近くであることを知って危惧する米谷に対して、日本の人々の反応の冷やかさに触れた原稿を知識人向けの週刊誌編集長に渡したところ、原子炉周辺にはムラサキツユクサが植えてあって放射能が漏れたら花の雄蕊の色が変わるから心配はいらない、被害妄想だと言われ、暗澹たる気持ちに襲われた、これが日本の知識人層の状態であったと記している。アメリカでの政府や企業の情報の隠蔽、国民の安全の犠牲などを論評し、またエネルギーの転換を訴える『LAタイムズ』『NYタイムズ』の記事や核研究家、反原発の知人の意見などを詳細に紹介しつつ、「上役が間違っていても意見を言えない日本のタテ関係重視の社会は、黒白が明白な科学の社会にとって最も危険なことであることを絶えず念頭に置く必要がある」として、日本の非民主性が危険を防御できない原因になっていることを明確に指摘している。「私は十年前、新聞記者から「政府が推進している計画なので原発反対のエッセイは新聞協会の申し合わせで載せないことになっている」と聞いて驚いたことがあった。今度の事故は、政府にゴマをするメディアにも責任がないとは言えない」と、福島原発事故の二十年前からすでにメディアの隠蔽体質に違和感を覚えたことを鋭く指摘し、十年前には反原発封じ込めの姿勢に抗して日本のメディアに日本の核への杜撰な対応を指摘したエッセイを米谷は発表していたのである。

以上のように、米谷の反戦思想が人種や性の差別反対の思想と深くかかわり、戦争は過去の回想や記録の対象としてではなく、核を抱えて現在進行中の最大の人類の危機と捉えていることが重要である。

3　わやになったアメリカから日本へ

二〇〇三年三月のイラク戦争開始後に刊行された第三エッセイ集『なにもかもわやですわ、アメリカはん』では、イラク戦争批判が前面に出る。『九月十一日以降のアメリカ』（『東京新聞』二〇〇二年七月九、一六、二三、三〇日）では、百四十年間、本土で戦争を経験していないアメリカ人がパニックに陥り、愛国心を扇動されイラク戦争に動員されていく様子が報告される。正当な理由もないまま先制攻撃で始まった戦争の中で、劣化ウラン弾で亡くなるアメリカ兵士たちの生命の余りにもの安さ（『ブッシュのイラク戦争』*OCS News*, 二〇〇三年四月二五、五・九日）。

『核に無知な人々』（『世界』二〇〇二年一〇月）では、その後の米谷の主な活動となる地元での反戦運動の克明な報告が始まる。ロスアンゼルス郊外パシフィック・パリセイズ――かつて、トーマス・マン、ブレヒト、ヘンリー・ミラー、レーガン（父）が住み、今はスピルバーグがいる――の住民が反核集会を開き、草の根の運動に立ち上がったのはイラク戦争の開始前年二〇〇二年六月二十九日であった。発起人は九十二歳のハロルド・ウォーターハウスで、会員の平均年齢は八十歳。米谷も七十二歳という高齢者の反戦運動だ。最初に核兵器を使わない、核弾道の企画・実験・製造を永遠にやめること、包括的核実験禁止条約に批准、率先して核の削減などを掲げ、署名を集め政府へ要求することを目的に掲げる運動であった。『私たちの町の草の根の反戦運動』(『世界』二〇〇三年四月)では米谷の運動参加の軌跡がたどられ、二〇〇二年九月十四日、サンタモニカの緑の党の反核デモの様子が伝えられている。五十代はベトナム戦争反対運動、七十代後半は第二次世界大戦経験者でマッカーシズムの時代の人、そのミックスしたのが反核であり、イラク戦争が今にも起こりそうになると「P・S・N・P」から「Palisades for Peace」に会の名前を変更した。ワシントン、サンフランシスコ、ロスアンゼルスなどアメリカ各地での反戦デモ、ビジルに、「今までは戦争に入ってしまってからデモが始まって戦争を終えるのにとても永い時間がかかったでしょ。今度のは戦争が始まる前に始まったでしょ。これで戦争を阻止できれば有史以来初めてのことになるのよ」と語る仲間の女性ニーナの声を伝え、アメリカ各地にイラク戦争反対の草の根の運動が根強くあったことを証言している。

続く『私たちの町の草の根の反戦運動　その後』(『世界』二〇〇三年一一月)では、八月六日のリード・イン(朗読会)で、大江健三郎の *Atomic Aftermath*、小田勝造の *Human Ashes*、と一緒に、林京子の『空き罐』が朗読されたときの感動的な光景が紹介されている。

4　ぼやきから行動へ

二〇〇六年刊行の第四エッセイ集『ええ加減にしなはれ！　アメリカはん』では、自ら住民として地域で運動にかかわっていく様子がさらに詳しく描き出される。

核兵器の恐ろしさを知らないアメリカの人々に、視覚的に伝える方が効果があると考えた米谷はサンタモニカの市長や市議会議員を前に公聴会で企画の意図を説明し、全員が請願に賛成する。ベトナム戦争反対運動、核凍結運動をし、町でも高いビルを造らせない条例を作らせ、以前から一人で反核のプラカードをもって沿道に立っていたリーダーのハロルドの死。「一人の力で世の中を変えることができる」という彼のモットーを受け継ぎ「余生を送ろうと思う」と米谷は改めて決意する。

様々な困難を克服して原爆展を開催したコンプトン・カレッジでは、被爆した陳列物や写真を見て「こんなになひどいとは」と絶句する人々。米谷はH・G・ウェルズの言葉「もし、歴史が教育と破滅との競い合いであるとすれば、私たちは皆、こぞって教育が勝利するよう努力しなければならない」を引いて挨拶する。三菱工場で被爆した長崎被爆者の証言。原爆展は一ヵ月行われ、学生二百人が参加し、カレッジの九人の教授が核兵器の危険を語り、ウラン弾の危険が次第に認識されるようになる。サンタモニカ市ではパリセイズ高校で二日間、原爆展を行う。長崎から借り受けた五十枚の写真と森住卓のイラク戦争での劣化ウランを使った障害の写真。被爆者のスピーチを聴き、赤子の写真を見て泣き出す学生。二日間で五百名が参加する。かつてアメリカに奨学金の申し込みを百通出し、障害児のデイケア運動のため市の役人と交渉してきた米谷とIBMの大掛かりな宣伝を担当した経験を持つローリー。屈強の似た者同士の日米反核コンビだ。またUCLA(カリフォルニア大学ロサンゼルス校)の学生は試験とぶつかるが一〇日間という異例の短い期間で準備し、原爆展を成功させて米谷を感動させる。

本書「おわりに」で米谷は次のように述べている。

私が今あっちこっちでしている原爆展は、他人から見ればシジフォス的に見えるだろうけれど、喋れない脳障害の息子がいると自分では言えないから、命が大切であることを専門家に私が噛み付かねばならない。やがてはよく喋れるようになる孫たちには、せっかく生まれてきたのだから、少しは生活をエンジョイして欲しいと思う。十年にわたる私の戦争体験がこのシジフォス的な活動の根源となっている。

5 イラク戦争から〈3・11ふくしま〉へ

かもがわ出版から二〇一一年五月刊行の第五エッセイ集『だから、言ったでしょ! 核保有国で原爆イベントを続けて』の第1章『被爆国・日本の若いみなさんの未来のために』で米谷は以下のように述べる。

未だに、地球を七回も亡ぼすだけの核兵器や核廃棄物（原子力発電所からも出る）が残されています。どこの国の指導者も、自分が権限を持っている間に、そうしたものが予期せぬ原因で爆発したり、川や海に放射能が流出する（もうすでにしています）という想像力がないのです。彼らは自分たちが生身の人間で、自分の家族にも核兵器や原子力発電所からの放射能が降りかかってくるということよりも、自分の国における最高指導者の顔を保つことのほうが大切だと思うからなのです。

政府が核の危険を世界に知らせることに消極的であるから、私たちが草の根の運動をしていくしかない。また日本人も国内だけなく世界に出て、外国語ができる人は現地校の学生とイベントをして交流し、海外駐在員は引退して海外旅行先でイベントしてみてはいかがか。科学者は自分の研究が人殺しの手段に使われないように、禁止の条件をつけてはどうか、とあくまでも具体的に活動を提唱している。

第2章『核所有国の住民は、核の恐ろしさを知らない』では、アメリカ政府は、原子炉への核の攻撃を予想しその近辺の住民にヨウ化カリウムの錠剤をアメリカの東北部の住民に配布したこと。

またここ南カリフォルニア州でもサン・オノフレとサン・ルイス・オビスポに原子炉があるので、前者四十二万二千人、後者二万二千人に錠剤を配ると言っていることを紹介している。

原子炉がやられたら飲めと言っても、やられたら停電して四時間以内に何が起こったか分からない人のほうが多いだろうし、十マイル以内と言っても、風下に住んでいる人のほうがより危険だし、ストロンチウムの灰がもっと遠方まで飛ぶことも必定である。以前、ネバダ州で行われた空中実験の後遺症として、東北部のミシガン州などの住民が色々な癌にかかっている率が高いという統計を新聞で読んだことがある。いい加減さに呆れるが、誰も疑問に思わない。

この章は二〇〇二年七月の日付のものだが、米谷がアメリカスリーマイル島の原発事故を通して核の脅威を痛感し具体的に反核運動を進める立場から執筆している力のこもった章である。

第3章『私が原爆イベントをアメリカでする深い動機』（二〇〇八年九月）では、大国の核政策に絶望的な気持ちだった米谷の学生時代、哲学者バートランド・ラッセルや物理学者アインシュタイン、湯川秀樹、ジョリオ・キュリーなどが核兵器の危険を世界に知らせた。しかしそれから五十年、世界は核の脅威から逃れていないにもかかわらず、アメリカ人がいかに核の脅威を知らないかを痛感し、原爆イベントを若い学生を相手にやり始めた。研究室で使用した後の核廃棄物をアイダホ州の廃棄物処理場に保管する運送屋が住宅地を通りガールフレンドをピックアップしラスベガスでギャンブルをして目的地に向かうほど、核の恐ろしさを認識していないという核物理学教授の話。二〇〇七年九月の『ロサンゼルス・タイムズ』に載った、弾頭のついていない巡航ミサイルを放棄するために空港の飛行機の両翼につけたが、広島原爆の何十倍の威力を持つ核弾道のついたミサイルに気づかず、三十六時間も誰も気づかないまま置かれた。二〇〇八年にはヘリコプター用のバッテリーと間違い、核兵器の引き金を引くフューズを台湾に送ったこと。日本の米原子力潜水艦での放射能漏れ。米海軍は日本にただちに知らせなかったこと。「これほど核兵器に対する政府の態度は真剣ではない。核兵器と廃棄物のある国で、機会があれば人々に核の危険さを思い出させる必要があるのだ。それが、私が原爆イベントをやっている真の動機なのである」。つまり政府やメディアや研究者が隠している事実を世間に表す仕事を続けているのであるという。

第4章『私たちの町の草の根運動の始まり』では、戦争を通った世代として戦争には絶対反対、日本に実験台として原爆を落としたアメリカを許せないと考える人間であると言い、夫ジョシュはアメリカ軍隊に入り、第二次世界大戦後、「軍隊の愚かさ、非情さは嫌というほど味わわされ、ヨーロッパにいたのだが、一度軍隊を逃げて、捕らえられ裁判沙汰になった人間だ」と記されているが、夫ジョシュは米谷と共に反戦運動に参加している。

「付」の「政府よ、企業よ、メディアよ！ だから、言ったでしょ！」には、3・11以後の米谷の思いが溢れている。福島原発がメルト・ダウンしている報に接して「人類の一員として広島、長崎の核の恐怖をアメリカ人に知らせるべく過去九年間努力し、原爆イベントで平和を推進して来た私には、愚かな人災で「平和」の言葉が無意味になった」、「原発の事故は起こるべくして起こったのである。私は為政者、関係者の愚かさに絶望的になった」と記している。米谷は政府、企業〈電力会社〉、メディアと専門家などの「人類の生存に関わる危険なことを、危険だといえない人々が、国民の大量の税金をつかって地震帯の上に原子炉を建てた。金に眼が眩むと、原爆の核と原発の核が同じく危険であると思えなくなるのだろうか」と批判している。元UCLAの核物理学者ダン・ハーシュが「どこの政府も原発の放射能が漏れても発表しない。どこのも漏れていると思え」と話していた。つまり原発は建てるべきでないのだという。

私に先見の明があったというのではなく、起こるべくして起こったものだ。ただ物書きとして、また鳥取の疎開先で、広島で被爆した女学生に会い、一九五〇年代のアメリカ、イギリス、中国、ロシアの空中核実験で慄いた経験からこういう知識があった。知識があると命拾いする確率は高い。だからメディアはなんでも明瞭に報道する必要がある。

また種を保存する本能を備えているメス（女）はもっと自分の本能を信じて、社会で主張するのが自分の義務であると、行動を起こすべきだ。さもないと世界が滅びる。

と現実の危機を見徹す知識を持つことや種と深くかかわる女性に格別に行動への期待を寄せている。

6 『二匹の狐と一本の楠』

小説『二匹の狐と一本の楠』（『文学界』二〇〇九年一月）はこれまで触れてきたエッセイと地続きのテーマで書かれてる。アメリカに暮らして四十八年になる七十七歳の妻が八十歳の夫を伴い二〇〇七年に生まれ故郷の大阪を訪れる。主人公の私は母の故郷の鳥取に疎開していたため無事だったが、現在宿泊しているホテルの辺りは砲兵工廠跡地で一トン爆弾が集中して落とされた場所で千人近くが亡くなる大空襲を受けた。戦後夕日丘高女に復帰したとき爆弾で抉られた大穴に水がたまり雑草が生え、へし折られ錆びた鉄骨や機械が散乱していた。親戚や友人や教師が犠牲になったが、二、三年たつと死者のことも口に上らず、子ども心に死んだら損をするという観念を植え付けられたという。アメリカ国民の七十五パーセント以上の反対にもかかわらず始められたイラク戦争と軍国主義の時代の日本を重ねて、戦争のときはどの国の政府もプロパガンダで若者を騙すことを指摘している。

ホテルの窓からアメリカ人の夫にそのときの様子を話していたら、夫から「君は今度日本に来てから、アメリカ人の僕にアメリカがここを焼いたとか爆撃したかという話ばかりしているよな」と苦笑される。半世紀たっても戦争が大きな影を落とす日米の夫婦の機微が描かれている。

主人公の私は戦争中に六甲の家に移るまで子供の頃過ごした界隈を訪ね、すっかり変った風景に戸惑う。子供心に馬のように大きいと思っていた神社境内の石畳を挟んだ御影石の二匹の狐像、六十五年前より二回りも大きくなったその背後の楠の木。今は影も形もなくなった思い出の中の知人の家々。戦中、アメリカ軍の爆撃による延焼を防ぐためという理由で人々は疎開させられ家は薙ぎ倒された。私の家の跡も今はパーキング場に変貌している。父は工場で紡績機械の鋳造をしていたが、戦争で六甲の家を除いて三十軒ほどの借家をほとんど失った。小さな飛行機に乗って東京に野球を見に行くような新し物好きであった。幼稚園、小学校と高校（主人公は女学校）の後輩で、芸術家村マックドウェル・コロニーでは先輩（一年）であった作家の小田実は、母親同士も鳥取高女の同窓生で話仲間だった。いつも大声をあげて仲間と遊んでいた少年時代の小田の様子をユーモラスに伝えている。

女学校二年頃から食糧難で、学校は工場と化し飛行機のプロペラにベニヤを張ったり、真空管の再生を手伝ったりしたが奉仕には金は払われなかった。終戦の年の冬、空襲が激しくなり、B29が毎晩一トン爆弾を落としていった。家の近くに落ちたときは、翌日通ると二軒が完全に壊され大穴になっていた。

水道の管から水が噴き出ていた。壁も柱もなぎ飛ばされていた。夜中で火の気がなかったからか火事にならなかったのが幸いだったが、そこの住人は亡くなっていただろう。爆弾が落ちた時、炸裂の轟音と共に地が揺れそれに伴って私のお腹が抉られそうになった。その後、今でいうPTSD（このPはpostではなくてprogressing現在進行形）になり、空襲警報のサイレンを聞くと下痢をするようになったので家の前の防空壕に皆入っているのに私だけ靴のまま家のトイレにいた。そうなるともう死んでもいいと思うようになるのが不思議だった。父がいつも私が出てくるまで入口で待っていたものだった。私は半生の間下痢に悩まされた。戦後もB29のブーンという音や、戦争の夢を何回も見た。

ニューヨークで会った若い男が核兵器が必要だという日本の政治家に同調して、今度戦争が起こったら日本刀を持って戦争に行くというのに対して私は反論する。「あのね。貴方戦争知らないから、ええ加減なことばっかりいうのよ。至近弾が落ちたらね、命に別条のうても、おしっこを漏らし、ウンチを漏らすのよ。大の男でも。神経がもちませんよ。戦線にいるとね、汚れたパンツも替えられないのよ。勿論顔から耳から鼻から泥や土や岩の破片や瓦や鉄骨が被さってくるのよ。軍隊の上官達は人間の生理的反応なんて教えてくれませんよ」と言うと男は黙ってしまったという。私の少女時代の戦争体験に発する反戦の叫びには迫力がある。

女学校二年の時から電車通学となったが、毎朝、家を出るとき、無事に帰られるか、親の顔を再び見ることができるかと案じていた。弟は学童疎開、兄は海軍に学徒動員でとられ、家には両親と身重の姉と下の弟と私。ある朝、通学途中で空襲警報が鳴った。これまで一度も避難訓練をしたことはなかった。どこに防空壕があるかもしらなかった。

私は十四歳だった。見回しても誰も知り合いはいなかった。周りの大人は若い私のような学生にどうしろとも教えてくれない。あの頃は小学生は皆疎開していたので、小さい通学生はいなかった。私の年齢は工場で使えるので疎開させなかったのだ。だから私のようなのが一番年下だったのだと思う。周りの大人は私にどこににげよとも教えてくれない。今から思えば不思議なのだが……子供を助けようともしない。私服や特高や警察や憲兵はどこに行ったのかも分からない。人の言動を盗み聞きするよりも、こんなときこそ、国民を助けるのが彼らの本分ではないのか。

阪急の梅田駅で、空襲で焼けてしまった場所には敵機も爆弾も落とさないだろう。地下に潜るのが一番安全だと、少女は一人で判断して地下鉄に行く。プラットホームには誰もいない。椅子に座って防空頭巾を被り震えながら、ここで生き埋めになれば両親は娘がどこで死んだか知らないと思う。電車が来たので乗って無事家に帰った。プロパガンダで戦争に動員してもいざとなると孤立無援の中でも一人で考え身を処していかなくては生き延びることはできない、これが十四歳の私が学んだ冷厳な国家と個人の関係であった。

五月、阪神間に空襲があり電車が動かないので、学校に父が迎えに来る。雨が降る中をきなくさい臭いは川西航空機の工場を狙った空襲だったらしい。へし折られた鉄骨や投げ飛ばされた機械、壊れたガラスなどが、倒れた電柱にまだ引っ付いている電線から火花を散らしている明かりが見え、黙々と泥濘の中を歩く。

一トン爆弾を沢山落としたのだろう、家が一軒入るくらいの大きな穴があっちこっちに抉られて泥水が溜まっていた。これらもあの電線の火花に照らされて見えるのだ。暗がりをよくよく眺めると、足元に死体が転がっていた。

兵隊が着るような防空服を着てゲートルも付けたままだった。腕時計も付けていたと思う。あっちこっちに死体があることに気がついた。それから大きなものが少し離れて転がっていた。今まで見たこともないものだった。よく見ると、大きな牛が気球のように膨れていたのだった。爆弾が近くで落ちるとその場が真空状態になってこのように膨れるのだと後程聞いたのだった。私の穴の開いた靴に水が染み込んできた。泥や血も混じっていたのだろう。その修羅場をやっと過ぎて真っ暗な中を歩いている最中でも私たちの家は未だ建っているのだろうか?　家族は無事なのだろうかと家にたどり着くまで心配した。

父が子供たちを案じて鳥取と岡山の県境にある母の田舎に疎開させることになる。十四歳の私には疎開の許可が下りないので、知り合いの婦人科医に病名をつけてもらい疎開できることになる。重い荷物を持った父、妊娠中の姉に弟と私。艦載機に機銃掃射されないように黒っぽい服を身につけて移動する。大きな荷物を持って四人でぞろぞろ歩いているので目立ち、憲兵のような警察のような男に呼び止められ、行き先を問いただされ、父は妻や子供を疎開させると答え、医師の証明書を見せる。

やれやれ歩こうと思っていると、突然その男は父に「何がおかしい！　にやにや笑いやがって。態度が悪いっ！」と怒鳴ったのである。

私はああもう駄目やと心のなかで思った。田舎に行かせて貰えない。田舎でぐっすりと眠りたいと思っていたのに。父は、「すみません。これから気をつけます」と謝った。今まで父がこんなに下手に出たのを見たことがなかった。それでその男が去って行ったのでやれやれと皆ほっと吐息を吐いたのだった。すぐに誰も声を出さなかった。だいぶ経ってから、姉が「何やあの男！」とぶつぶつ言った。父は「なにも笑てへんかったのになあ」と言った。彼は歩いているときは少し上を向いて微笑んでいるような顔をしている。そんな顔つきであった。あの時は多くの荷物を持ってぞろぞろ大勢が固まって歩いていると目立つので、それだけでも咎められた。変な顔つきでも咎められた。ファシズム政権では上の人の曲った考え方とか判断がまかり通ることを子供のときに学んだのだった。

私は五十年ぶりに幼少期から女学生の頃に住んでいた思い出の土地をめぐり、変貌の奥に戦時下の光景を想起しつつ、また現在のアメリカのイラク戦争と日本の右傾化などを連想しながら、再び戦争に向かおうとする日本への危惧を語っている。戦時下、目撃した空襲の光景、無為無策の政府の様子が少女の体験を通して印象深く描かれている。子どもを疎開させる途中で、顔つきが気に食わないと憲兵から罵声を浴びてもひたすら謝る父。軍国主義は一人ひとりの人間の気質や表情の細部まで鋳型にはめ込み徹底的に個人を支配しようとしたのだ。

この小説の主人公「私」は激化する空襲のなかで冷静に懸命に判断し行動する。その精神は十数年たって、アメリカ人と結婚しアメリカで暮らしながら、戦争を憎み、平和を築こうとする米谷ふみ子の精神へと高まり、さらに平和を闘いとるための行動に深まっている。

エッセイ集と小説『二匹の狐と一本の楠』を中心に米谷ふみ子の反戦思想と活動について見てきたが、現実の本質を的確に批評するエッセイ群は『二匹の狐と一本の楠』続編としてさらに新たな創作へと展開されることが期待される。

米谷ふみ子は、大江健三郎や林京子と同様に、福島原発事故によって浮上した原発問題を、戦前の軍国主義、アメリカによる原爆投下、そして戦後の日本の体制の中に位置づけ、自らの作家としての活動の中心的テーマとして内在化させることによって、〈3・11ふくしま〉以後の新段階を生き延びる読者に鼓舞を与えてくれている。と同時に、人類が核との共存を強いられる世界から核のない世界へという、壮大なしかし生き残りをかけた必至の夢をかなえるための必読のガイドとなっている。

注

(1) 政府と東電は、事故の二カ月後の五月二十四日に至ってメルトダウンが起こっていたことをようやく認めた。

(2) 『戦争×文学』第四巻『9・11変容する戦争』(集英社、二〇〇一・八)の解説を担当した高橋敏夫は、二〇〇一年九月一一日のアメリカの世界貿易センタービルへのイスラム過激派による攻撃の対テロ報復戦争がアメリカの戦争を自由に語り合う「広場」を喪失させ、当時日本も同様の「焦熱の炎風」が「三・一一フクシマ原発震災においても猛烈な勢いでふきあれた」、「東京電力、原子力安全・保安院、政府による誤りなき対処を誇示した「大本営発表」、およびその「広報」と化すテレビや新聞などマスコミによる根拠のいちじるしく希薄な「安全」宣伝、である。これらに疑問をもち、正確な情報をもとめる者のブログおよびツイッターの言葉は、風評、嘘、デマ、煽り、信者系などのレッテルがはられ、「オールジャパン」態勢時に許しがたい「非国民」的対応と非難された」と指摘している。

(3) 『サンデー毎日』(二〇一一〈平成二三〉年四月二三日)掲載の『迫害され続けた京都大学の原発研究者たち』は、原発の危険性を警告してきた小出裕章氏(六一歳、助教)ら京都大学原子炉研究所の研究者たちがいかに異端の研究者として排除され、研究費や昇進でも徹底して差別されてきたかを克明に報道している。

(4) ポール・マザフスキーとの共同脚本の映画『ハリーとトント』(一九七四〈昭和四九〉年)はアカデミー賞候

補となった。作家としては『わが子ノア自閉症児を育てた父の手記』などの『ノア』三部作がある。

付記　反核・反戦の米谷ふみ子のエッセイに触発され、米谷ふみ子論に着手する中で、二〇一一年〈3・11ふくしま〉に遭遇した。改めて米谷の先見性に驚かされ、二〇一二年初めにほぼ現在の原型を書き上げた。その後、このテーマの延長として川上弘美、津島佑子、多和田葉子を論じた『異変を生きる―3・11〈フクシマ〉以後の女性文学』（新・フェミニズム批評の会編『〈3・11フクシマ〉以後のフェミニズム　脱原発と新しい世界へ』二〇一二年七月・御茶の水書房）をまとめ、再び米谷ふみ子に戻ることになった。起筆から刊行まで予想以上に時間がかかったため、修正した方がよい部分もあるが、敢えて執筆時の臨場感を残しておきたいと考え、そのままにとどめたことをお断わりしたい。

■湾岸戦争

一九九〇年八月二日、イラク軍機甲師団は油田領有問題などで対立していたクウェートに侵攻を開始し、クウェート全土を占領。イラク国営放送はクウェート暫定自由政府の樹立を報じた。国連安全保障理事会は同日中に国連決議六六〇号を決議しイラク軍に即時無条件撤退を求め、四日後にはイラクへの全面禁輸の経済制裁を全加盟国に通告した。態度を硬化させたイラクは国連決議を無視、八日にはクウェートの併合を宣言した。その後もイラクは撤退勧告を無視したため、国連は一一月二九日に翌九一年一月一五日を撤退期限とする「対イラク武力行使容認決議」を決議した。

一九九一年一月一七日、アメリカ・イギリス・フランスや、エジプト・サウジアラビアなどからなる多国籍軍によるイラク爆撃が開始された。これに対しイラク軍はスカッドミサイルをイスラエルとサウジアラビアに向け発射した。二月二四日には多国籍軍地上部隊がクウェートを包囲する形でイラクに侵攻し、二七日にはクウェート市を制圧した。同日、ブッシュ米大統領が停戦を発表し、フセイン・イラク大統領は敗北を認めた。

湾岸戦争はハイテク戦争であり、多国籍軍の最新兵器による攻撃は世界中に同時中継され衝撃を与えた。また、多国籍軍の劣化ウラン弾の使用や、ペルシャ湾への重油の流出による環境破壊などが問題となった。さらに、停戦後、国連は大量破壊兵器の破棄・国境の尊重・抑留者の帰還などを内容とする決議六八七号を採択したが、イラクはこれを遵守せず長期間にわたる経済制裁を受けた。

東西冷戦終結後初の大規模な武力紛争であった湾岸戦争は、日本にも様々な影響を与えた。日本政府は多国籍軍に一三〇億ドルの資金援助を行ったばかりでなく、ペルシャ湾に機雷除去のために海上自衛隊の掃海艇を派遣した。さらに、これをきっかけに自衛隊の海外派遣の問題が浮上し、一九九二年には国連平和維持活動協力法（PKO協力法）が成立した。

■イラク戦争

二〇〇三年三月一九日（日本時間二〇日〇時一五分）、アメリカはイギリスなどとともに「イラクの自由作戦」と名付けた空爆をイラクに対して開始した。ブッシュ米大統領はその理由として、イラクが生物・化学兵器など大量破壊兵器を保有しているにもかかわらずその事実を否定し国連の武器査察団に全面的な協力を行わないこと、イラクの一般市民をサダム・フセインの圧政から解放すること、テロ支援国家であるイラクを民主的な国に変えること、などを揚げた。この攻撃はフランス・ドイツ・ロシア・中国などの国連の武器査察団による査察を継続すべきであるという反対の声を押し切って行われたものであった。開戦直後、イギリス・日本はアメリカの武力行使を支持する声明を発表したが、国連のアナン事務総長は強い遺憾の意を表明した。

空爆後、一三万人のアメリカ地上軍が首都バグダッド制圧をめざしクウェートからイラク領内に侵攻を開始した。四月九日には米軍がイラクの制空権を完全に掌握と発表、一四日には米英軍がティクリットを制圧し、イラクの主要都市を全て占拠。五月二日にはブッシュ米大統領が戦闘終結を宣言した。二二日、国連安全保障理事会でアメリカとイギリスによるイラクの統治権限を承認する国連決議一四八三号が採択され、連合国暫定当局が発足した。七月二二日、フセイン元大統領の二人の息子ウダイ氏とクサイ氏が米軍の攻撃によって死亡し、一二月一四日には潜伏していたフセイン元大統領がティクリット近郊で拘束された。

二〇〇四年にはいってもテロ攻撃はおさまらず、三月にはスペイン列車爆破事件が発生、スペインでは政変が起こり、新政府はイラクから全軍を撤退させた。四月には日本人人質事件が起きた。このような事態のなかアメリカは政権委譲を急ぎ、六月二八日にイラク暫定政権に連合国暫定当局から主権委譲が行われた。だが、七月にはフィリピン人人質事件が起きフィリピン軍は予定を一ヶ月早め撤退し、中部バクバで警察署を狙った大規模テ口が起き、暫定政府は予定されていた国民議会を延期するなど混乱は続いた。

一〇月には、アメリカの調査団が大量破壊兵器は存在しないとする最終報告を発表した。このことはイラク戦争の正当性に対する根本的な疑問を呼び、国際世論は、ブッシュ米大統領やブレア英首相に対して批判の色を強めた。二〇〇五年に入ると、反対勢力のテロが相次ぐなか国民選挙が実施された。三月には国民議会が発足、一〇月には新憲法が成立した。

日本は二〇〇三年にイラク復興支援特別措置法を制定し、二〇〇四年一月に自衛隊をイラクに派遣した。派遣された自衛官は一〇五〇人、派遣国三八ヵ国中八番目の規模である。自衛隊はサマワ周辺地域の給水をはじめとする人道復興支援活動を行った。また、日本は一五億ドルの無償援助と円借款をあわせ五〇億ドルの拠出を決定した。これは支援七〇ヵ国中アメリカの二〇三億ドルに次ぐ額である。

二〇〇四年、マイケル・ムーアは、ドキュメンタリー映画『華氏九一一』を発表した。この映画は、二〇〇一年の同時多発テロ事件をめぐり、ブッシュ米大統領一族と、ビンラディン家を含むサウジアラビア王族との密接な関係を暴き、アメリカに対するテロとその報復というブッシュ政権のシナリオの裏にあるものを描き出すものであった。二〇〇四年五月一七日、第五七回カンヌ映画祭のコンペティション部門で上映されパルムドール賞を受賞したが、ウォルト・ディズニー・カンパニーは配給を拒否し、アメリカで上映されたのは一ヵ月以上後の六月二五日であった。

大統領選挙の年に公開されたことから、一一月の大統領選挙への影響に注目が集まった。だが、『華氏九一一』は、9・11テロ後のアメリカ社会を批判的にとらえようとするものであり、ブッシュ大統領個人を非難するプロパガンダ映画ではない。ブッシュ大統領が再選され、政策が継続された現在においてもその光彩は失われていない。『華氏九一一』は、9・11テロとはアメリカ国民や世界にとって何だったのか、強大な軍事力をもつ超大国において絶大な権力をもつアメリカ大統領とは何なのか、を鋭く問うている。

■アフガニスタン侵攻

アメリカ政府は、国際テロ組織アルカイダの指導者オサマ・ビンラディンが二〇〇一年の9・11テロを計画・実行したとし、アフガニスタンを実効支配していたイスラム原理主義集団タリバンにアルカイダのメンバーの引き渡しを求めたが拒否されたため、二〇〇一年一〇月七日にタリバン支配地域への空爆を開始した。アメリカ政府は当初、爆撃は軍事目標に限定していると発表したが、実際には住宅や民間施設も攻撃され多くの死傷者を出し、戦火を逃れるために多くの難民が発生した。

タリバンはアフガニスタンの多数民族パシュトゥーン人を中心に構成されていたが、北部のクルド人やウズベク人などの非パシュトゥーン勢力の組織が反タリバンを掲げて北部同盟を結成し、アメリカ政府はこれを支援した。北部同盟軍は、一一月一三日には首都カブールを、一二月六日にはタリバン最後の拠点カンダハルを制圧し、タリバンは壊滅状態に追い込まれた。

一二月二二日にアフガニスタン暫定政府が成立し、ハーミド・カルザイが議長（二〇〇二年に暫定大統領）に就任した。二〇〇四年一月には新憲法が公布され、順調に復興が進むかに思われたが、一〇月に行われる初の大統領選挙直前にタリバンが再結成され、駐留アメリカ軍に武力攻撃を行った。一〇月九日には予定通りアフガニスタン初の国民投票による大統領選挙が実施され、一二月にはカルザイが大統領に就任した。二〇〇五年五月には、武装勢力が活発化したため、アメリカ軍とアフガニスタン軍による空爆が行われ、四〇人以上の武装勢力が死亡した。

アメリカ政府は、アフガニスタンへの武力行使を「不朽の正義作戦 Operation Enduring Freedom」と名付け、国際的なテロの危機を防ぐための防衛戦争であると位置づけた。だが、この戦争がイラクと朝鮮民主主義人民共和国の大量破壊兵器開発疑惑から二〇〇三年のイラク戦争へと繋がっていく一連のアメリカの国連無視の単独行動主義の発端となっていることは否めない。

■沖縄基地問題

一九五一年に署名されたサンフランシスコ講和条約以降、七二年の沖縄返還まで、事実上沖縄は米国の施政下にあった。沖縄は「太平洋の要石」として、米国の極東軍事戦略の中で重要視され、日本の米軍施設の七五％が沖縄に集中し、沖縄本島の面積の約一九％を米軍施設が占有している。

沖縄の基地返還の機運が本格的に高まったのが、一九九五年の「沖縄米兵少女暴行事件」だった。日米両政府は「沖縄に関する特別行動委員会（ＳＡＣＯ）」を設置し、在沖米軍基地の整備や縮小、統合を検討。当初は、代替施設を建設・運用することで、五年から七年以内の返還を目標としていた。普天間飛行場は人口過密地域にあり、「世界一危険な基地」と呼ばれ、事故や騒音問題が指摘されてきた。一九九七年には、稲嶺知事（当時）が「飛行場の軍民共用」「一五年の使用期限」を条件に移設候補地を名護市辺野古沿岸域に表明、当時の名護市長もそれに同意し、代替施設は沖縄本島の東海岸沖への建設が決定した。しかし、「一五年の使用制限」をめぐり、基地固定化を嫌う県民感情を考慮した沖縄県側と、米国との関係性を重視する政府との間で溝が埋まらず、移設問題は膠着化した。

二〇〇四年に「沖国大米軍ヘリ墜落事件」が起き、住民たちの返還要求はさらに強まった。九・一一以降、米国も世界規模の米軍再編に動き出しており、日米両政府はこれに普天間移設を関連させることで、基地移設のみならず、沖縄駐留の海兵隊の削減も進め、その結果、海兵隊のグアム移転が決まり、二〇〇六年には、二〇一四年までに代替施設を建設し移転させるという日米ロードマップが決まった。しかし、二〇〇九年、「普天間基地を県外、国外移設」を公約に掲げた鳩山由紀夫内閣により、それまでの移設案は再度審議され、一時白紙となった。以降、様々な代替案が議論され、結局、辺野古への移設が決まったが、移設反対派の翁長知事が誕生、反対運動が拡がっている。

■集団的自衛権

集団的自衛権は、一九四五年に署名・発効した国連憲章の第五一条において、国連加盟国に認められた権利である。ある国家が武力攻撃を受けた場合に直接に攻撃を受けていない第三国が協力し、直接に攻撃を受けている他国を援助し、共同で武力攻撃に対処する。

これまで日本政府は、日本国憲法第九条により行使はできないと解釈してきた。しかし、二〇一四年七月一日、安倍内閣は憲法解釈を変更し、集団的自衛権を行使できるという閣議決定がなされた。その際、日本における集団的自衛権の行使の要件として「新三要件」があげられた。①日本に対する武力攻撃、又は日本と密接な関係にある国に対して武力攻撃がなされた時。②それによって「日本国民」に明白な危険があり、集団的自衛権行使以外に方法がない場合。③ただし、必要最小限度の実力行使に留まる必要がある、とするものである。

これに対し、この新しい憲法解釈は、戦争を放棄した憲法九条への違憲とする声が多くあがった。日本弁護士連合会では、これまでの政府が論理的な追及の結果、集団的自衛権の行使を認めてこなかった過程を踏まえ、「長年の議論によって積み重ねられてきた解釈を変更することは、立憲主義の観点から極めて問題」だとする見解をあげた。豊下楢彦・前関西学院大学教授は、「集団的自衛権を行使するということは、軍隊として戦争することに他ならない」としたうえで、集団的自衛権を行使するためには、日本国憲法の改正と自衛隊の正式軍隊化、「開戦規定（宣戦布告を行う規定）」や「交戦規定」を整え、「軍法会議」の設置が必要となってしまうと述べている。

日本の最大の同盟国米国が、シリアやイラクといった中東地域の紛争や、「イスラム国」といったテロ組織に対抗するため、軍事行動を展開する中、今後この「集団的自衛権」が浮上する事は明白である。世界でも希な平和憲法をもつ日本が、国際情勢の中でどのような態度をとるべきか。集団的自衛権は、今後の日本の外交政策においても大きな影響を及ぼすことは間違いない。

■3・11福島原発事故

9・11が世界の転換期を象徴する事件だったとすれば、3・11は文明と日本の近現代を根底から問う事故となった。

福島第一原子力発電事故は、二〇一一年三月一一日午後二時四六分、東北地方太平洋沖地震、東日本大震災による地震動と津波の影響によって、東京電力の福島第一原子力発電所で発生した原子力事故。炉心熔解など一連の放射線物質の放出にともない、国際原子力事象評価尺度において最悪のレベル7に評価され、チェルノブイリ以上の災害となる。

大気中に放出された放射性物質の量は、ヨウ素一三一と、それに換算したセシウム一三七の合計として、約90京ベクレルと推算されている。日本国内では、食品・水道水・大気・海水・土壌等から放射性物質が検出され、住民の避難、作付制限、飲料水・食品に対する暫定規制値の設定や出荷制限といった施策がとられた。福島県飯館村の土壌から1平方メートルあたり約三二六万ベクレルのセシウムが検出され、当地はもとより葛尾村、浪江町、南相馬市、川俣村等々が避難区域となった。福島県の避難者は仮設住宅や埼玉まで移住を余儀なくされた。いまなお帰宅できないものも多く、心身ともに障害をきたしている避難者もいる。居住者のいない汚染された地域は荒涼としたまま放置されている。脱原発運動は、ヒロシマやナガサキの反核、沖縄の反基地闘争とも連携して続けられている。

被爆国であるにもかかわらず戦後の日本は五四基もの原子力発電所を林立させ、福島事故以降停止させたが、日米原子力協定のもとで廃止もかなわず、九州の川内原発は再稼働することに決まった。小出裕章は、あらためて「原子力発電とは、ウランの核分裂反応で出る熱を利用して発電する技術である。ウランを核分裂させれば、核分裂生成物と呼ばれる放射性物質が生まれる。放射性物質とは放射能、つまり放射線を発する能力を持った物質である」と、「核廃絶への道程」(『世界』二〇一五年五月)で述べている。

■日本国憲法第9条

日本国憲法の条文の一つで、憲法前文とともに三大原則の一つである平和主義を規定し、この序文だけで憲法の第2章「戦争の放棄」を構成する。

条文1　日本国民は、正義と秩序を基調とする国際平和を誠実に希求し、国権の発動たる戦争と、武力による威嚇又は武力の行使は、国際紛争を解決する手段としては、永久にこれを放棄する。

条文2　前項の目的を達するため、陸海空軍その他の戦力は、これを保持しない。国の交戦権は、これを認めない。

「戦争の放棄」「戦力の不保持」「交戦権の否認」の三つの規範的要素からなり、憲法前文とともに、日本国憲法を「平和憲法」と呼ぶ所以である。

憲法前文には、「政府の行為によつて再び戦争の惨禍が起ることのないやうにすることを決意し」、「日本国民は、恒久の平和を念願し、人間相互の関係を支配する崇高な理想を深く自覚する」、「われらは、全世界の国民が、ひとしく恐怖と欠乏から免かれ、平和のうちに生存する権利を有することを確認する」とある。伊藤真は「国民投票権を持つ君たちへの憲法授業」(『毎日新聞』夕刊二〇一五年五月一日)で、現憲法の前文について、「『平和的生存権』を世界で初めて人権と位置づけた」といい、「自国だけでなく『全世界の国民』がとあるように、地球的視野で理想の実現のために努力しよう、とまで書いてある」「今なお世界最先端」の憲法と述べている。また、島田雅彦は「憲法という経典」(『朝日新聞』二〇一五年五月二日)で、「現行憲法は単にユートピア的理想を謳ったものでも、時代の要請に応えられなくなった過去の遺物でもなく、日本が歩むべき未来に即した極めて現実的な指針たり得ている」と指摘。「暴力の連鎖を断つ誓い」であり、「戦後日本の信用の源」として「改憲すれば全て失う」とも言及している。

今、憲法第九条にノーベル平和賞を、という運動もある。

戦争に関する女性文学年表

沼田真里＝編

〈凡例〉

一、本年表は、明治維新以降から現代までの女性文学者を中心とする戦争（軍隊、植民地、原爆など）、基地問題、原発問題などにかかわる作品を集めたものである。
一、各年次には、まず主要な戦争に関わる事項（軍隊、植民地、原爆など）、基地問題、原発問題などの社会的事項をあげた。
一、◇には小説、詩歌、戯曲などの創作をあげた。詩歌については基本的に詩集、歌集、句集を取りあげた。ただし、著名な作品については特記した。
一、◆にはエッセイ、ノンフィクションなどを取りあげた。
一、各作品は基本として初出のものを取りあげたが、初出がわからないもの、および重要なものは単行本を取りあげた。
一、作品は「　」で示し、（　）内に初出誌紙を、単行本は『　』で示し、（　）内に発行所をそれぞれ記した。
一、作品が連載である場合は、「〜」として終了年月（新聞、週刊誌などの場合は日も含む）を示した。

一八六八（明治元年）
一月、戊辰戦争始まる（〜六九年五月）。

一八七三（明治6）年
一月、徴兵令発布、二月、仇討禁止令。

一八七四（明治7）年
四月、台湾出兵。

一八七五（明治8）年
九月、江華島事件。

一八七七（明治10）年
二月、西南戦争（〜九月）。

一八八九（明治22）年
二月、大日本帝国憲法発布。

一八九四（明治27）年
八月、日清戦争開戦。

◇一一月、大塚楠緒子「応募兵」（『婦女雑誌』～一二月）。

一八九五（明治28）年

五月、下関条約調印。遼東半島還付の詔勅。六月、台湾総督府開庁。

◇二月、田沢稲舟「消残形見姿絵」（『文藝倶楽部』）。五月、大塚楠緒子「泣くな我子」（『太陽』）。七月、藤井ゆかり「嬉しいなあ」（『文藝倶楽部』）。一二月、三宅花圃（プロクトル作）「萩桔梗」（『文藝倶楽部』）。藤井ゆかり「片時雨」（『文藝倶楽部』）。

一九〇〇（明治33）年

六月、陸軍、清国の義和団の乱制圧で派兵（北清事変）。

一九〇一（明治34）年

二月、愛国婦人会創立。九月、北清事変講和議定書調印。

◆一〇月、奥村五百子「清韓漫遊所感」（『婦人衛生雑誌』～一一月）。

一九〇二（明治35）年

一月、日英同盟協約調印。

一九〇三（明治36）年

六月、東京帝国大学七博士が対露開戦意見書発表。

一一月、内村鑑三・幸徳秋水・堺利彦が非戦を訴え平民社結成。

◇一〇月、管野スガ「絶交」（『基督教世界』八日）。

一九〇四（明治37）年

二月、日露戦争開戦。三月、旅順港閉塞作戦開始。

一二月、旅順二〇三高地占領。

◇三月、管野スガ「日本魂」（『みちのとも』）。四月、管野スガ「小軍人」（『みちのとも』）。石上露子「兵士」（『婦女新聞』一一日）。五月、中山幸子「愛国の軍歌」（『日露戦争実記』）。六月、大塚楠緒子「進撃の歌」（『太陽』）。七月、石上露子「あこがれ」（『明星』）。九月、与謝野晶子「君死に給ふことなかれ」（『明星』）。大塚楠緒子「軍事小説一美人」（『女学世界』）。

◆四月、管野スガ「戦争と婦人」（『みちのとも』）。三輪田正子「戦時女子の心得」（『女鑑』）。下田歌子「広瀬中佐が戦士の報をきゝて悼惜のあまりに」（『日露戦争実記』二八日）。管野スガ「戦争と婦人」（『みちのとも』）。七月、西沢せき「起てや同胞」（『日露戦争実記』)。九月、松浦きぬ「露皇后に奉る」(『中学世界』)。一一月、与謝野晶子「ひらきぶみ」(『明星』)。

一九〇五(明治38)年
一月、第一次ロシア革命勃発。五月、日本海海戦で露国のバルチック艦隊を撃滅。九月、日露講和条約締結、日本は韓国保護国化、樺太の南半分、遼東半島租借権などを獲得。日比谷焼打ち事件で軍隊出動。一〇月、平民社解散。一二月、韓国統督府設置。
◇一月、大塚楠緒子「お百度詣」(『太陽』)。五月、大塚楠緒子「太郎よそなたは」「わしは今日から」(『太陽』)。六月、小山内八千代「蓬生」(『明星』)。
◆一月、下田歌子「戦時に於ける女子の体育に就て」(『婦人衛生雑誌』)。大山捨松「戦時の日本婦人」、鳩山春子「戦時婦人と義勇艦」(『女鑑』)。四月、管野スガ「戦争と婦人」(『みちのとも』)。

一九〇六(明治39)年
三月、伊藤博文韓国統監府の初代統監に就任。八月、関東都督府設置。一一月、南満洲鉄道株式会社設立。
◇一月、大塚楠緒子「炎」(『晴小袖』隆文館)。

一九〇七(明治40)年
一月、福田英子が『世界婦人』創刊。四月、樺太庁設置。六月、ハーグ平和会議。

一九〇八(明治41)年
◇一一月、与謝野晶子「美代子と文ちゃんの歌」(『少女の友』)。

一九〇九(明治42)年
一〇月、伊藤博文がハルビン駅頭で暗殺される。
◇四月、与謝野晶子「女の大将」(『少女の友』)。
◆一一月、一宮操子『蒙古土産』(実業之日本社)。新島八重子「男装して会津城に入りたる当時の苦心」(『婦人世界』)。一二月、野上弥生子「墓地を通る」(『ホトトギス』)。

一九一〇(明治43)年
五月、信州で爆発物製造嫌疑により宮下太吉逮捕、幸徳秋水ら全国の社会主義者に波及し大逆事件に。八月、日韓併合条約締結。九月、朝鮮総督府設置。

一九一一（明治44）年
一月、大逆事件判決、幸徳秋水、菅野スガら一二人死刑。九月、『青鞜』創刊。一〇月、清国で辛亥革命勃発。
◆七月、与謝野晶子『一隅より』（金尾文淵堂）。一二月、阿部春子「清国の革命戦を実見した婦人」（『婦人世界』）。

一九一二（明治45・大正元）年
一月、中華民国建国。七月、明治天皇崩御。
◇一月、与謝野晶子『青海波』（有明館）。
◆一二月、下田歌子「清国動乱と我が女学生」（『婦人世界』）。

一九一三（大正2）年
二月、桂内閣総辞職（大正政変）。
◆一〇月、比志島雪子「戦時を忘れぬ軍人の妻の働き」（『婦人世界』）。

一九一四（大正3）年
六月、オーストリア皇太子夫妻、サラエボで暗殺。七月、第一次世界大戦開戦。八月、日本がドイツに宣戦布告。九月、日本軍山東半島に上陸。一〇月、南洋諸島占領。一一月、青島占領。
◆八月、与謝野晶子「戦争」（『読売新聞』一七日）。九月、与謝野晶子「覇王樹と戦争」（『読売新聞』二八日）。一〇月、下田歌子「戦時における日本婦人の覚悟」（『婦人世界』）。一一月、鳩山春子「戦時の婦人」（『台湾愛国婦人』）。

一九一五（大正4）年
一月、対華二一ヵ条要求提出。
◇一一月、斎賀琴「戦渦」（『青鞜』）。

一九一六（大正5）年
八月、満洲の日本軍が奉天軍と交戦（鄭家屯事件）。

一九一七（大正6）年
三月、ロシアで二月革命。一一月、十月革命勃発、帝政が倒れ、社会主義国家が誕生。
◆一一月、与謝野晶子「学校に於る兵式体操に反対す」（『横浜貿易新報』一五日）。一二月、与謝野晶子「心頭雑草」（『太陽』）。

一九一八（大正7）年
七月、富山県で米騒動勃発（〜一九年）。八月、政府、シベリア出兵宣言。一一月、ドイツ革命で共和国誕生、第一次世界大戦終結。
◆一月、与謝野晶子「婦人と戦後の理想」（『横浜貿易新報』一日）。三月、与謝野晶子「何故の出兵か」（『横浜貿易新報』一七日）。与謝野晶子「紫影録　感想と詩篇」（『婦人公論』）。五月、与謝野晶子「粘土自像」（『太陽』）。与謝野晶子「新時代の勇婦」（『若き友へ』白水社）。一二月、与謝野晶子「心頭雑草の序」（『横浜貿易新報』一五日）。

一九一九（大正8）年
一月、パリ講和会議開催。三月、京城で独立を求める民衆運動、全国に広がる（三・一運動）。四月、李承晩が上海で大韓民国臨時政府樹立。関東都督府廃止、関東庁・関東軍設置。講和会議で日本は独領の山東半島、南洋諸島の利権を要求。五月、山東問題に関し北京で学生が抗議行動（五・四運動）六月、ベルサイユ条約調印。一一月、平塚らいてう、市川房枝らが新婦人協会結成。
◇三月、江口千代「世界同胞」（『赤い鳥』）。
◆五月、与謝野晶子「最近の感想」（『横浜貿易新報』二五日）。一一月、与謝野晶子「最近の感想」（『横浜貿易新報』三〇日）。

一九二〇（大正9）年
一月、国際連盟発足。三月、ソビエトのニコライエフスクでパルチザンが日本軍守備隊襲撃（尼港事件）。戦後反動恐慌勃発。

一九二一（大正10）年
四月、山川菊栄、伊藤野枝ら社会主義婦人団体「赤瀾会」結成。一一月、原首相暗殺。ワシントン軍縮会議開催。

一九二二（大正11）年
四月、治安警察法第五条改正（女子の政談集会への参加許可）。七月、日本共産党結成。
◇一月、宮本百合子「南路」（『太陽』）。
◆一〇月、与謝野晶子「軍閥の罪悪」（『横浜貿易新報』二二日）。

一九二三（大正12）年
九月、関東大震災、直後に社会運動家や朝鮮人多数が検束され虐殺される。一二月、難波大助が摂政裕仁親王を狙撃（虎ノ門事件）。
◆四月、与謝野晶子『愛の創作』（アルス）。

一九二四（大正13）年
一月、中国国民党大会で第一次国共合作成立。六月、『文藝戦線』創刊（～三二年七月）。一二月、市川房枝ら婦人参政権獲得期成同盟会結成。
◆二月、三宅やす子『婦人の立場から』（アルス）。八月、与謝野晶子「最近の感想」（『横浜貿易新報』三一日）。一一月、与謝野晶子「支那を知りたい」（『横浜貿易新報』二日）。一二月、与謝野晶子「日本に敵なし」（『横浜貿易新報』一四日）。

一九二五（大正14）年
四月、治安維持法公布。五月、衆議院議員選挙法改正公布（普通選挙法）。
◆二月、与謝野晶子「泥土自像」（『明星』）。山川菊栄「教育を破壊する軍事教諭」（『婦人之友』）。

一九二六（大正15・昭和元年）年
七月、中国で蒋介石、中国統一のため北伐開始。一二月、日本共産党再建。大正天皇崩御。
◆一〇月、山川菊栄「「婦人の特殊要求」について」（『報知新聞』五～一六日）。

一九二七（昭和2）年
四月、徴兵令を廃し兵役法公布。五月、日本、居留民保護を名目に山東出兵（第一次）。
◇三月、平林たい子「投げすてよ！」（『解放』）。八月、与謝野晶子「孔子の話」（『横浜貿易新報』七日）。九月、平林たい子「施療室にて」（『文藝戦線』）。一〇月、与謝野晶子「猿の座談」（『横浜貿易新報』一六日）。
◆一二月、与謝野晶子「最近の感想」（『横浜貿易新報』一八日）。

一九二八（昭和3）年
三月、全日本無産者芸術連盟（ナップ）結成。共産党関係者一斉検挙（三・一五事件）。四月、山東出兵（第二次）。五月、ナップ『戦旗』を創刊。六月、張

作霖爆殺事件。七月、『女人芸術』創刊（〜三二年六月）。
◆五月、尾崎孝子『美はしき背景』（台北・あらたま発行所）。

一九二九（昭和4）年
二月、プロレタリア作家同盟結成。一〇月、ニューヨーク株式市場大暴落、世界恐慌に発展。一一月、朝鮮光州で反日デモ発生（光州学生事件）。
◇七月、平林たい子「森の中」（『新潮』）。一〇月、平林たい子「朝鮮人」（『文学時代』）。一一月、平林たい子「足」（『殴る』改造社）。一二月、平林たい子「敷設列車」（『改造』）。
◆一一月、平林たい子「婦人と戦争」（『婦人公論』）。

一九三〇（昭和5）年
三月、高群逸枝『婦人戦線』創刊（〜三一年六月）。
一〇月、台湾で霧社事件勃発（〜一二月）。
◆五月、与謝野鉄幹・与謝野晶子『満蒙遊記』（大阪屋号書店）。

一九三一（昭和6）年
四月、第二霧社事件。七月、長春郊外の万宝山で朝鮮人入植者と中国人農民が衝突（万宝山事件）。九月、関東軍が柳条湖で満鉄を爆破（柳条湖事件）。満洲事変に突入。
◇一月、山部歌津子『蕃人ライサ』（銀座書房）。九月、横田文子「導火線」（『女人芸術』）。一一月、林芙美子「清貧の書」（『改造』）。一二月、松田解子「勘定日」（『婦人戦旗』）。
◆二月、与謝野晶子『街頭に送る』（大日本雄弁会講談社）。九月、与謝野晶子「姑息の善用」（『横浜貿易新報』二〇日）。「最近の感想」（『横浜貿易新報』二七日）。

一九三二（昭和7）年
一月、第一次上海事変。二月、国際連盟リットン調査団来日。三月、満洲国建国。五月、海軍士官らによる犬養毅首相暗殺（五・一五事件）。七月、コミンテルンが日本共産党の二七年テーゼ決定。一〇月、大日本国防婦人会結成。
◇三月、与謝野晶子「紅顔の死」（『読売新聞』五日）。
四月、松田解子「或る戦線」（『プロレタリア文学』）。

五月、小坂多喜子「日華製粉神戸工場」（『プロレタリア文学』）。六月、与謝野晶子「日本国民　朝の歌」（『日本女性』）。八月、宮本百合子「一九三二年の春」（『改造』）。一〇月、壺井栄「屍を越えて」（未発表）。

◆一月、与謝野晶子「昭和第七春の初に」（『横浜貿易新報』一日）。二月、林芙美子「西伯利亜の三等列車」（『改造』）。三月、与謝野晶子「日支国民の親和」（『横浜貿易新報』六日）。与謝野晶子「鏡影録」（『横浜貿易新報』一三日）。四月、平林たい子「戦争文学に就て」（『東京朝日新聞』一二日）。与謝野晶子「支那の近き将来」（『横浜貿易新報』八日）。七月、永田美那子『男装従軍記』（日本評論社）。八月、佐多稲子「帝国主義戦争のあと押しをする婦人団体」（『働く婦人』）。

一九三三（昭和8）年

一月、ドイツでヒトラー内閣成立。二月、小林多喜二虐殺。三月、日本、国際連盟脱退。四月、滝川事件。長谷川時雨が『輝ク』創刊（～四一年一一月）。

◇一月、田島ユキ「逆襲」（『文学新聞』一日）。二月、宮本百合子「一九三二年の春」（『プロレタリア文学』）。

野稲ハツ「弟へ」（『働く婦人』）。六月、宮本百合子「刻々」（発表は『中央公論』五一年三月）。

◆八月、岡本かの子「雄弁世界行脚」（『雄弁』）。

一九三四（昭和9）年

二月、プロレタリア作家同盟解散。八月、ヒトラーがドイツ総統となる。

◇一月、宮本百合子「小祝の一家」（『文藝』）。五月、岡本かの子「母と娘」（『女性文化』）。

◆二月、与謝野晶子『優勝者となれ』（天来書房）。八月、岡本かの子「海」（『令女界』）。林芙美子「樺太への旅」（『文藝』）。九月、板垣直子「文学の新動向」（『行動』）。一〇月、板垣直子「転向作家とその進路」（『国民新聞』四日）。一二月、板垣直子「再び転向問題について」（『新潮』）。宮本百合子「冬を越す蕾」（『文藝』）。

一九三五（昭和10）年

二月、美濃部達吉の天皇機関説が貴族院で攻撃される（天皇機関説事件）。

◇一一月、野上弥生子「哀しき少年」（『中央公論』）。

◆一月、長谷川春子『満洲国』（三笠書房）。

一九三六（昭和11）年

二月、陸軍青年将校らによるクーデターで斉藤実内相、高橋是清蔵相ら殺害（二・二六事件）。一一月、日独伊防共協定調印。一二月、中国国民党と共産党が抗日統一戦線結成。

◇一一月、野上弥生子「黒い行列」（『中央公論』）。林芙美子『愛情伝』（美和書房）。川上喜久子「滅亡の門」（『文学界』）一二月、岡本かの子「春」（『文学界』）。譲原昌子「闘い」（『樺太』～三七年二月）。

◆七月、吉屋信子「戦艦比叡便乗記」（『主婦之友』）。

一九三七（昭和12）年

七月、盧溝橋事件勃発、日中戦争に発展。九月、中国で第二次国共合作成立。一二月、日本軍南京を占領、大量虐殺を行う（南京大虐殺）。労農派知識人ら四〇〇人が検挙される（第一次人民戦線事件）。

◇一月、岡本かの子「肉体の神曲」（『三田文学』～一二月）。二月、川上喜久子「光仄かなり」（『文学界』）。五月、牛島春子「王属官」（『大新京日報』二二日～六月四日）。九月、田村俊子「残されたるもの」（『中央公論』）。宮本百合子「築地河岸」（『新女苑』）。一〇月、牛島春子「苦力」（『満洲行政』）。宮本百合子「鏡の中の月」（『若草』）。一一月、平林たい子「燕の都」（『週刊朝日』一日）。野上弥生子「迷路」（『中央公論』）。一二月、岡本かの子「勝ずば」（『新女苑』）。田村俊子「馬が居ない」（『文藝』）。竹内てるよ「新しき花」（『輝ク』）。

◆一月、林芙美子「北京紀行」（『改造』）。二月、宮本百合子「『大人の文学』論の現実性」（『報知新聞』一六～一八日）。三月、宮本百合子「文学における日本的なるもの」（『文藝春秋』）。四月、宮本百合子「今日の文学の鳥瞰図」（『唯物論研究』）。宮本百合子「ヒューマニズムへの道」（『文藝春秋』）。五月、宮本百合子「文学の大衆化論について」（『新潮』）。七月、林芙美子「霞ヶ浦海軍航空隊見学記」（『婦人倶楽部』）。八月、矢田津勢子「千人針」、大谷藤子「旅立ちをひかへて」、森茉莉「銃後」（『輝ク』）。九月、長谷川時雨「兵隊さんに送りたい」、窪川稲子「見送りの唄」、林芙美子「感想」（『輝ク』）。一〇月、吉屋信子「戦禍の北支現地を行く」（『主婦之友』）。林芙美子「この際宣伝省」（『東京朝日新聞』二〇日）。森田たま「家庭風景」、林芙美子「戦争よみもの」（『中央公論』)。宮本百合子「全体主義への吟味」(『自由』)。岡本かの子「わが将士を想ふ言葉」、横山美智子「日本男児を讃ふ」(『輝ク』)。**一一月**、佐多稲子「明日を自らの手で」(『新女苑』)。吉屋信子「戦火の上海決死行」(『主婦之友』)。宮本百合子「身ぶりならぬ慰めを」、佐多稲子「慰問号感想」(『輝ク』)。嘉納とわ「世の母たちを思ふ」(『輝ク』)。吉屋信子『戦禍の北支上海を行く』(新潮社)。**一二月**、岡田禎子「猫ヒス・マダム」(『文学界』)。谷口清子「上海便り第一信」(『輝ク』)。吉屋信子「上海従軍看護婦の決死の働き」(『主婦之友』)。山川菊栄「消費統制と婦人」(『改造』)。

一九三八(昭和13)年

四月、国家総動員法公布。朝鮮志願兵制実施。**七月**、産業報国連盟結成。**九月**、ペン部隊出発。**一一月**、近衛内閣が東亜新秩序建設を表明。

◇**一月**、岡本かの子「蔦の門」(『むらさき』)。宮本百合子「二人いるとき」(『新女苑』)。**二月**、中本たか子「南部鉄瓶工」(『新潮』)。壺井栄「海の音」(『自由』)。**三月**、大原富枝「祝出征」(『文藝首都』)。岡本かの子「やがて五月に」(『文藝』)。林芙美子「黄鶴」(『改造』)。**四月**、牛島春子「雪空」(『満洲行政』)。**七月**、譲原昌子「アパート鳴海館」(『文藝首都』)。**一一月**、譲原昌子「山は霙」(『樺太』)。**一二月**、林芙美子「波濤」(『東京朝日新聞』一二三日~三九年五月一八日)。井上美子『散りにし魂』(散りにし魂刊行所)。

◆**一月**、岡本かの子「神苑朝」(『読売新聞』一日)。岡本かの子「戦時の正月　追憶」(『新日本』)。長谷川春子「包頭ユーモア土産」(『輝ク』)。林芙美子「応召前後　良人を戦地へ送りて」(『婦人公論』)。**二月**、鈴木紀子「南市の薔薇」(『輝ク』)。長谷川春子「河南省最前線」(『改造』)。森三千代「八達嶺驢馬行」(『文藝春秋』増刊号)。**三月**、岡本かの子「出征軍人の妻に贈る」(『文藝春秋』)。杉浦翠子「非常時身辺」(『文藝春秋』)。林芙美子「私の従軍日記」(『婦人公論』)。与謝野晶子「日本の母」(『青年』)。長谷川春子「李守信と蒙軍幹部印象」(『改造』)。**六月**、岡本かの子「事変の秋　出征将士の御家族を思いつつ綴る」(『希望草紙』人文書院)。若林つや「崇貞学寮のお友達へ」(『輝ク』)。**七月**、板垣直子「国策と作家の沈着」(『新潮』)。田村俊子「女の立場から見た世相」(『文

藝春秋　現地報告』）。横田文子「小盗児市場散見記　大連だより」（『輝ク』）。林芙美子「従軍の思い出」、吉屋信子「笠井少佐の俤」（『話』）。**八月**、山岸多嘉子『婦人従軍記』（中央公論社）。**九月**、岡本かの子「女の髪綱」（『日本婦人』）。田村俊子「「麦と兵隊」と「鮑慶郷」」（『文藝』）。林芙美子「行って来ます　漢口従軍を前にして」（『東京朝日新聞』二日）。望月百合子「新京の女性」（『輝ク』）。吉屋信子「海の荒鷲と生活する記」（『主婦之友』）。**一〇月**、林芙美子「前線を行きつつ」（『東京朝日新聞』五日、六日）。吉屋信子「問題の満ソ国境　戦禍の張鼓峯一番乗り」（『主婦之友』）。宇野千代「母性の発見」（『婦人公論』）。**一一月**、吉屋信子「海軍従軍日記　漢口戦攻略戦従軍記」（『主婦之友』）。**一二月**、林芙美子『戦線』（朝日新聞社）。小泉菊枝『満洲人の少女』（満洲国新京・月刊満洲社）。田中楚子（木村毅記）「支那スパイの誘惑を退けて」（『改造』）。長谷川時雨「すべてに感謝を持つて」（『輝ク』）。

一九三九（昭和14）年

二月、国民精神総動員強化方策決定。**五月**、関東軍が外蒙古軍と衝突、七月総攻撃に（ノモンハン事件）。**七月**、国民徴用令公布。**九月**、ドイツ軍がポーランド侵攻、第二次世界大戦勃発。**一一月**、朝鮮人創氏改名公布。

◇**二月**、中本たか子「第一歩」（『文学界』）。**四月**、岡本かの子「河明り」（『中央公論』）。**六月**、宇野千代「花咲かぬ道」（『現代』）。**七月**、円地文子「雹」（『文学者』）。真杉静枝「母の傑作」（『婦人公論』）。佐多稲子「分身」（『文藝春秋』）。**一〇月**、林芙美子「大学生」（『婦人公論』）。**一一月**、林芙美子「明暗」（『日本評論』）。宮本百合子「杉垣」（『中央公論』）。**一二月**、小山いと子「熱風」（『中央公論』）。堤千代「小指」（『オール讀物』）。

◆**一月**、小山いと子「北京西城にて」（『輝ク』）。林芙美子「北岸部隊」（『婦人公論』）。**三月**、板垣直子「戦争文学批判」（『新潮』）。吉屋信子「若き海の勇者と生活する記　江田島海軍兵学校を訪ね」（『主婦之友』）。**五月**、長谷川春子『北支蒙彊戦線』（暁書房）。**六月**、田村俊子「雪の京包線」、山川菊栄「決戦の時機遠し」（『改造』）。**七月**、林芙美子「事変の追想」（『東京朝日新聞』八日）。吉屋信子「長江の花」（『中支派遣海軍作家従軍記』興亜日本社)。**八月**、林芙美子「輝しき追想　風　トールバットの法則」(『文藝』)。**九月**、林芙美子「輝かしき出発」(『東京朝日新聞』一六日)。**一〇月**、大嶽康子『病院船』(女子文苑社)。**一一月**、野上弥生子「大戦の前夜」(『東京朝日新聞』一三、一四日)。

一九四〇(昭和15)年

七月、政府南進決定。**九月**、日本軍北部仏印進駐。日独伊三国同盟成立。**一〇月**、大政翼賛会結成。**一一月**、紀元二六〇〇年行事挙行。大日本産業報国会結成。

◇**一月**、円地文子「てるてる坊主」(『新潮』)。林芙美子「温泉宿」(『日の出』)。林芙美子「十年間」(『婦人公論』)。林芙美子「寿司」(『オール読物』)。宮本百合子「広場」(『文藝』)。譲原昌子「雪の道づれ」(『樺太時報』)。横山美智子「春の声」ほか(『輝ク部隊　陸軍恤兵部』)。与謝野晶子「頌声」(『輝ク』)。矢田津世子『家庭教師』(実業之日本社)。**二月**、壺井栄「廊下」(『文藝』)。宮川マサ子『大地に祈る』(興亜日本社)。**三月**、小山いと子「オイル・シエール」(『日本評論』)。大田洋子「桜の国」(『朝日新聞』一二日〜七月一二日)。**四月**、大庭さち子「いのちの謎」(『オール読物』)。宮本百合子「三月の第四日曜」(『日本評論』)。**五月**、円地文子「夜」(『文学者』)。**七月**、大田洋子「槿花」(『日本評論』)。譲原昌子「芥水」(『早稲田文学』)。**八月**、佐多稲子「岐れ道」(『現代』)。大野良子『馬頭琴』(女性時代社)。斎藤史『魚歌』(ぐろりあ・そさえて)。**九月**、牛島春子「祝という男」(『満洲新聞』二七日〜一〇月八日)。大庭さち子「聖戦の贈物」(『講談倶楽部』)。林芙美子「歴世」(『文藝春秋』)。**一一月**、佐多稲子「視力」(『文藝春秋』)。**一二月**、林芙美子「魚介」(『改造』)。吉屋信子「蔦」ほか(『女流作家十佳作選』興亜日本社)。

◆**一月**、野上弥生子「落人日記」(『婦人公論』)。野上弥生子「巴里の横顔」(『画報躍進之日本』)。村岡花子「時局と子供」ほか(『海の銃後』興亜日本社)。**二月**、林芙美子「雄々しい少年義勇隊」(『東京朝日新聞』一三日)。**四月**、林芙美子「凍れる大地」(『新女苑』)。**六月**、若竹露香『北支の旅』(龍星閣)。**七月**、深尾須磨子『旅情記』(実業之日本社)。**八月**、宮本百合子「昭和の一四年間」(『日本文学入門』日本評論社)。佐多稲子「朝鮮印象記」(『中外商業新報』一七日〜

三〇日)。**九月**、市川房江「新体制下婦人の政治運動」、山川菊栄「新体制下婦人の地位と役割」(『日本評論』)。**一〇月**、生田花世『銃後純情』(道文書院)。岡田禎子「勇士愛　一幕」(『国民娯楽脚本集』第二輯　国民精神総動員中央聯盟)。佐多稲子「日本の女性と戦争」(『女性の言葉』高山書院)。間瀬一恵『大空の遺書』(興亜日本社)。**一一月**、山口さとの『わが愛の記』(金星堂)。吉屋信子「満洲大陸の土に生くる人々」(『主婦之友』)。**一二月**、長谷川春子「河内と海防情景」、吉屋信子「支那難民と私　杉山平助氏に言ふ」(『改造』)。

一九四一(昭和16)年

四月、小学校が国民学校と改称。日ソ中立条約調印。**六月**、独ソ戦開始。**七月**、南部仏印進駐。**一〇月**、東条英機内閣成立。**一二月**、日本軍、マレー半島上陸、ハワイ真珠湾を攻撃、米英に宣戦布告。独伊が米国に戦争布告。

◇**一月**、野上弥生子「山姥」(『中央公論』)。宮本百合子「紙の小旗」(『文藝』)。譲原昌子「焚火」(『樺太』)。**三月**、林芙美子「雨」(『新女苑』~四二年三月)。**四月**、住井すゑ「麦の芽だち」(『子供の村』青梧堂)。宮本百合子「雪の後」(『婦人朝日』)。横山美智子『妻の時代』(富士書店)。牛島春子「張鳳山」(『文学界』)。坂口䙥子「春秋」(『台湾時報』)。**五月**、吉屋信子「驟雨—蘭印の日本婦人の純情哀話」(『主婦之友』)。望月百合子『大陸に生きる』(大和書店)。千葉泰子『軍靴の響』(スメル書房)。**六月**、真杉静枝「烏秋」(『婦人公論』)。**八月**、大田洋子『淡粧』(小山書店)。森三千代「国違ひ」(『新潮』)。**九月**、佐多稲子「旅情」(『中央公論』)。坂口䙥子「鄭一家」(『台湾時報』)。**一〇月**、大谷藤子「良人の影像」(『婦女界』)。矢田津世子「桂子」(『新女苑』)。長谷川時雨『時代の娘』(興亜日本社)。森田たま「祝捷歌」(『楊柳歌』甲鳥書林)。**一一月**、真杉静枝『ことづけ』(新潮社)。**一二月**、譲原昌子「靴」(『早稲田文学』)。

◆**一月**、宮本百合子『文学の進路』(高山書院)。林芙美子「美しい夫婦」(『朝日新聞』二三日)。林芙美子「「戦陣訓」を読みて」(『週刊朝日』二六日)。黒田米子「中支慰問の旅から」ほか(『海の勇士慰問文集』興亜日本社)**二月**、野上弥生子「奪ふな娯楽を」(『朝日新聞』一三日)。林芙美子「民族を護る血—

巡回公演慰問に参加して」（『婦人公論』）。鷲尾よし子『和平来々　満支紀行』（牧書房）。真杉静枝「判りきつたことだが　現地感動の一部」（『輝ク』）。佐多稲子「朝鮮の巫女」（『会館芸術』）。杉山里つ子『従軍看護婦長の手記』（湯川弘文社）。**四月**、横山美智子『生活の目標』（万里閣）。佐多稲子「金剛山にて」（『文庫』）。吉屋信子「蘭印　現地報告」（『主婦之友』）。**六月**、林芙美子「中央協力会議を見て」（『東京朝日新聞』一八～二二日）。真杉静枝『南方紀行』（昭和書房）。生田花世『活かす隣組』（鶴書房）。**七月**、英美子「中南支慰問日誌」（『輝ク』～八月）。林芙美子「北岸部隊の追想」（『少女の友』）。大嶽康子『野戦病院』（主婦之友社）。**八月**、大田洋子「蘇州の水」（『三田文学』）。楠部道子『遡江部隊』（偕成社）。**九月**、熱田優子「輝ク部隊日記」（『輝ク』）。**一〇月**、依田よしゑ『白衣の船』（文晃書院）。壺井栄「野菜行列の弁」（『改造』）。大田洋子「北京を去りし日に」（『月刊文章』）。唐子『皇軍慰問の旅』（新保チヨノ刊）。**一一月**、野上弥生子「スペイン日記」（『改造』）。**一二月**、円地文子『南枝の春』（万里閣）。佐多稲子「満洲の少女工」（『大陸』）。林芙美子「決戦議会の感想」（『満洲日日新聞』一八日）。佐多稲子「海拉爾印象」（『満洲日日新聞』三一日）。

一九四二（昭和17）年

二月、大日本婦人会結成。**四月**、米軍機日本初空襲。**五月**、日本文学報国会結成。**六月**、ミッドウェー海戦で大敗。**八月**、米軍がガダルカナル島上陸。**一一月**、第一回大東亜文学者大会開催。**一二月**、大日本言論報国会結成。

◇**一月**、斎藤史「みいくさ」（『文藝』）。川上喜久子『花園の消息』（第一書房）。**二月**、坂口䙥子「時計草」（『台湾文藝』）。壺井栄「垢」（『現代文学』）。壺井栄「夕焼」（『婦人朝日』～七月）。**三月**、大田洋子「雪後抄」（『短歌研究』）。**四月**、牛島春子「女」（『藝文』）。宇野千代「妻の手紙」（『中央公論』、『文学界』七月、九月）。岡田禎子『祖国』（拓南社）。**五月**、真杉静枝「坂道」（『新女苑』）。吉屋信子「月から来た男」（『主婦之友』～四三年七月）。森三千代「安南」（『中央公論』）。**七月**、大庭さち子「幸福」（『若草』）。佐多稲子「気づかざりき」（『婦人日本』～一二月）。堤千代「撫子の記」（『主婦の友』）。**八月**、横山美智子『純

愛』（武蔵書房）。**九月**、牛島春子「福寿草」（『中央公論』）。**一〇月**、壺井栄「五目ずし」（『オール読物』）。由利聖子『蕾物語』（実業之日本社）。**一一月**、佐多稲子「南京の驟雨」（『オール読物』）。大田洋子「紅葦」（『野の子花の子』有光社）。堤千代「白鷺」（『主婦之友』）。深尾須磨子『赤道祭』（鶴書房）。**一二月**、斎藤史「北の防人を偲びて」（『文藝春秋』）。

◆**一月**、吉屋信子「仏印に来りて　ハノイにて　南方基地仏印現地報告」（『主婦之友』）。**二月**、吉屋信子「仏印・泰国従軍記　十二月八日の仏印」（『主婦之友』）。山田わか「戦乱の欧州より還りて」（『主婦之友』）。佐多稲子「婦人の能力の活用」（『婦人公論』）。佐多稲子「われらの決意」（『婦人朝日』）。佐多稲子「点数生活」（『東京日日新聞』一二日）。**四月**、佐多稲子「奉天所感」（『観光東亜』）。**五月**、岡田禎子「ひそやかな感謝祭」（『婦女界』）。大谷藤子ほか「『軍神の母』感涙訪問」（『婦人倶楽部』）。佐多稲子「朝鮮でのあれこれ」（『文化朝鮮』）。野上弥生子『欧米の旅』上・下（岩波書店、～四三年六月）。**六月**、林芙美子「海軍兵学校訪問」（『婦人朝日』）。真杉静枝「晴れた伊豆の日」（『オール読物』）。吉屋信子「空襲と牡丹の花」（『婦人公論』）。佐多稲子「中支の言葉」（『読売新聞』二〇日）。小泉菊枝『満洲少女』（全国書房）。吉尾なつ子『千島』（三崎書房）。**七月**、吉尾なつ子『軍神の母』（三崎書房）。佐多稲子「最前線の人々」「作戦地区の空」（『日の出』）。真杉静枝「突端の中隊」（『新潮』）。佐多稲子「中支から帰つて」（『週刊少国民』二六日）。**八月**、森田たま『秋茄子』（実業之日本社）。佐多稲子「中支の兵隊さん達」（『婦人朝日』）。佐多稲子「中支で逢つた或る二人の女性」（『芸能文化』）。真杉静枝「絶対面に立つ人達」（『婦人公論』）。森三千代『晴れ渡る仏印』（室戸書房）。**九月**、佐多稲子「中支戦線の人々」（『文庫』）。**一〇月**、永瀬清子「よあけのゆめ」（『文学界』）。村岡花子『母心抄』（西村書店）。**一一月**、板垣直子「国民文学論」（『現代の文藝評論』第一書房）。深尾須磨子『赤道祭』（鶴書房）。村岡花子「私の念願　大東亜文学者大会に寄す」（『日本学芸新聞』一日）。**一二月**、岡田禎子「病院船」（『改造』）。佐多稲子「二つの前線」（『オール読物』）。佐多稲子「マライの女性」（『北海道新聞』一二日）。佐多稲子『続・女性の言葉』（高山書院）。横山美智子『若き生命』（新生社書店）。

一九四三（昭和18）年

二月、ガダルカナル島撤退開始。**四月**、ソロモン諸島上空で山本五十六連合艦隊司令長官戦死。**五月**、アッツ島日本軍玉砕。**九月**、イタリアが無条件降伏。**一〇月**、学徒出陣壮行大会。

◇**二月**、平松節子「若い雲」（『キング』）。真杉静枝「その姉」（『日の出』）。譲原昌子「郷愁」（『北方日本』）。**三月**、柳原白蓮『民族のともしび』（奥川書房）。大田洋子『たたかひの娘』（報国社）。大庭さち子「みたみわれら」（『大衆文藝』）。壺井栄「夕顔の言葉」（『日本少女』）。斎藤史「撃ちてしやまむ」（『文藝』）。**四月**、中本たか子『前進する女たち』（金鈴社）。真杉静枝『母と妻』（全国書房）。譲原昌子「章子といふ女」（『北方日本』）。**六月**、円地文子『南支の女』（古明地書店）。**七月**、佐多稲子「挿話」（『新潮』）。坂口䙥子「曙光」（『台湾文藝』）。真杉静枝『帰休三日間』（秩父書房）。壺井栄「軍艦献納」ほか（日本文学報告会編『辻小説集』八紘社杉山書店）。斎藤史『朱天』（甲鳥書林）。**八月**、大原富枝「若き渓間」（『改造』）。**九月**、佐多稲子「髪の嘆き」（『オール読物』）。佐多稲子「ゴムの実」（『小国民の友』）。佐多稲子「台湾の旅」（『台湾公論』～四四年一月）。大庭さち子『みたみわれら（民族の記憶）』（春陽堂書店）。**一〇月**、壺井栄「海風」（『日本女性』～一二月）。**一一月**、中本たか子『新しき情熱』（金鈴社）。**一二月**、坂口䙥子「灯」（『台湾文学』）。宇野千代『日露の戦聞書』（文体社）。

◆**一月**、林芙美子「原住民と融合ふ心」（『朝日新聞』一二日）。佐多稲子「激戦地にカンナの花」（『セレベス新聞』五日）。**二月**、岡田禎子「南支皇軍慰問行」（『病院船従軍記』主婦之友社）。松井糸子『灯心草』（大新社）。**三月**、井原秀子『戦線の夫へ』（報道出版社）。佐多稲子「旅の日記」（『婦人日本』）。大田洋子「十二月八日の夜」（『暁は美しく』赤塚書房）。**四月**、壺井栄「平凡の美徳」ほか（日本文学報国会編『日本の母』春陽堂書店）。岡田八千代「南支皇軍慰問」「木莉の花（ジャスミン）」（『白蘭』大元社）。**五月**、板垣直子『現代日本の戦争文学』（六興商会出版部）。林芙美子「祖国の首相を迎ふ」（『朝日新聞』七日）。**六月**、林芙美子「スマトラ　西風の島」（『改造』）。

佐多稲子「南の女の表情」(『文藝』)。佐多稲子「南の農園」(『東京新聞』八〜一〇日)。栗原貞代『傷兵の母』(愛亜書房)。**七月**、佐多稲子「マライの旅」(『日の出』)。佐多稲子「南方より帰りて」(『読売報知新聞』(上)一三日、(下)一七日)。大石千代子『交換船』(金星堂)。**八月**、佐多稲子「南からのお客様」(『毎日新聞』一八〜一九日)。木村彩子『仏印・泰・印象記』(愛読社)。**九月**、佐多稲子「戦ふ鉛山の人々を訪ねて」(『婦人倶楽部』)。佐多稲子「船中の立話」(『週刊毎日』五日)。佐多稲子「母ありて翼つよし」(『読売報知新聞』二二日)。深尾須磨子『沈まぬ船』(一條書房)。**一〇月**、佐多稲子「空を征く心」(『婦人公論』)。英美子『弾の跡へ』(文琳堂双魚房)。壺井栄「日本の母(二)」(『小熊座』三杏書院)。**一二月**、岡田禎子「少年兵随筆」(『改造』)。

一九四四(昭和19)年

四月、朝鮮人に徴兵制施行。**六月**、日本軍マリアナ沖海戦で大敗。**七月**、サイパン島で日本軍玉砕。**八月**、女子挺身隊結成。テニヤン島、グアム島で日本軍玉砕。**九月**、台湾で徴兵制施行。**一〇月**、神風特攻隊初出撃。**一一月**、本土空襲本格化。

◇**三月**、川上小夜子「河内野集」(『朝こゝろ』京成社出版部)。**四月**、壺井栄「勝つまでは」(『文学報国』二〇日)。大原富枝「二番稲」(『文藝』)。吉尾なつ子「わが縁」(『国民文学』)。吉屋信子『海の喇叭』(日の出書院)。壺井栄「絣の着物」(『文芸読物』)。**五月**、林芙美子「少年通信兵」(『満洲日報』一〜一二日)。**六月**、佐多稲子『若き妻たち』(葛城書店)。**七月**、今井邦子「サイパンの婦女を歌ふ」(『文学報国』二〇日)。**九月**、壺井栄「千代紙」(『少国民の友』)。**一〇月**、若山喜志子「敵はけだもの」(『文学報国』二〇日)。壺井栄「おばあさんの誕生日」(『少女の友』)。**一一月**、住井すゑ「綿の花」(日本少国民文化協会編『小さい戦友』小学館)。

◆**一月**、野上弥生子「人口疎開と学童の問題」(『朝日新聞』二八〜三〇日)。大嶽康子「交換船」(『主婦之友』)。住井すゑ「南の河童」(『文学報国』一〇日)。**二月**、阿部艶子『比島日記』(東邦社)。吉屋信子「十二月八日の西貢」(『月から来た男』白林書房)。**三月**、佐多稲子「生きた兵器」(『満洲新聞』四〜二六日)。青木ヒサ『帝亜丸の報告』(前田書房)。美川キヨ『南ノ旅カラ』（文松堂書店）。**四月**、大田洋子「適応性の努力」（『文学報国』一日）。林芙美子「村の宝」（『文学報国』二〇日）。壺井栄「貯蓄の父を訪ねて」（『銃後の戦果』大政翼賛会宣伝部）。**五月**、斎藤史『春寒記』（乾元社）。**七月**、円地文子「大いなる光」（『文学報国』一〇日）。**八月**、今井邦子「別離にも強い心」（『朝日新聞』一三日）。林芙美子「総ての私欲を抛たう」（『朝日新聞』二三日）。**九月**、壺井栄「正直の喪失　筆を捨つること勿れ」（『文学報国』一日）。**一一月**、丸井妙子『たゝかひの蔭に』（台湾公論社出版社部）。

一九四五（昭和20）年

三月、硫黄島の日本軍全滅。東京大空襲。**五月**、ドイツ降伏。**六月**、米軍沖縄占領。花岡鉱山で中国人集団脱走、軍隊が鎮圧（花岡事件）。**七月**、連合国、ポツダム会談。**八月**、広島・長崎に原爆投下。ソ連参戦。日本、ポツダム宣言受諾。マッカーサー来日。連合国総司令部（ＧＨＱ）設置。**一〇月**、国際連合発足。

◇**二月**、辻村もと子「月影」（『日本文学者』）。大田洋子「白雁」（『新青年』）。**四月**、野村玉枝『ひとすちの道』（八雲書店）。**九月**、森三千代「夏もすぎぬ」（『藝苑』）。**一一月**、堤千代「冬を越す日」（『主婦之友』）。牛島春子「過去」（『文藝』）。佐多稲子「姉妹」（『日の出』）。**一二月**、堤千代「鳩の指輪」（『主婦之友』）。壺井栄『松のたより』（飛鳥書店）。

◆**一月**、大田洋子「節操を保つもの・文学」、城夏子「新しい心の糧・読書」、阿部静枝「戦ふ空の下に・防空」、永瀬清子「最早掌は柔くない・挺身隊」、江間章子「大家族主義の姿・隣組」、村岡花子「一人の母の眼で・疎開児童」（『文学報国』一〇日）。**二月**、野上弥生子「更に幅を広く」（『朝日新聞』五日）。**三月**、佐多稲子「工場は戦場」（『日の出』）。**八月**、大田洋子「海底のやうな光―原子爆弾の空襲に遭つて」（『朝日新聞』三〇日）。**一二月**、佐多稲子「省みる「私らしさ」」（『東京新聞』八日）。

一九四六（昭和21）年

一月、天皇人間宣言。『近代文学』創刊。「政治と文学論争」起こる。**四月**、総選挙で女性議員三九人当選。**五月**、極東国際軍事裁判開廷。**一一月**、日本国憲法公布。**一二月**、第一次インドシナ戦争勃発。

◇一月、林芙美子「なぐさめ」(『サンデー毎日』新春特別号)。林芙美子「吹雪」(『人間』)。二月、中里恒子「まりあんぬ物語」(『人間』)。林芙美子「雨」(『新潮』)。林芙美子「浮き沈み」(『オール読物』)。平林たい子「一人行く」(『文藝春秋』)。壺井栄「戦争がくれた赤ン坊」(『婦人倶楽部』)。三月、平林たい子「盲中国兵」(『言論』)。宮本百合子「播州平野」(『新日本文学』~『潮流』一一月)。壺井栄「表札」(『思潮』)。四月、野上弥生子「砂糖」(『世界』)。網野菊「憑きもの」(『世界』)。五月、林芙美子「放牧」(『文藝春秋』別冊)。芝木好子「再会」(『文化娯楽』)。六月、網野菊「初夜襲」(『暁鐘』)。林芙美子「うき草」(『婦人公論』)。林芙美子「ボルネオ・ダイヤ」(『改造』)。佐多稲子「女作者」(『評論』)。吉屋信子「花鳥」(『婦人文庫』~四七年六月)。七月、林芙美子「作家の手記」(『紺青』~一二月)。網野菊「お妾横町」(『新文学』)。大田洋子「仮睡」(『婦人画報』~八月)。平林たい子「桜の下にて」(『新女苑』)。八月、佐多稲子「ある女の戸籍」(『婦人民主新聞』二二日~四七年九月二五日)。芝木好子「女一人」(『文藝』)。林芙美子『旅情の海』(新潮社)。栗原貞子『黒い卵』(中国文化発行所)。九月、宮本百合子「風知草」(『文藝春秋』~一一月)。野溝七生子「曼珠沙華の」(『芸苑』)。一〇月、林芙美子「美しい犬」(『こども朝日』一五日)。平林たい子「こういふ女」(『展望』)。一一月、野上弥生子「狐」(『改造』)。池田みち子「眼に青葉」(『三田文学』)。一二月、林芙美子「おにおん倶楽部」(『少年読売』二〇日)。林芙美子『うき草』(丹頂書房)。阿部光子「彌撒」(『文学季刊』)。

◆一月、野上弥生子「山彦」(『文藝春秋』)。宮本百合子「歌声よ、おこれ」(『新日本文学』)。二月、平林たい子「終戦日誌」(『中央公論』)。佐多稲子「作家の反省」(『女性線』)。野上弥生子『続山荘記』(生活社)。三月、野上弥生子「まるい卵」(『新日本文学』)。四月、野上弥生子「政治への開眼」(『婦人公論』)。宮本百合子『私たちの建設』(実業之日本社)。六月、平林たい子「戦争抛棄と婦人」(『時論』)。七月、林芙美子「童話の世界」(『新潮』)。八月、林芙美子「歴史の一齣」(『女性改造』)。一二月、佐多稲子「未亡人の生きる道」(『婦人公論』)。羽仁説子「新憲法の成立を記念して」(『婦人民主新聞』一七日)。

一九四七（昭和22）年
一月、GHQがゼネスト中止命令。五月、日本国憲法施行。一〇月、改正刑法公布。一二月、改正民法公布。
◇一月、牛島春子「笙子」（『芸林閒歩』）。野上弥生子「神様」（『新潮』）。林芙美子「雪の町」（『苦楽』）。林芙美子「指」（『女性改造』）。林芙美子「河沙魚」（『人間』）。野上彌生子「転生」（『人間』）。阿部光子「いくよねざめぬ」（『三田文学』）。大田洋子『真昼の情熱』（丹頂書房）。二月、林芙美子「夜福」（『旅館のバイブル』）。池田みち子「情人」（『女性改造』）。網野菊「冷たい心」（『新潮』）。円地文子「ひとりの女」（『婦人文庫』）。三月、謙原昌子「雪明り」（『女性改造』）。真杉静枝「出発のあと」（『文藝春秋』）。四月、林芙美子「暗い花」（『新世間』）。林芙美子「ボナアルの黄昏」（『新女苑』）。平林たい子「冬の物語」（『人間』）。網野菊「金の棺」（『世界』）。野上弥生子「鍵」（『芸林閒歩』）。大田洋子「六如抄」（『新小説』）。壺井栄「浜辺の四季」（『別冊文藝春秋』）。六月、林芙美子「麗しき脊髄」（『別冊文藝春秋』）。林芙美子「夢一夜」（『改造』）。七月、大原富枝「冬至」（『群像』）。松田美紀「浜辺の歌」（『新潮』）。八月、林芙美子「うず潮」（『毎日新聞』一日～一一月二四日）。森三千代「青春の記憶」（『女性改造』）。平林たい子「彼女の訪問」（『婦人公論』）。佐多稲子『樹々のさやぎ』（小澤書店）一〇月、宮本百合子「道標」（『展望』～五〇年一二月）。大田洋子「かへらぬひと」（『女性ライフ』）。林芙美子「崩浪亭主人」（『小説新潮』）。一一月、平林たい子「私は生きる」（『日本小説』）。一二月、林芙美子『お父さん』（紀元社）。林芙美子「淪落」（『女性ライフ』）。正田篠枝『さんげ』（私家版・非売品）。
◆二月、野上弥生子「女の手帳」（『山彦』生活社）。

一九四八（昭和23）年
四月、朝鮮、済州島で武装蜂起（四・三事件）。五月、イスラエル建国、第一次中東戦争勃発。八月、大韓民国樹立。九月、朝鮮民主主義人民共和国樹立。一一月、極東国際軍事裁判で二五人に有罪判決、東条英機ら七人が絞首刑に。
◇一月、野溝七生子「など呼びさます春の風」（『婦人文庫』～四月）。林芙美子「夜の蝙蝠傘」（『新潮』）。大田洋子「渇くひと」（『自由婦人』）。吉屋信子『歌枕』（矢貫書店）。吉屋信子「麻雀」（『小説と読物』）。中村汀女『花影』（三有社）。**二月**、林芙美子「太閤さん」（『小説新潮』）。林芙美子「幕切れ」（『オール読物』）。大田洋子「河原」（『小説』）。中本たか子「ろうそくの焔」（『女性改造』）。**三月**、林芙美子「荒野の虹」（『改造文藝』）。平林たい子「堕ちた人」（『婦人画報』）。吉屋信子「外交官」（『現代読物』）。吉屋信子「かげろう」（『現代婦人』）。吉屋信子「麻雀」（『小説と読物』）。北畠八穂「星の字」（『新潮』）。大田洋子『情炎』（新人社）。**四月**、林芙美子「あじさゐ」（『別冊文藝春秋』）。林芙美子「盲目の詩」（『サンデー毎日』別冊）。五島美代子『丘の上』（弘文社）。大谷藤子「よもぎ餅」（『婦人』）。**五月**、林芙美子「人生の河」（『サンデー毎日』二日～八月一日）。林芙美子「別れて旅立つ時」（『人間』）。譲原昌子「つんどらの碑」（『大学』）。吉屋信子「花の詐欺師」（『小説の泉』）。大田洋子「牢獄の詩」（『新日本文学』）。**六月**、佐多稲子「虚偽」（『人間』）。松田解子「尾」（『新日本文学』）。平林たい子「人生実験」（『世界』）。**七月**、中里恒子「余つた命」（『女性改造』）。竹本員子「遺族」（『新日本文学』）。**八月**、松田解子「三つめの乳房」（『勤労者文学』）。松田解子「母」（『新小説』）。峯雪栄「早春」（『日本小説』）。**九月**、大田洋子「不知世」（『新小説』）。佐多稲子「泡沫の記録」（『光』）。林芙美子「野火の果て」（『人間』）。**一〇月**、林芙美子「退屈な霜」、松田美紀「二十歳の周囲」（『新潮』）。森三千代「江戸町」（『日本小説』）。**一一月**、林芙美子「晩菊」（『別冊文藝春秋』）。大田洋子「人世座」（『婦人画報』）。池田みち子「落魄」（『女性改造』）。峯雪栄「青い花」（『女性改造』）。真杉静枝『花怨』（六興出版部）。大田洋子『屍の街』（削除版、中央公論社）。**一二月**、池田みち子「被虐の愛情」（『りべらる』）。野上弥生子『迷路』（岩波書店）。吉屋信子『翡翠』（共立書房）。

◆**四月**、宮本百合子「世界は平和を欲す」（『青年ノ旗』一〇日）。**六月**、平林たい子「練馬日記」（『明日』）。宮本百合子「戦争と婦人作家」（『アカハタ』一四日）。**七月**、宮本百合子「平和への荷役」（『婦人公論』）。**八月**、平林たい子「諏訪にて」（『作品』）。大田洋子「再びあの日のなきことを」（『民国』）。宮本百合子「三年たった今日」（『新日本文学』）。大田洋子「あらゆる知能と善意を」、宮本百合子「わたしたちは平和を手離さない」（『婦人民主新聞』一二日）。**九月**、佐多

稲子「婦人と新聞」（『婦人民主新聞』二五日）。

一九四九（昭和24）年

四月、ＮＡＴＯ（北大西洋条約機構）結成。**六月、**ソ連引揚再開第一船、舞鶴入港。

◇**一月、**佐多稲子「あるひとりの妻」（『世界』）。池田みち子「国際都市」（『日本小説』）。畔柳二美「夫婦とは」（『女人芸術』）。野上弥生子「迷路」第三部～第六部（『世界』～五六年一〇月）。佐多稲子『開かれた扉』（八雲書店）。**二月、**林芙美子「骨」（『中央公論』）。林芙美子「水仙」（『小説新潮』）。**三月、**大原富枝「女の翼」（『改造』）。早船ちよ「季節の聲」（『新日本文学』）。佐多稲子『私の東京地図』（新日本文学会）。**四月、**林芙美子「白鷺」（『文学季刊』二五日）。林芙美子「下町」（『別冊小説新潮』）。藤原てい『流れる星は生きている』（日比谷出版社）。譲原昌子「朝鮮ヤキ」（『新日本文学』）。**五月、**林芙美子「うなぎ」（『文藝読物』）。林芙美子「トランク」（『文学界』）。**六月、**譲原昌子「北極星」（『健康会議』～七月）。平林たい子「結婚」（『群像』）。**七月、**林芙美子「松葉牡丹」（『改造文藝』）。大田洋子「洗心抄」（『婦人文庫』）。**八月、**平林たい子「いが栗頭の女」（『オール読物』）。岩井苑子「アリスの帰国」（『三田文学』）。宮本百合子「道標」第三部（『展望』～五〇年一二月）。安部和枝「小さき十字架を負いて」（『週刊朝日』一四日）。大田洋子「8月6日8時15分」（『改造』）。大田洋子「原子爆弾」（『働く婦人』）。**九月、**久坂葉子「入梅」（『VIKING』）。由起しげ子「警視総監の笑ひ」（『文学界』）。**一一月、**林芙美子「浮雲」（『風雪』～五〇年八月、『文学界』五一年四月）。平林たい子「お君さん・お光さん」（『文学界』）。**一二月、**林芙美子「鴉」（『文学界』）。平林たい子「三十歳代」（『女性改造』）。大田洋子『ホテル・白孔雀』（ポプラ社）。

◆**二月、**宮本百合子「未亡人への返事」（『婦人』）。「ファシズムは生きている」（『われらの仲間』）。**四月、**宮本百合子「平和をわれらに」（『青年新聞』一一日）。柳原燁子（白蓮）「誰故にこの嘆きを」（『婦人民主新聞』一三日）。宮本百合子「その願いを現実に」（『婦人民主クラブ』一三日）。**七月、**宮本百合子「平和運動と文学者」（『新日本文学』）。**八月、**大田洋子「いまだ癒えぬ傷あと」（『婦人』）。宮本百合子「作家は戦争挑発とたたかう」（『文学新聞』一五日）。宮本百合子「わたしたちには選ぶ権利がある」（『婦人民主新聞』一三日）。九月、宮本百合子「新しい抵抗について」（『学生評論』）。大田洋子「積みかさなる誤り」（『婦人民主新聞』三〇日）。一〇月、宮本百合子「「ヒロシマ」と「アダノの鐘」について」（『青年新聞』四日）。幸田文「父露伴の性教育　啐啄」（『女性改造』）。

一九五〇（昭和25）年

六月、朝鮮戦争勃発。七月、レッドパージ始まる。八月、警察予備隊発足。

◇一月、大田洋子「今日的」（『新日本文学』）。大田洋子「誘惑者」（『婦人画報』）。山代巴「あらし」、石井ふじ子「雨靴」（『新日本文学』）。壺井栄「屋根裏の記録」（『中央公論文芸特集』）。二月、小山いと子「執行猶予」（『中央公論』）。佐多稲子「秋風」（『中央公論』）。林芙美子「軍歌」（『新潮』）。畔柳二美「銀夫婦の歌」（『人間』）。大田洋子「紅と赤いきものと血」（『女性改造』～三月）。三月、中里恒子「白き暖炉の前」（『人間』）。林芙美子「残照」（『文藝春秋』）。佐多稲子「霜どけ」（『群像』）。林芙美子「めかくし鳳凰」（『人間』）。真杉静枝「眞李子」（『別冊文藝春秋』）。吉屋信子「生霊」（『週刊朝日』一日）。四月、林芙美子「瀑布」（『中央公論』）。大田洋子「人の影」（『文芸読物』）。森三千代「根なし草」（『文学界』）。六月、宇野千代「おはん」（『中央公論』～五七年五月）。芝木好子「影」（『文学界』）。七月、吉屋信子「鶴」（『中央公論』）。八月、大田洋子「人間襤褸」（『改造』、『世界』五一年二・三月、『人間』六月～八月）。九月、佐多稲子「白と紫」（『人間』）。壺井栄「桟橋」（『群像』）。松田解子「蛆」（『新日本文学』）。一〇月、林芙美子「折れ蘆」（『新潮』）。林芙美子「金糸雀」（『別冊文藝春秋』）。一一月、由起しげ子「国籍」（『新潮』）。早船ちよ「雨季」（『眞日本文学』）。一二月、平林たい子「この民かの民」、林芙美子「自動車の客」（『別冊文藝春秋』）。藤原てい『灰色の丘』（宝文館）。

◆六月、宮本百合子・宮本顕治『十二年の手紙　その一』（筑摩書房）。七月、宮本百合子「われわれの今なすべきこと」（『労働新聞』七日）。宮本百合子「平和の願いは厳粛である」（『婦人民主新聞』二九日）。八月、大田洋子「戦争と文学者」（『日本読書新聞』二日）。野上弥生子「二つの声―ダレスさんにお託した声明書について」（『女性改造』）。**九月**、野上弥生子「トルーマン大統領への公開状」（『改造』）。吉屋信子「久遠の女性」（『朝日新聞』一三日）。平塚らいてう「非武装の平和」（『婦人民主新聞』二九日）。**一〇月**、宮本百合子「私の信条」（『世界』）。**一一月**、林芙美子「二人の妻」（『朝日新聞』二二日）。

一九五一（昭和26）年

四月、マッカーサー離日。**九月**、サンフランシスコ講和条約・日米安保条約調印。

◇**一月**、林芙美子「浮洲」（『文藝春秋』）。山代巴「芽ぐむ頃」（『新日本文学』）。**二月**、林芙美子「童話」（『新潮』）。吉屋信子「鬼火」（『婦人公論』）。大田洋子「過去」（『婦人公論』）。**三月**、大谷藤子「妻の戒名」（『改造』）。宮本百合子「刻々」（『中央公論』）。由起しげ子「告別」（『文学界』）。**四月**、牛島春子「ある旅」（『九州文学』）。**五月**、林芙美子「御室の桜樹」（『別冊文藝春秋』）。山田あき『紺』（歌壇新報社）。**六月**、吉屋信子「手毬唄」（『オール読物』）。**七月**、佐多稲子「歴訪」（『文学界』）。平林たい子「マッカーサー夫人」（『主婦之友』）。網野菊「一つの死」（『群像』）。畔柳二美「限りなき困惑」（『人間』）。**八月**、壺井栄「静か雨」（『新日本文学』）。畔柳二美「川音」（『文藝』）。大田洋子『人間襤褸』（河出書房）。**九月**、平林たい子「二月の雪」（『中央公論』）。佐多稲子「連繋」「みどりの並木道」（『世界』『新日本文学』～五二年一月）。**一〇月**、小山いと子「虹炎ゆ」（『婦人公論』～一二月）。**一一月**、真杉静枝「アナタハンに居た男」（『小説新潮』）。大田洋子「恋」（『文学界』）。大田洋子「灯」（『新女苑』）。大田洋子「城」（『群像』）。壺井栄『母のない子と子のない母と』（光文社）。**一二月**、網野菊「東満国境」（『文藝』）。由起しげ子「指環の話」（『別冊文藝春秋』）。

◆**一月**、平林たい子「平和への道」（『婦人民主新聞』一日）。宮本百合子「世界は求めている、平和を！」（『婦人民主新聞』一日）。佐多稲子「はげしい闘いの一生」（『婦人民主新聞』二八日）。**二月**、壺井栄「「戦争はいやだ」という要求」（『婦人民主新聞』二五日）。平塚らいてう「窮極の平和を目ざして」（『婦人公論』）。**三月**、平林たい子「自衛隊と婦人作家の立場」（『改造』）。佐多稲子「婦人は再軍備に絶対反対する」（『新日本文学』）。宮本百合子『道標』を書きおえて」

（『新日本文学』）。**四月**、宮本百合子「若き僚友に」（『新日本文学』）。宮本百合子・宮本顕治『十二年の手紙　その二』（筑摩書房）。**五月**、大田洋子「死の魔手」（『婦人公論』）。佐多稲子「平和への弾圧」（『婦人民主新聞』二〇日）。**八月**、大田洋子「原民喜の死について」（『近代文学』）。**九月**、野上弥生子「山よりの手紙—若き友へ」（『世界』）。

一九五二（昭和27）年

一月、韓国が日本海・東シナ海に軍事境界線李承晩ライン設定。**二月**、沖縄米民生局が琉球政府設立。**八月**、広島で「原爆被害者の会」発足。**一一月**、米国、南太平洋で水爆実験。

◇**一月**、畔柳二美「四つの箱」（『新日本文学』）。**二月**、芝木好子「異郷」（『小説新潮』）。佐多稲子「無数の一人」（『群像』）。壺井栄「二十四の瞳」（『ニューエイジ』～一一月）。稲田美穂子「見知られぬ旅」（『広島文学』）。**四月**、円地文子「金盃の話」（『小説朝日』）。畔柳二美「艶」（『中央公論』）。**五月**、本田みつの『朱机』（女人短歌会）。**六月**、牛島春子「十字路」（『寂寥派』）。平林たい子「ある細君」（『小説新潮』）。大田洋子「暴露の時間」（『世界』）。大田洋子「どこまで」（『小説公園』）。**七月**、壺井栄「謀叛気」（『文藝春秋』）。**八月**、大塚登志子「ある場所の八月十五日」（『新日本文学』）。**九月**、上田芳江「焔の女」（『早稲田文学』）。吉屋信子「生死」（『週刊朝日』五日）。**一〇月**、畔柳二美「ある男」（『新日本文学』）。**一一月**、吉屋信子「黄梅院様」（『小説新潮』）。大原富枝「あひびき」（『小説新潮』）。**一二月**、佐多稲子「今日になっての話」（『文学界』）。平林たい子「北海道千歳の女」（『小説新潮』）。真杉静枝「本日は晴天」（『小説新潮』）。

◆**三月**、中本たか子「基地「たちかわ」の横顔」「新風俗街「ふっさ」」（『新日本文学』）。**四月**、平林たい子「戦争混血児をいかに」（『週刊朝日』二〇日）。**五月**、佐多稲子「メーデー事件と破防法」（『婦人民主新聞』一五日）。**七月**、大田洋子「生きのこりのことば」（『毎日新聞』一一日）。平林たい子「東ベルリン」（『毎日新聞』二七日）。**八月**、大田洋子「広島から来た娘たち」（『世界』）。**一〇月**、野上弥生子「パンパンと貿易」（『婦人公論』）。平林たい子「原子爆弾について」（『群像』）。宮本百合子「今日の文学の展望」（『宮本百合子全集』第八巻、河出書房）。宮本百合子・宮本顕治『十二年の手紙　その三』（筑摩書房）。一一月、板垣直子「国民文学論、その他―国民感情を養った晩翠の詩」（『出版ニュース』上旬号）。大田洋子「生き残りの心理」（『改造』）。

一九五三（昭和28）年

一月、南方八島の戦死者遺骨収集船が出航。三月、中国からの第一次引揚船入港。七月、朝鮮休戦協定。八月、内灘基地反対闘争。一〇月、池田・ロバートソン会談、一八万人規模の陸上部隊創設などで共同声明。一二月、奄美群島返還。

◇一月、平林たい子「国際女優」（『オール読物』）。森三千代「新宿に雨降る」（『小説新潮』）。竹本貞子「麦畑」（『新日本文学』）。吉屋信子「凍蝶」（『文藝春秋』）。二月、小山いと子「停電」（『別冊文藝春秋』）。三月、佐多稲子「移りかはり」（『小説新潮』）。松田解子『地底の人々』（世界文化社）。四月、中本たか子「火のついたベルト」（『群像』）。壺井栄「「はしり」の唄」（『群像』）。五月、大田洋子「山上」（『群像』）。佐多稲子「胸に描く」（『群像』）。真杉静枝「或る女の生立ち」（『新潮』）。河野多恵子「南天の羽織」（『文学者』）。六月、大田洋子「ほたる」（『小説公園』）。七月、中本たか子「基地の女」（『群像』）。佐多稲子「仕事」（『新日本文学』）。八月、深尾須磨子「寡婦の抵抗」（『読売新聞』一一日）。九月、円地文子「浜木綿」（『別冊小説新潮』）。吉屋信子「二世の母」（『サンデー毎日』臨時増刊号一〇日）。一〇月、坂口䙥子「蕃地」（『新潮』）。一一月、広池秋子「オンリー達」（『文学者』）。一二月、円地文子「ひもじい月日」（『中央公論』）。森三千代「汚された愛情」（『小説新潮』）。畔柳二美「喉笛の声」（『新日本文学』）。堤千代「父」（『別冊文藝春秋』）。

◆一月、志条みよ子「「原爆文学」について」（『中国新聞』二五日）。二月、茨木のり子「根府川の海」（『詩学』）。野上弥生子「ナショナリズムの妖術」（『婦人公論』）。五月、平林たい子「平和について」（『自由の旗のもとに』）。七月、大田洋子「マッカーサー道路との対比―『H市歴訪』のうち」（『解放』）。一〇月、野上弥生子「気ちがいに刃物」（『婦人公論』）。一二月、野上弥生子「ヒロシマの肉片」（『婦人公論』）。

一九五四（昭和29）年

三月、米ビキニ環礁水爆実験で第五福竜丸被爆。日米相互防衛援助協定（ＭＳＡ協定）調印。七月、防衛庁設置・自衛隊発足。ジュネーブ協定調印で第一次インドシナ戦争終結。八月、原水禁運動始まる。

◇一月、円地文子「瑠璃光寺炎上」（『小説新潮』）。三月、大田洋子「半人間」（『世界』）。大田洋子「残醜点々―Ｈ市歴訪―のうち」（『群像』）。佐多稲子「車輪の音」（『文学界』）。壺井栄「お千久さんの夢」（『文藝』）。中本たか子「跛の小蝿」（『改造』）。吉屋信子「復讐」（『小説新潮』）。四月、曽野綾子「遠来の客たち」（『三田文学』）。六月、芦田高子『内灘』（第二書房）。七月、大原富枝「巣鴨の恋人」（『別冊小説新潮』）。畔柳二美「恐雨」（『新日本文学』）。河野多恵子「こおろぎ部隊」（『文学者』）。八月、吉屋信子「嫗の幻想」（『文藝春秋』）。一〇月、円地文子「黝い紫陽花―一九四〇年代の一挿話」（『小説公園』）。壺井栄「歌」（『改造』）。一一月、大田洋子「夕凪の街と人と」（『群像』～一二月、『新日本文学』五五年八月）。曽野綾子「海の御墓」（『文藝』）。高田清子『死の灰』（第二書房）。一二月、大田洋子「山帰り」（『文学界』）。畔柳二美「歳月の蔭」（『文藝』）。

◆一月、大田洋子「黒い雲」（『平和』）。四月、平林たい子「微温的なれ」（『文学界』）。五月、大田洋子「ピカドンはごめんだ！―世界の幸福と原爆廃棄―」（『婦人朝日』一日）。野上弥生子「ビキニの死の灰から」（『婦人公論』）。六月、野上弥生子「水爆とパエトン」（『世界』）。九月、平林たい子「千歳日記」（『文学界』）。一一月、平林たい子「日本人の劣等感」（『産業経済新聞』五日）。

一九五五（昭和30）年

五月、砂川基地反対闘争。八月、第一回原水爆禁止世界大会広島大会開催。原水爆禁止日本協議会（原水協）結成。一〇月、ベトナム共和国建国。一一月、日米原子力協定調印。一二月、原子力基本法・原子力委員会設置法公布。

◇一月、円地文子「空蝉の記」（『別冊小説新潮』）。五月、円地文子「水草色の壁」（『文学界』）。馬場あき子『早笛』（まひる野会）。七月、赤木けい子「ネクスト・ドア」（『群像』）。円地文子「不思議な夏の旅」（『別冊小説新潮』）。八月、壺井栄「裲襠」（『群像』～一二月）。佐多稲子「仕合せと命と」（『婦人画報』）。

一一月、曽野綾子「Good Luck for Everybody!」（『群像』）。一二月、円地文子「恩給妻」（『オール読物』）。円地文子「霧の花」（『明日の恋人』鱒書房）。

◆五月、大田洋子「私と『原爆症』について」（『新日本文学』）。六月、平林たい子「二人の里村欣三―自伝的交遊録一」（『別冊文藝春秋』）。七月、平林たい子「旭川にて」（『産業経済新聞』二三日）。八月、野上弥生子「水爆とマリ・アントワネット」（『婦人公論』）。佐多稲子「十年目の長崎」（『主婦の友』）。九月、平林たい子「アメリカさんに」（『産業経済新聞』一六日）。一〇月、平林たい子「北の基地」（『産業経済新聞』七日）。

一九五六（昭和31）年

五月、広島県原水爆被害者団体協議会結成。売春防止法公布（一九五八年四月完全施行）。八月、広島、長崎、焼津の被爆者が日本原水爆被害者団体協議会（被団協）結成。一〇月、国交回復に関し日ソ共同宣言。イスラエル軍、エジプトへ侵攻（第二次中東戦争）。一二月、国連加盟。ソ連から引揚者一〇二五人帰還。

◇二月、円地文子「くろい袖」（『文藝春秋』）。三月、大田洋子「半放浪」（『新潮』）。四月、深井迪子「夏の嵐」（『文藝』～五月）。五月、中本たか子「死の鞭と光」（『新日本文学』）。七月、坂口䙥子「蕃地の女―ルビの話」（『別冊文藝春秋』）。九月、円地文子「家のいのち」（『群像』）。大田洋子「ある堕ちた場所」（『世界』）。小山いと子「遺族船」（『オール読物』）。一二月、瀬戸内晴美「女子大生・曲愛玲」（『新潮』）。

◆一月、平林たい子「人民戦線の功罪」（『産経時事』六日）。平林たい子「基地への戦術」（『産経時事』一三日）。佐多稲子「記憶と願ひと」（『新女苑』）。八月、大田洋子「私は忘れたい広島の思い出を」（『婦人画報』）。佐多稲子「原爆の怒りに固く結ばれ」（『朝日新聞』一四日）。九月、佐多稲子「自分について」（『新日本文学』）。佐多稲子「空襲」（『暮しの手帖』）。一〇月、佐多稲子「長崎大会に出席して」（『新日本文学』）。

一九五七（昭和32）年

一月、相馬ヶ原演習場で米兵、日本人農婦射殺。六月、岸首相、アイゼンハワー米大統領と日米共同声明発表。八月、茨城県東海村第一号原子炉始動。

◇一月、円地文子「二世の縁　拾遺」(『文学界』)。二月、茨木のり子「わたしが一番きれいだったとき」(『詩文藝』)。三月、円地文子「妻の書きおき」(『婦人公論』)。九月、五島美代子『母の歌集』(白玉書房)。

◆四月、野上弥生子「実験はどうぞお膝もとで」(『婦人公論』)。七月、野上弥生子「ゲッチンゲン宣言をめぐって」(『世界』)。八月、田中貴美子『女の防波堤』(第二書房)。

一九五八(昭和33)年

一月、インドネシアと平和条約・賠償金協定調印。一〇月、安保条約改定交渉開始。

◇二月、大原富枝「カテリーナ・ニコラーヴェヴナ」(『小説新潮』)。大原富枝「大草原」(『群像』)。四月、円地文子「牡丹の芽」(『二枚絵姿』講談社)。九月、中本たか子『滑走路』(宝文館)。一〇月、大田洋子「病葉」(『群像』)。佐多稲子「ある夜の客」(『群像』)。

◆一月、野上弥生子「ヒロシマに就いて」(『図書』)。二月、大田洋子「ノイローゼの克服」(『婦人公論』)。八月、大田洋子「原爆被爆者として訴える」(『朝日新聞』一〇日)。

一九五九(昭和34)年

一月、キューバ革命政権樹立。五月、南ベトナムと賠償協定調印。八月、在日朝鮮人の北朝鮮帰還に関する日朝協定調印。一一月、日米安保改定阻止のデモ隊国会乱入。

◇一月、円地文子「私も燃えている」(『東京新聞』一三日～一二月六日)。吉屋信子「遺伝」(『小説新潮』)。二月、有吉佐和子「祈祷」(『文学界』)。一〇月、佐多稲子「灰色の午後」(『群像』～六〇年二月)。一二月、円地文子「老桜」(『群像』)。中村きい子「間引子」(『サークル村』)。

◆七月、野上弥生子「刃物は魔物」(『世界』)。九月、佐多稲子「『原爆と長崎』を読む」(『新日本文学』)。一一月、円地文子『欧米の旅』(筑摩書房)。一二月、石垣りん『私の前にある鍋とお釜と燃える火と』(書肆ユリイカ)。

一九六〇(昭和35)年

四月、沖縄復帰協議会結成。五月、日米新安保条約調印。六月、安保阻止統一行動、全学連が警官隊と

衝突し樺美智子さん死亡。安保条約自然成立。七月、池田勇人内閣成立。一〇月、浅沼稲次郎刺殺される。一二月、深沢七郎『風流夢譚』が皇室を侮辱するとして物議を醸す。

◇一月、円地文子「傷ある翼」(『中央公論』~七月)。二月、吉屋信子「西太后の壺」(『オール読物』)。三月、吉屋信子「蕃社の落日」(『別冊文藝春秋』)。五月、円地文子『高原抒情』(雪華社)。六月、吉屋信子「昌徳宮の石人」(『オール読物』)。七月、三枝和子「諒闇」(『無神派文学』四号)。八月、大田洋子「輾転の旅」(『群像』)。九月、芝木好子「湯葉」(『群像』)。一〇月、大田洋子「八十歳」(『世界』)。一一月、坂口䙥子「蕃婦ロポウの話」(『詩と真実』)。

◆二月、栗原貞子「広島の文学をめぐって—アウシュヴィッツとヒロシマ」(『中国新聞』一九日~二二日)。五月、栗原貞子「深層意識の中の原爆」(『中国新聞』二〇日)。平林たい子「韓国をおもう」(『自由』)。八月、野上弥生子「「不幸で幸いな」日に」(『読売新聞』一五日)。

一九六一(昭和36)年

五月、韓国で軍事クーデター、朴正熙大統領に。八月、東独、東西ベルリン境界に壁建設。一二月、『思想の科学』天皇制特集号発売禁止。

◇一月、円地文子「混血児」(『オール読物』)。円地文子「南の肌」(『小説新潮』~一二月)。二月、伊吹麻子『夜のもだえ』(同人社)。三月、佐多稲子「色のない画」(『新日本文学』)。四月、倉橋由美子『人間のない神』(角川書店)。七月、佐多稲子「旅情」(『小説中央公論』)。九月、円地文子「女の繭」(『日本経済新聞』一六日~六二年六月一八日)。平林たい子「黒い夫」(『小説新潮』)。一〇月、円地文子「猪の風呂」(『小説中央公論』)。四賀光子『四賀光子全歌集』(春秋社)。一一月、吉屋信子「誰かが私に似ている」(『オール読物』)。

一九六二(昭和37)年

一〇月、キューバ危機。

◇二月、河野多恵子「塀の中」(『文学者』)。四月、円地文子「小さい乳房」(『文藝』~八月)。五月、倉橋由美子「輪廻」(『小説中央公論』)。七月、大原富枝

「川はいまも流れる」(『群像』)。一一月、宮尾登美子「連」(『婦人公論』)。一二月、宮尾登美子「水の城」(『小説中央公論』)。

◆一一月、正田篠枝『耳鳴り』(平凡社)。

一九六三(昭和38)年

八月、部分的核実験停止条約調印。原水禁大会分裂。政府主催で第一回戦没者追悼集会開催。一〇月、原子力発電に成功。国際原子力機関(IAEA)への日本の加盟承認、原子力の日に(二六日)。一一月、南ベトナムで軍事クーデター。

◇四月、有吉佐和子「非色」(『中央公論』~六四年六月)。六月、大田洋子「隅」(『世界』)。大田洋子「白蟻」(『自由』)。七月、河野多恵子「わかれ」(『新潮』)。八月、小山いと子「GHQ舞台裏の夫人たち」(『オール読物』)。一〇月、赤木由子「焚刑」(『日通文学』)。一二月、倉橋由美子「死刑執行人」(『風景』)。竹西寛子「儀式」(『文藝』)。

◆九月、吉屋信子『私の見た人』(朝日新聞社)。

一九六四(昭和39)年

一月、南ベトナムで第二次クーデター発生。四月、第一回戦没者叙勲決定。五月、パレスチナ解放戦線(PLO)結成。八月、米軍が北ベトナム海軍基地を爆撃(トンキン湾事件)。一〇月、東京オリンピック開催。中国が初の原爆実験成功、これに対し新日本文学会が反対声明発表。北ベトナム、南ベトナムに戦闘部隊投入。一一月、米原子力潜水艦佐世保に寄港。

◇一月、河野多恵子「遠い夏」(『文学界』)。二月、大田洋子「世に迷う」(『世界』)。四月、円地文子「苺」(『小説新潮』)。五月、吉原幸子『幼年連祷』(歴程社)。瀬戸内晴美「焚死」(『自由』)。林京子「閃光の夏」(『文藝首都』)。七月、円地文子「賭けるもの」(『読売新聞』二〇日~六五年七月二二日)。有吉佐和子「ぷえるとりこ日記」(『文藝春秋』~一二月)。八月、河野多恵子「みち潮」(『文学界』)。佐藤愛子「加納大尉夫人」(『文学界』)。

◆七月、小原ミチ「あれから二十年」ほか(『あの人は帰ってこなかった』岩波書店)。

一九六五（昭和40）年

一月、韓国、南ベトナム派兵を決定。二月、原水爆禁止国民会議（原水禁）結成。米軍、北ベトナムへの爆撃開始。四月、ベトナムに平和を！市民文化団体連合（ベ平連）結成。六月、家永三郎が教科書検定不服の訴訟提訴。日韓基本条約調印。

◇三月、牛島春子「ある通信員の手記」（『新日本文学』）。円地文子「虹と修羅」（『文学界』～六七年三月）。四月、平林たい子「宇品ちかく」（『小説新潮』）。吉屋信子「海幻譚」（『中央公論』）。六月、佐藤愛子「隊長」（『文藝』）。八月、円地文子「あざやかな女」（『小説新潮』～一〇月）。九月、戸川昌子「白い密林」（『小説現代』）。一〇月、瀬戸内晴美「ひとつの夏」（『オール読物』）。一一月、田辺聖子『私の大阪八景』（文藝春秋社）。

◆四月、野上弥生子「いま何をなすべきか」（『世界』臨時増刊号）。六月、野上弥生子「ベトナムの戦火に思う」（『婦人公論』）。

一九六六（昭和41）年

四月、南ベトナムで反政府・反米デモ拡大。五月、中国で文化大革命始まる。米原子力潜水艦が横須賀入港。

◇一月、野上弥生子「鈴蘭」（『世界』）。林京子「伏見の布袋さま」（『文藝首都』）。二月、佐多稲子「風になじんだ歌」（『小説新潮』～六七年二月）。三月、佐藤愛子「はがれた爪」（『風景』）。瀬戸内晴美『美は乱調にあり』（文藝春秋社）。一〇月、円地文子「心中の話」（『小説新潮』）。

◆一〇月、平林たい子「板門店行き」（『文化フォーラムニューズ』）。

一九六七（昭和42）年

二月、初の「建国記念の日」。

◇一月、吉田知子「豊原」（『ゴム』）。四月、吉田知子「海へ」（『紅炉』）。有吉佐和子「海暗」（『文藝春秋』～六八年四月）。栗原貞子『私は広島を証言する』（詩集刊行の会）。七月、円地文子「菊車」（『群像』）。一〇月、林京子「曇り日の行進」（『文藝首都』）。望月友子「歳月」（あめつち発行所）。一一月、平岩弓枝「おんなみち」（『静岡新聞』一四日～六九年九月五日）。一二月、濱野千穂子「風化の底」（『新潮』）。

◆七月、石垣綾子『回想のスメドレー』（みすず書房）。

一九六八（昭和43）年

一月、米海軍原子力空母エンタープライズ佐世保に入港。東大紛争始まる。**三月**、米軍、南ベトナムソンミ村で村民を大虐殺。**四月**、米国でキング牧師暗殺される。**五月**、パリで学生デモが警官隊と衝突（五月革命）。**六月**、小笠原諸島日本復帰。**八月**、ソ連他五ヶ国、チェコスロバキアを弾圧（チェコ事件）。**一〇月**、国際反戦デーに全学連学生ら新宿駅占拠（新宿争乱事件）。明治百年記念式典。

◇**一月**、佐多稲子「重き流れに」（『婦人之友』～六九年一二月）。**四月**、瀬戸内晴美「遠い声」（『思想の科学』～一二月）。**五月**、曽野綾子「只見川」（『小説新潮』）。**八月**、山田あき『飛泉』（鍛冶詩社）。**一二月**、石垣りん『表札など』（思潮社）。

◆**八月**、永田美那子『女傑一代』（毎日新聞社）。

一九六九（昭和44）年

一月、東大安田講堂に機動隊導入。**六月**、南ベトナム臨時革命政府樹立。原子力船むつ進水。

◇**一月**、佐多稲子「落葉」（『群像』）。**七月**、平林たい子「鉄の嘆き」（『海』～一〇月）。**一〇月**、平岩弓枝「女の顔」（『日本経済新聞』二〇日、～七〇年一〇月二四日）。大庭みな子「ふなくい虫」（『群像』）。**一二月**、林京子「ビクトリアの箱」（『文藝首都』）。

◆**一月**、佐多稲子「故郷の言葉」（『九州人』）。森崎和江「土塀」（『アジア女性交流史研究』）。**二月**、林京子「黄色い流れ」（『文藝首都』）。**四月**、曽野綾子「生贄の島」（『週刊現代』三日～七月三一日）。

一九七〇（昭和45）年

三月、カンボジアで軍事クーデター。核拡散防止条約発効。**四月**、米ニクソン大統領、北爆を再開。**五月**、米国でベトナム反戦運動の学生四人射殺、反戦活動激化。**一〇月**、初の『防衛白書』公表。田中美津ら「ぐるーぷ闘う女」を結成。日本のウーマンリブとして初の街頭デモを実施。**一一月**、シリアで軍事クーデター。三島由紀夫が自衛隊市ヶ谷駐屯地でクーデターを呼びかけ割腹自殺（三島事件）。

◇**五月**、津村節子「二人だけの旅」（『早稲田文学』）。平林たい子「エルダよ」（『小説新潮』）。**六月**、津村節子「乾いた花」（『小説現代』）。**八月**、佐多稲子「樹影」（『群像』～七二年四月）。戸川昌子「V定期便」

(『オール讀物』)。一二月、円地文子「アンセリアム」(『婦人之友』)。

◆一月、林京子「原爆と首都」(『文藝首都』)。

一九七一(昭和46)年

三月、東京電力福島第一原子力発電所運転開始。六月、沖縄返還協定調印。七月、岩手県雫石町で自衛隊機と全日空機が衝突。一二月、インドとパキスタンが全面戦争に(第三次印パ戦争)。

◇七月、大庭みな子『錆びた言葉』(講談社)。八月、森礼子「他人の血」(『三田文学』)。九月、曽野綾子『切りとられた時間』(中央公論社)。一二月、後藤みな子「刻を曳く」(『文藝』)。

◆八月、石垣りん「詩を書くことと、生きること」(『図書』)。一〇月、曽野綾子「ある神話の背景」(『諸君!』~七二年九月)。

一九七二(昭和47)年

一月、横井庄一旧陸軍軍曹グアム島で発見。五月、沖縄施政権返還。九月、イスラエル軍がレバノン侵攻、シリアがイスラエル爆撃。田中角栄首相が中国訪問、国交正常化の日中共同声明発表。

◇一月、竹西寛子「鶴」(『新潮』)。二月、曽野綾子「落葉の声」(『文学界』)。四月、後藤みな子「三本の釘の重さ」(『文藝』)。竹西寛子「神馬」(『季刊芸術』)。八月、後藤みな子「炭塵のふる町」(『文藝』)。三枝和子『八月の修羅』(角川書店)。一一月、山本道子「ベティさんの庭」(『新潮』)。一二月、郷静子「れくいえむ」(『文学界』)。

◆一月、曽野綾子「奇跡」(『カトリック・グラフ』)~七三年一月)。澤地久枝『妻たちの二・二六事件』(中央公論社)。八月、佐多稲子「長崎は〝ありのまま〟に」(『信濃毎日新聞』五日、夕刊)。一二月、小出綾子『秘録女虜囚記』(番町書房)。

一九七三(昭和48)年

一月、米ニクソン大統領ベトナム戦争終結を宣言。九月、日本、ベトナムと国交樹立。一〇月、アラブ諸国がイスラエルと交戦(第四次中東戦争)。

◇一月、円地文子「海と老人の対話」(『文藝春秋』)。戸川昌子「塩の羊」(『小説現代』)。七月、山本真理子『広島の姉妹』(岩崎書店)。八月、山崎豊子「不毛

地帯」(『サンデー毎日』一二日〜七八年八月二七日)。九月、富岡多恵子「地蔵和讃仕方咄」(『群像』)。◆四月、大庭みな子「プロメテウスの犯罪」(『日本人の一〇〇年』一五、世界文化社)。

一九七四(昭和49)年

三月、小野田寛郎元少尉がルバング島から帰国。九月、原子力船むつ放射能洩れ事故。◇三月、栗原貞子『ヒロシマ・未来風景』(詩集刊行の会)。六月、中里恒子「わが庵」(『文学界』)。七月、宮尾登美子「夜汽車」(『文藝展望』)。一〇月、吉田知子「九月」(『季刊芸術』)。一一月、吉野せい「鉛の旅」(『洟をたらした神』弥生書房)。◆二月、竹西寛子『ものに逢える日』(新潮社)。七月、河野多恵子「自戒」(『文藝』)。澤地久枝『密約―外務省機密漏洩事件』(中央公論社)。一一月、吉野せい「麦と松のツリーと」(『洟をたらした神』弥生書房)。

一九七五(昭和50)年

四月、ベトナム戦争終結。六月、国際婦人年世界会議(メキシコシティ)が「平等・発展・平和」で「世界行動計画」の「メキシコ宣言」採択。一〇月、天皇訪米。◇一月、佐多稲子「時に佇つ」(『文藝』〜一二月)。杉本苑子『マダム貞奴』(読売新聞社)。四月、竹西寛子「去年の梅」(『季刊芸術』)。五月、宮尾登美子「卯の花くたし」(『海』)。六月、林京子「祭りの場」(『群像』)。七月、宮尾登美子「岩伍覚え書」(『文藝展望』〜七六年一月)。八月、林京子「二人の墓標」(『群像』)。一一月、増田れい子「ローズマリーの旅」(『午後の想い』北洋社)。一二月、大庭さち子『李朝悲史』(集英社)。津村節子「青春譜」(『小説サンデー毎日』)。◆九月、林京子「ビール栓の勲章」(『毎日新聞』一七日夕刊)。林京子「原爆被爆者として不安の日々」(『婦人公論』)。一一月、澤地久枝『暗い暦 二・二六事件以後と武藤章』(エルム)。

一九七六(昭和51)年

二月、航空機売込に関する米企業の日本政界工作明るみに(ロッキード事件)。四月、中国で第一次天安門事件。五月、カンボジアでポル・ポト政権誕生。七月、南北統一でベトナム社会主義共和国成立。田中角栄がロッキード事件で逮捕。**九月**、毛沢東死去。**一〇月**、江青ら四人組逮捕。**一一月**、防衛費GNP一％枠閣議決定。

◇**一月**、宮尾登美子「寒椿」（『海』～一二月）。佐多稲子「拾った石」（『海』）。**二月**、林京子「なんじゃもんじゃの面」（『群像』）。**三月**、栗原貞子『ヒロシマというとき』（三一書房）。**四月**、曽野綾子『地を潤すもの』（毎日新聞社）。**六月**、林京子「道」（『文学界』）。**七月**、広津桃子「落花」（『群像』）。宮尾登美子「満洲往来について」（『文藝展望』）。**八月**、島尾ミホ「祭り裏」（『海』）。

◆**七月**、向田邦子「字のない葉書」（『家庭画報』）。向田邦子「檜の軍艦」（『案内』）。**八月**、佐多稲子「長崎と文学」（『ながさき』）。佐多稲子「重い八月」（『読売新聞』二日、夕刊）。**一二月**、辻千鶴「伊原野に死す」（三協社）。

一九七七（昭和52）年

一月、カーター米大統領に就任。ベトナム戦争中の徴兵忌避者に恩赦。**八月**、中国が文化大革命終結を宣言。**九月**、米軍機が横浜の住宅街に墜落。**一一月**、米軍立川基地が全面返還。

◇**一月**、河野多恵子「鉄の魚」（『文学界』）。**二月**、林京子「家」（『文学界』）。**三月**、林京子「ギヤマン ビードロ」（『群像』～七八年二月）。後藤みな子「風待ち島」（『文藝』）。大庭みな子『浦島草』（講談社）。**四月**、竹西寛子「管絃楽」（『波』～七八年四月）。**九月**、林京子「同期会」（『文学界』）。**一〇月**、曽野綾子「勝者もなく敗者もなく」（『オール讀物』～一二月）。**一二月**、高木敏子『ガラスのうさぎ』（金の星社）。

◆**四月**、向田邦子「心に残るあのご飯」（『銀座百点』）。田辺聖子『欲しがりません勝つまでは』（ポプラ社）。**六月**、重永ナル子『鹿児島空襲』（山脈出版の会）。**八月**、林京子「『八月九日』は私の現在」（『朝日新聞』六日夕刊）。林京子「三十三回忌の夏に」（『東京新聞』九日夕刊）。

一九七八（昭和53）年

一月、江藤淳「戦後の文学は破産の危機」（『毎日新聞』二四日）で平野謙批判、無条件降伏論争に。**三月**、イスラエル軍がレバノンに侵攻。**八月**、日中平和友好条約調印。**一二月**、カンボジアに反ポル・ポトの救国民族統一戦線結成。ベトナムがカンボジアへ侵攻。

◇一月、佐多稲子「由縁の子」（『新潮』）。滝田ゆう『銃後の花ちゃん』（小学館）。二月、宮尾登美子「影絵」（『すばる』）。大田洋子「冬」（『新日本文学』）。八月、林京子「昭和二十年の夏」（『文学界』）。九月、宮尾登美子「鬼龍院花子の生涯」（『別冊文藝春秋』～七九年九月）。一〇月、宮尾登美子『一絃の琴』（講談社）。

◆四月、向田邦子「潰れた鶴」（『小説現代』）。七月、栗原貞子「原爆文学論争史」（『核・天皇・被爆者』三一書房）。岡部伊都子「断腸花」（『小さないのちに光あれ』大和書房）。澤地久枝『火はわが胸中にあり』（角川書店）。

一九七九（昭和54）年

一月、米国が中国と国交回復、台湾と断絶。カンボジア民族統一戦線、首都プノンペン占拠、ポルポト政権崩壊。カンボジア人民共和国成立。国際石油資本、対日原油供給削減（第二次オイルショック）。二月、中越戦争勃発。三月、米スリーマイル島原発で放射能漏れ事故。一〇月、韓国大統領朴正熙暗殺。一二月、ソ連がアフガニスタン侵攻。

◇一月、林京子「老大婆の路地」（『海』）。三月、林京子「群がる街」（『海』）。五月、林京子「はなのなかの道」（『海』）。七月、重兼芳子「見えすぎる眼」（『文学界』）。林京子「黄浦江」（『海』）。八月、森礼子「モッキングバードのいる町」（『新潮』）。九月、重兼芳子「組み敷いた影」（『やまあいの煙』文藝春秋社）。林京子「耕地」（『海』）。一〇月、津村節子「凍蝶」（『凍蝶』読売新聞社）。一一月、林京子「ミッシェルの口紅」（『海』）。一二月、林京子「映写幕」（『婦人公論』）。

◆五月、大嶽康子『病院船・野戦病院』（日本看護協会出版会）。八月、林京子「八月の師」（『読売新聞』一日夕刊）。一〇月、佐多稲子『時と人と私のこと』（講談社）。

一九八〇（昭和55）年

一月、自衛隊が環太平洋合同演習（リムパック）に初参加。米カーター大統領、ソ連のアフガニスタン侵攻に報復、モスクワオリンピックボイコット提唱。五月、韓国光州市で反政府デモを戒厳軍が鎮圧（光州事件）。七月、国連「婦人の一〇年」、世界会議（コペンハーゲン）で五二ヶ国が婦人差別撤廃条約に署名。九月、イランとイラクが全面戦争に。一一月、米レーガン大統領就任。

◇一月、林京子「無きが如き者たち」(『群像』～一二月)。三枝和子「夾竹桃同窓会」(『すばる』)。宮尾登美子「伽羅の香」(『婦人公論』～八一年四月)。瀬戸内寂聴「鶏」(『群像』)。三月、竹西寛子「兵隊宿」(『海』)。向田邦子「あ・うん」(『別冊文藝春秋』)。五月、宮尾登美子「朱夏」(『すばる』～八五年四月)。六月、山崎豊子「二つの祖国」(『週刊新潮』二六日～八三年八月一一日)。古世古和子『ランドセルをしょったじぞうさん』(新日本出版社)。一〇月、山村美紗「骨の証言」(『問題小説』)。林京子「釈明」(『別冊婦人公論』)。一二月、赤木由子『二つの国の物語』一～三(理論社、～八一年三月)。

◆一月、有吉佐和子「日本の島々、今と昔」(『すばる』～八一年一月)。五月、干刈あがた「暗い唄の旅」(『ふりむんコレクション・島唄』、私家版)。八月、林京子「緑色の手帳 空色の手帳」(『毎日新聞』六日夕刊)。

一九八一(昭和56)年

二月、ローマ法王ヨハネ・パウロ二世来日、広島で平和をアピール。三月、中国残留孤児初来日。五月、ライシャワー元駐日大使、核搭載米艦船の日本寄港について発言、政府は核持ち込みの事実を否定。七月、イスラエル軍、ベイルートのパレスチナ難民キャンプ爆撃。一二月、世界の科学者三六七八人が核廃絶と戦争防止を訴える声明を発表。

◇三月、林京子「上海と八月九日」(『叢書 文化の現在第四巻 中心と周縁』岩波書店)。四月、三枝和子「江口水駅」(『すばる』)。林京子「谷間の家」(『文学界』)。五月、宮尾登美子「序の舞」(『朝日新聞』一一日～八二年八月二八日)。六月、向田邦子「やじろべえ」(『オール讀物』)。七月、林京子「花をみに」(『別冊婦人公論』)。八月、スタール富子「エイミイの博物館」(『南加文芸選集』れんが書房新社)。一〇月、林京子「端布」(『明日の友』)。一一月、林京子「思惑」(『文学界』)。

◆四月、佐多稲子「年譜の行間」(『別冊婦人公論』～八三年四月)。青木富貴子『ライカでグッドバイ』(文藝春秋社)。八月、林京子『自然を恋う』(中央公論社)。林京子「人は、ヒトに」(『長崎新聞』三〇日)。
九月、林京子「随筆で綴った年譜」(『群像』)。

一九八二(昭和57)年

一月、中野孝次らが「核戦争の危機を訴える文学者の声明」発表。**三月**、核廃絶を求める「ヒロシマ行動」に一九万人参加。反核運動が高まる。**四月**、アルゼンチン軍がフォークランド諸島を占領、五月に英軍が反撃上陸、七月に英領確定(フォークランド紛争)。**六月**、イスラエル軍がベイルートのPLO拠点を爆撃、レバノン南部に侵攻。米ソ戦略兵器削減交渉開始。**七月**、歴史教科書検定で「侵略」を「進出」と書き換えたことをアジア諸国が批判。**九月**、イスラエル軍が西ベイルート占領、パレスチナ難民虐殺。

◇**一月**、竹西寛子「猫車」(『群像』)。林京子「無事」(『群像』)。**二月**、大原富枝「わたしの和泉式部」(『海』~八三年五月)。**三月**、岩橋邦枝「早苗祭」(『群像』)。**四月**、吉田知子「帰国」(『海燕』)。**六月**、林京子「上海」(『海』~八三年三月)。**七月**、佐多稲子「こころ」(『海』)。**八月**、あまんきみこ『ちいちゃんのかげおくり』(あかね書房)。**九月**、加藤幸子「夢の壁」(『新潮』)。

◆**四月**、金井美恵子「雑多な苔」(『群像』)。**八月**、澤地久枝『もうひとつの満洲』(文藝春秋社)。林京子「醒めてみる夢」(『すばる』)。林京子「終わりなき不幸をもたらすもの」(『婦人之友』)。**九月**、山崎豊子「「不毛地帯」のシベリア」(『文藝春秋』臨時増刊号)。**一二月**、林京子「岩石が語るもの」(『群像』)。

一九八三(昭和58)年

一月、中曽根首相訪米、「日米運命共同体」「日本列島不沈空母化」と発言。**九月**、ソ連機が領空侵犯の大韓航空機を撃墜。**一〇月**、ビルマのラングーンで爆弾テロ、韓国副大統領ら死亡。グレナダのクーデターに米国とカリブ諸国が介入侵攻。

◇**一月**、三枝和子「不来坂峠・春」(『新潮』)。**二月**、岩橋邦枝「猫柳」(『群像』)。**三月**、高良とみ『非戦を生きる』(ドメス出版)。**五月**、林京子「NANKING 1940・秋」(『文学的立場』)。**六月**、三枝和子『鬼どもの夜は深い』(新潮社)。岩橋邦枝「冬雀」(『文学界』)。山口勇子『おこりじぞう』(新日本出版社)。**七月**、栗原貞子『黒い卵』(人文書院)。八月、三枝和子「群ら雲の村の物語」（『すばる』）。一〇月、林京子「あの日、浦上で見たものは」（『季刊「ヒロシマ・ナガサキの証言」』）。一一月、吉田知子「満洲は知らない」（『新潮』）。倉橋由美子「シュンポシオン」（『海燕』～八五年一〇月）。佐藤愛子「スニヨンの一生」（『オール讀物』～一二月）。
◆三月、林京子「上海と私」（『読売新聞』九日夕刊）。四月、林京子「三ッ山」（『群像』）。林京子「鼓動と不沈空母」（『神奈川新聞』一一日）。五月、林京子「待合室の人びと」（『群像』）。六月、林京子「上海の日本人たち」（『文藝』）。林京子「子供たちを育てるために」（『神奈川新聞』二〇日）。七月、林京子「〝生きる意味〟を知る」（『東京新聞』一日）。林京子「最後の一分まで」（『神奈川新聞』二六日）。八月、林京子「終戦の日」（『神奈川新聞』二九日）。栗原貞子「文学者の戦争責任」（『月刊社会党』）。一〇月、林京子「あの日、浦上で見たものは」（『季刊「ヒロシマ・ナガサキの証言」』）。一一月、大庭みな子「その小径」（『茶道の研究』）。

一九八四（昭和59）年
五月、「核状況下における文学」をテーマに国際ペンクラブ東京大会開催。七月、全斗煥大統領来日、天皇が両国間の過去を「遺憾」と表明。一〇月、インド首相インディラ・ガンディー、暗殺される。
◇一月、林京子「晴れた日に」（『すばる』）。二月、加藤幸子「星空の宋梅里」（『文学界』）。四月、林京子「お人形ごっこ」（『別冊婦人公論』）。五月、栗本薫『ゲルニカ1984年』（早川書房）。杉本苑子「冥府回廊」（『オール讀物』～一一月）。七月、林京子「雨名月」（『新潮』）。九月、李正子『鳳仙花のうた』（雁書館）。林京子「ドラの響く町」（『婦人之友』）。一一月、林京子『三界の家』（新潮社）。林京子「星月夜」（『文学界』）。一二月、加藤幸子「〈しなの〉航海記」（『新潮』）。吉田スエ子「嘉間良心中」（『新沖縄文学』）。吉田知子「家族団欒」（『新潮』）。
◆三月、森崎和江「王陵」（『慶州は母の呼び声』新潮社）。八月、佐多稲子「女が何をしたら戦争を防げるか」ほか（『思想の科学――女と戦争特集』）。九月、澤地久枝『滄海よ眠れ』（全六巻、毎日新聞社）。一一月、川上喜久子『フィリピン回想』（西武百貨店）。

一九八五（昭和60）年

一月、ニュージーランドが核兵器搭載米艦寄港拒否を表明。**三月**、ソ連、ゴルバチョフ政権発足。**八月**、中曽根首相靖国神社公式参拝。**一一月**、米ソ首脳会談で戦略核五〇パーセント削減合意。

◇**三月**、栗原貞子『ヒロシマ―反核詩画集』（詩集刊行の会）。**四月**、三木治子『捕虜たちの赤かぶら』（培養社）。**五月**、林京子「残照」（『文学界』）。**八月**、宮尾登美子「春燈」（『新潮』〜八七年一一月）。**一〇月**、前田愛子「歌え、わが明星の詩」（『京都民報』六日〜八六年九月二一日）。**一一月**、田場美津子「仮眠室」（『海燕』）。**一二月**、山田詠美「ベッドタイムアイズ」（『文藝』）。

◆**四月**、伊藤比呂美「アウシュビッツ　ミーハー」（『テリトリー論』思潮社）。**八月**、佐多稲子「土壌」（『群像』）。**九月**、森南海子『千人針』（情報センター出版局）。

一九八六（昭和61）年

四月、男女雇用機会均等法施行。ソ連、チェルノブイリ原発で爆発事故。**一〇月**、北海道で初の日米共同統合実動演習。

◇**一月**、林京子「谷間」（『群像』）。**四月**、山田詠美「ソウル・ミュージック・ラバーズ・オンリー」（『月刊カドカワ』〜八七年三月）。栗原貞子『青い光が閃くその前に』（詩集刊行の会）。**五月**、郷静子「みどりいろの闇」（『文学界』）。林真理子「戦争特派員」（『サンケイ新聞』一日〜八七年七月一六日）。**六月**、大庭みな子「蛍」（『鏡の中の顔』新潮社）。**七月**、林京子「生存者たち」（『すばる』）。**八月**、三枝和子「その日の夏」（『群像』）。**一〇月**、桃原邑子『沖縄』（九芸出版）。林京子「蕗を煮る」（『群像』）。

◆**六月**、澤地久枝『記録ミッドウェー海戦』（文藝春秋社）。**八月**、林京子「心に思うこと」（『文学界』）。

一九八七（昭和62）年

一月、中国の天安門広場で民主化要求のデモ。**五月**、防衛費、対GNP一％枠突破。**一二月**、米ソが中距離核戦力全廃条約締結。

◇**一月**、宮尾登美子「松風の家」（『文藝春秋』〜八九年三月）。大庭みな子「王女の涙」（『新潮』〜一二月）。**四月**、林京子「虹」（『新潮』）。**五月**、山崎豊子

「大地の子」（『文藝春秋』～九一年四月）。三枝和子『その日の夏』（講談社）。**七月**、林京子「二月の雪」（『群像』）。**九月**、宮尾登美子「千代丸」（『小説新潮』）。**一〇月**、林京子「雛人形」（『群像』）。**一一月**、木崎さと子「梅花鹿」（『三田文学』）。林京子「周期」（『三田文学』）。

◆**二月**、林京子「国の外で知ること」（『文学時標』）。**一〇月**、林京子「ワシントンの反核小集会で」（『文学時標』）。

一九八八（昭和63）年

七月、海上自衛隊潜水艦なだしおが釣り船と衝突。**八月**、米国で第二次大戦中の日系人強制収容補償法が成立。

◇**四月**、林京子「ティキ・ルーム」（『新潮』）。林京子「眠る人びと」（『群像』）。**五月**、芝木好子「十九歳」（『新潮』）。**六月**、林真理子「私のネイビー」（『JUNON』）。**八月**、加藤幸子「時の筏」（『新潮』）。林京子「ナンシーの居間」（『婦人公論』）。**九月**、三枝和子「その冬の死」（『群像』）。宮尾登美子「きのね」（『朝日新聞』一日、～八九年一一月二二日）。**一〇月**、林京子「遠景」（『群像』）。

◆**二月**、澤地久枝『雪はよごれていた　昭和史の謎二・二六事件最後の秘録』（日本放送出版協会）。**五月**、林京子『ヴァージニアの蒼い空』（中央公論社）。澤地久枝『私のシベリア物語』（新潮社）。**六月**、吉田知子「サハリンでの一年」（『朝日新聞』五日）。**八月**、林京子「アメリカで感じたこと」（『読売新聞』一三日夕刊）。林京子「二つの命と人生」（『祭りの場・ギヤマン　ビードロ』講談社文芸文庫）。**九月**、林京子「帰って想うこと」（『文学時標』）。**一〇月**、林京子「八月九日の事実さえ超えて」（『毎日新聞』三日夕刊）。

一九八九（平成元年）年

一月、昭和天皇崩御。平成と改元。**六月**、中国天安門で民主化要求でデモ、戒厳部隊出動（第二次天安門事件）。**一一月**、東独でベルリンの壁撤去決定。**一二月**、地中海マルタで米ソ首脳会談、東西冷戦終焉。

◇**一月**、大庭みな子「黒衣の人」（『海燕』）。田辺聖子「二階のおっちゃん」（『オール読物』増刊号）。**二月**、林京子『輪舞』（新潮社）。三枝和子『その冬の死』（講談社）。**五月**、林京子『ドッグウッドの花咲く

町」（影書房）。七月、佐藤愛子「血脈」（『別冊文藝春秋』〜〇〇年七月）。林真理子「本を読む女」（『読売新聞』二〇日〜九〇年二月三日）。林京子「亜熱帯」（『新潮』）。九月、三枝和子「その夜の終りに」（『群像』）。大庭みな子「黄杉　水杉」（『群像』）。一〇月、玉城洋子『浜昼顔』（芸風書院）。

◆一月、澤地久枝『いのちの重さ 声なき民の昭和史』（岩波書店）。四月、松谷みよ子「現代民話とはなにか」（『民話の手帖』）。七月、林京子「ヒトと核の問題」（『長崎新聞』五日夕刊）。林京子「思うこと」（『無きが如き』講談社文芸文庫）。澤地久枝「一九四五年の少女」（『別冊文藝春秋』）。石川逸子『無名戦没者たちの声』（岩波書店）。一一月、澤地久枝『一九四五年の少女　私の「昭和」』（文藝春秋社）。一月、林京子「三度幕を閉じる」（『東京新聞』一〇日夕刊）。林京子「諶容さんとの三日間」（『読売新聞』一四日夕刊）。

一九九〇（平成2）年

八月、イラクがクウェートに侵攻、湾岸危機が発生。一〇月、東西ドイツが統一。国内で株価が二万円台を割りバブル崩壊が始まる。

◇二月、林京子「やすらかに今はねむり給え」（『群像』）。三月、三枝和子『その夜の終わりに』（講談社）。七月、林京子「ひとり占い」（『新潮』）。八月、林京子「河へ」（『文学界』）。

◆七月、林京子「ピアスの穴」（『群像』）。八月、林京子「おそまきながら」（『本』）。林京子「自作発見」（『朝日新聞』五日）。

一九九一（平成3）年

一月、米軍を中心とする多国籍軍、イラクを空爆（湾岸戦争）。自衛隊の掃海艇ペルシア湾派遣。二月、津島佑子らが日本の戦争加担に反対する声明を発表。四月、湾岸戦争終結。一二月、ソ連崩壊。

◇一月、山崎豊子「大地の子　上・中・下」（『文藝春秋』〜四月）。一一月、芝木好子「十九歳」（『冬の梅』新潮社）。

◆三月、林京子「されど人は獣にあらず」（『婦人之友』）。五月、林京子「賽の河原」（『群像』）。林京子「ヒトからヒトへの報告の書」（『毎日新聞』二七日夕刊）。八月、林京子「されど被爆者」（『民主文学』）。九月、林京子「脆い命」(『Ｖｏｉｃｅ』)。一〇月、林京子「レンズのなかの家族像から」(『変貌する家族像　３』岩波書店)。

一九九二(平成４)年

一月、宮沢首相が訪韓し従軍慰安婦問題で正式謝罪。国連平和維持活動法(ＰＫＯ法)成立。自衛隊カンボジア派遣。

◇一月、林京子「溶岩」(『新潮』)。五月、三木アヤ「夏霞」(『朱鷺』金沢・とき同人会)。一二月、林京子「九日の太陽」(『新潮』)。

◆五月、相星雅子『華のときは悲しみのとき』(高城書房)。六月、澤地久枝『家族の樹　ミッドウェー海戦終章』(文藝春秋社)。八月、林京子『瞬間の記憶』(新日本出版社)。林京子「八月九日を歩く」(『西日本新聞』一八日)。林京子「長崎の声　死者の声」(『赤旗』二二日)。九月、林京子「四十七年目の太陽」(『文学時標』)。

一九九三(平成５)年

五月、カンボジアでＰＫＯにより派遣の警察官が射殺される。一二月、国連総会で「女性に対する暴力撤廃に関する宣言」採択。

◇四月、津村節子『茜色の戦記』(新潮社)。七月、林京子「旗」(『すばる』)。

◆一月、早川紀代『戦時下の女たち』(岩波書店)。四月、米谷ふみ子『ちょっと聴いてください　アメリカよ、日本よ』(朝日新聞社)。七月、林京子「便り」(『やすらかに今はねむり給え・道』講談社文芸文庫)。一〇月、林京子「忘路」(『新潮』)。林京子「少女よ恋は一番に楽しいかくれんぼです」(『群像』)。

一九九四(平成６)年

一月、小選挙区比例代表並立制導入。一〇月、大江健三郎ノーベル賞受賞。

◇二月、林京子「青春」(新潮社)。

◆一月、林京子「年月」(『文学界』)。六月、林京子「苦悩の中で耐える力」(『東京新聞』一二日)。七月、林京子「戦争と平和を思う」(『読売新聞』八日夕刊)。一一月、林京子「親と子の一期一会」(『現代』)。

一九九五（平成7）年

一月、阪神淡路大震災。三月、オウム真理教による地下鉄サリン事件発生。九月、沖縄で米兵の少女暴行をきっかけに反基地闘争盛り上がる。

◇四月、長野まゆみ『八月六日上々天気』（河出書房新社）。八月、馬場あき子「八月の閃光」（『本の窓』）。

◆二月、葦原邦子・大庭みな子・上坂冬子・石牟礼道子・大村はま『女たちの八月十五日』（小学館）。四月、林京子「ややこしい私の上海」（『群像』）。五月、林京子「加害者になりたくない」（『朝日歴史写真ライブラリー　戦争と庶民　1940～49　③空襲・ヒロシマ・敗戦』朝日新聞社）。林京子「『戦後』の意味」（『太平洋戦争・兵士と市民の記録』集英社文庫）。六月、澤地久枝『わたしが生きた「昭和」』（岩波書店）。九月、林京子「戦争と平和、人と原爆」（『毎日新聞』四日夕刊）。一〇月、林京子「五十年は平和の一節」（『中央公論』）。一二月、マリア・ロサ・ヘンソン（藤目ゆき訳）『ある日本軍「慰安婦」の回想』（岩波書店）。

一九九六（平成8）年

二月、国連人権委員会で「戦時の軍事的性奴隷制度に関する報告書」を公表、日本政府の責務を指摘。四月、日米が普天間飛行場返還で合意。八月、「女性のためのアジア平和基金」が、フィリピンの元従軍慰安婦らに補償金支払い開始。一二月、広島原爆ドームが世界遺産に登録。

◇三月、林京子「フォアグラと公僕」（『群像』）。五月、林京子『樫の木のテーブル』（中央公論社）。八月、林京子「玩具箱」（『新潮』）。一〇月、林京子『おさきに』（講談社）。

◆九月、林京子「『上海租界』は誰のものだったのか」（『波』）。

一九九七（平成9）年

八月、家永教科書訴訟終結、検定適法で国が勝訴。一〇月、北朝鮮で金正日が党書記長に。一二月、韓国で金大中が大統領に就任。朝鮮半島平和会談開始。

◇一月、林京子「夫人の部屋」（『文学界』）。六月、林京子「予定時間」（『群像』）。七月、林京子「仮面」（『群像』）。八月、林京子「ブルース　アレイ」（『文学界』）。

◆四月、岡部伊都子「ふたたび「沖縄の道」」（『沖縄の骨』岩波書店）。七月、林京子「『絶対的被害者』と『絶対的加害者』」（小田実『ＨＩＲＯＳＨＩＭＡ』講談社文芸文庫）。

一九九八（平成10）年

一月、江沢民中国国家主席が日本に初の公式訪問。

一二月、米英がイラクを空爆。

◇一月、林京子「チチへの挽歌」（『文学界』）。一〇月、林京子「思うゆえに」（『新潮』）。

◆八月、林京子「またもめぐり来て」（『長崎新聞』五日）。一二月、林京子「長崎と佐多稲子」（『群像』）。

一九九九（平成11）年

五月、ガイドライン関連法（周辺事態法、改正自衛隊法、改定日米部品役務相互協定）が成立。六月、男女共同参画社会基本法公布。八月、国旗・国歌法、盗聴法、住民基本台帳法が成立。九月、茨城県東海村ＪＯＣ核燃料加工施設内で臨界事故発生、作業員二名が死亡。

◇九月、林京子『長い時間をかけた人間の経験』（講談社）。林京子「トリニティからトリニティへ」（『群像』）。一〇月、岩井志麻子「依って件の如し」（『ぼっけえ、きょうてえ』角川書店）。

◆五月、林京子「『人間』『神』『自然』」（『近代日本文学のすすめ』岩波文庫）。

二〇〇〇（平成12）年

◇七月、森下真理『月夜野に』（国土社）。一一月、津島佑子『笑いオオカミ』（新潮社）。

◆三月、林京子「大尉の眼鏡」（『朝日新聞』二日）。五月、金富子ほか『日本軍性奴隷制を裁く　二〇〇〇年女性国際戦犯法廷の記録』（全六巻、緑風出版、〜〇二年七月）。七月、林京子「沈黙」（『新潮』）。一〇月、林京子「グランド・ゼロからのあゆみ」（『毎日新聞』一〇日夕刊）。一二月、坪野秋子「夏が来れば思い出す」（『清鐘台タイムズ』）。

二〇〇一（平成13）年

九月、米で同時多発テロ。一〇月、米がタリバーン引き渡しを要求しアフガニスタンを攻撃。

◇八月、加藤幸子「長江」（『新潮』）。

◆一月、林京子「新世紀・ナガサキから若い人たちへ」(『西日本新聞』四日)。林京子「ありのままに子供の目で」(『上海・ミッシェルの口紅』講談社文芸文庫)。**四月、**米谷ふみ子『なんや、これ? アメリカと日本』(岩波書店)。**五月、**近代女性文化史研究会編『戦争と女性雑誌』(ドメス出版)。赤羽礼子・石井宏『ホタル帰る』(草思社)。**七月、**澤地久枝『自決こころの法廷』(日本出版協会)。**一一月、**林京子「八月九日からトリニティまで」(『芸術至上主義文芸』)。

二〇〇二(平成14)年

一〇月、日本弁護士連合会が小泉政権に朝鮮人強制連行問題の真相究明と被害回復措置を勧告。

◇**一月、**林京子「収穫」(『群像』)。**一〇月、**吉田知子「日本難民」(『新潮』)。

◆**三月、**竹下美野「よくぞ待った」(『読書』京都市図書館読書友の会)。

二〇〇三(平成15)年

三月、イラク戦争。

◇**三月、**高橋たか子「きれいな人」(『群像』)。**四月、**林京子「ぶーらんこ　ぶうらんこ」(『群像』)。**一一月、**林京子「ほおずき提灯」(『群像』)。

◆**七月、**今泉浩美『従軍日誌　イラク戦争・兵士と過ごした36日』(日本テレビ放送網)。澤地久枝『完本昭和史のおんな』(文藝春秋社)。林京子「いまこの時代に」(『西日本新聞』一三日)。林京子「わたしと上海」(『植民地文化研究』)。

二〇〇四(平成16)年

一月、イラクに陸上自衛隊先遣隊出発。

◇**三月、**米原万里「バグダッドの靴磨き」(『それでも私は戦争に反対します。』平凡社)。**六月、**笙野頼子「姫と戦争と『庭の雀』」(『新潮』)。**七月、**林京子「希望」(『群像』)。**八月、**柳美里『8月の果て』(新潮社)。

◆**一月、**井筒紀久枝『大陸の花嫁』(岩波書店)。林京子「時の流れ」(『群像』)。**二月、**林京子「肥田舜太郎先生のこと」(『ヒロシマを生きのびて――被爆医師の戦後史』あけび書房)。**五月、**林京子「活字から湧きあがる長崎弁」(『新日本文学』五・六月合併号)。

七月、玉岡かおる『タカラジェンヌの太平洋戦争』

(新潮社)。一〇月、米谷ふみ子『なんもかもわやですわ、アメリカはん』(岩波書店)。一一月、澤地久枝『憲法九条、いまこそ旬』(岩波書店)。林京子「手まり唄と梅干」(『望星』)。林京子「ミス・ウォーカー」(『東京新聞』二七日)。

二〇〇五(平成17)年

四月、小泉首相靖国参拝に対し中国・韓国で反日デモ。

◇一月、林京子「幸せな　日日」(『群像』)。二月、入谷幸江『ピアノと鉛筆』(柊書房)。

◆三月、梶山雅子『いしぶみの賦』(角川書店)。林京子「若い人たちへ」(『原爆写真　ノーモア　ヒロシマ・ナガサキ』日本図書センター)。一一月、澤地久枝『憲法九条、未来をひらく』(岩波書店)。

二〇〇六(平成18)年

◇五月、田口ランディ『被爆のマリア』(文藝春秋社)。一〇月、田口ランディ「似島めぐり」(『野生時代』)。

◆一一月、米谷ふみ子『ええ加減にしなはれ!アメリカはん』(岩波書店)。

二〇〇七(平成19)年

◇一〇月、シリン・ネザマフィ「サラム」(『世界』～一一月)。

◆八月、井上紀子『城山三郎が娘に語った戦争』(朝日新聞社)。九月、田口ランディ「死の池」(『オール読物』)。

二〇〇八(平成20)年

◇一一月、中島京子「小さいおうち」(『別冊文藝春秋』、～一〇年一月)。

◆五月、落合恵子「反戦・反差別の熱い思い――岡部伊都子さんを悼む」(『毎日新聞』三日)。六月、澤地久枝『希望と勇気、この一つのもの』(岩波書店)。七月、澤地久枝「今こそ市民の時代の底力を」(九条の会編『憲法九条、あしたを変える』岩波書店)。

二〇〇九(平成21)年

◇一月、米谷ふみ子「二匹の狐と一本の楠」(『文学界』)。

◆六月、澤地久枝・佐高信『世代を超えて語り継ぎたい戦争文学』(岩波書店)。

二〇一〇（平成22）年

五月、沖縄普天間基地の移転先を辺野古地区と明記した日米共同声明発表。**九月**、尖閣諸島付近で海上保安庁巡視船と中国漁船が衝突。

二〇一一（平成23）年

一月、シリアで内戦が勃発。**三月**、東日本大震災、福島第一原発事故。

◇**一月**、津島佑子『葦舟、飛んだ』（毎日新聞社）。**六月**、川上弘美「神様2011」（『群像』）。**一〇月**、高倉やえ『天の火』（梨の木舎）。**一二月**、津島佑子「ヒグマの静かな海」（『群像』）。

◆**四月**、高村薫「未来への選択　決断の時」（『北海道新聞』二〇日、夕刊）。**五月**、米谷ふみ子『だから、言ったでしょっ！』（かもがわ出版）。**七月**、林京子『被爆を生きて』（岩波書店）。**九月**、田口ランディ『ヒロシマ、ナガサキ、フクシマ』（筑摩書房）。雨宮処凛『14歳からの原発問題』（河出書房新社）。高村薫「平気でウソがつける科学者たちに絶望した」（『週刊朝日』九日）。高村薫「今こそ理性で現実を見よ　日本の未来は、女性の生存本能に懸かっています」（『婦人公論』）。**一一月**、澤地久枝『原発への非服従　私たちが決意したこと』（岩波書店）。澤地久枝「原発許さぬ人間の砦を」（『世界』）。**一二月**、澤地久枝「「沖縄密約」公開外交文書を読む（上）（下）」（『世界』～一二年一月）。澤地久枝ほか『日本海軍はなぜ過ったか』（岩波書店）。落合恵子「Journal of Silent Spring」（『すばる』）。

二〇一二（平成24）年

四月、自民党が「日本国憲法改正草案」を発表。**五月**、国内の原発五〇基すべてが停止へ。

◇**二月**、多和田葉子「不死の島」（『それでも三月は、また』講談社）。**三月**、石牟礼道子（藤原信也との対談）『なみだふるはな』（河出書房新社）。**四月**、柴崎友香「わたしがいなかった街で」（『新潮』）。**七月**、赤坂真理『東京プリズン』（河出書房新社）。

◆**一月**、林京子「つれづれの記」（『群像』）。落合恵子「ひとりから、はじまる」（『週刊金曜日』六日）。**三月**、落合恵子「制御できないものを、処理できないものを持ってしまった人間、わたしたちよ」（『いまこそ私は原発に反対します。』平凡社）。落合恵子「げ

んぱつ　忘れさせる装置について」（『朝日ジャーナル』二〇日）。**四月**、津島佑子「この「傷」から見つかるものは」（『新潮』）。石牟礼道子「花を奉る」ほか（『環』）。**六月**、高村薫「原発の『安全』連呼する東電と国」（『北海道新聞』一四日、夕刊）。高村薫「大飯原発の再稼働を許していいのか　日本人は福島から何を学んだのか」（『週刊朝日』一九日）。**一〇月**、落合恵子『てんつく怒髪　3.11、それからの日々』（岩波書店）。瀬戸内寂聴「原爆から二〇一二年七月一六日まで」ほか（『脱原発とデモ　そして、民主主義』筑摩書房）。

二〇一三年（平成25）年

一二月、特定秘密保護法施行。

◇**一月**、津島佑子「ヤマネコ・ドーム」（『群像』）。**三月**、津島佑子「3 1 1の段差から」（『波』）。**四月**、林京子「再びルイへ。」（『群像』）。

◆**四月**、澤地久枝「国民主権を守る思想としての憲法」（『いま、憲法の魂を選びとる』岩波書店）。**一〇月**、上野千鶴子『ニッポンが変わる、女が変える』（中央公論社）。

二〇一四年（平成26）年

二月、ロシアのウクライナ東部で内戦勃発。**四月**、武器輸出を解禁する「防衛装備移転三原則」を閣議決定。**七月**、他国への攻撃に自衛隊が反撃する集団的自衛権を閣議決定。**九月**、政府が鹿児島県の川内原発再稼働を表明。**一一月**、沖縄県知事選で普天間基地の辺野古移設反対派の翁長雄志が当選。

◇**一〇月**、中沢けい『麹町二婆二娘孫一人』（新潮社）。

◆**六月**、澤地久枝「わたしの学生時代—朝鮮戦争前後の日本（講演）」（『成蹊法学』）。**九月**、津島佑子「隠れキリシタンと原発の国」（『社会運動』）。

〈主要参考文献〉

竹長吉正『日本近代戦争文学史』笠間選書、一九七六年
渡辺澄子・村松定孝編『現代女性文学事典』東京堂出版、一九九〇年
矢野貫一編『近代戦争文学事典』全一一巻、和泉書院、一九九二〜二〇一〇年
川原功・白川豊・杉野要吉監修『日本植民地精選集　第Ⅰ期』全二〇巻、ゆまに書房、二〇〇〇年
川原功・川村湊・白川豊『日本植民地精選集　第Ⅱ期』全二七巻、

ゆまに書房、二〇〇一年
長谷川啓監修『〈戦時下〉の女性文学』全一八巻、ゆまに書房、二〇〇二年
竹松良明監修『文化人の見た近代アジア』全二四巻、ゆまに書房、二〇〇二年
尾形明子・長谷川啓監修『戦後の出発と女性文学』全一五巻、ゆまに書房、二〇〇三年
岡野幸江・北田幸恵・長谷川啓・渡邊澄子『女たちの戦争責任』東京堂出版、二〇〇四年
岩淵宏子・長谷川啓監修『「帝国」戦争と文学』全三〇巻、ゆまに書房、二〇〇四〜二〇〇五年
岩淵宏子・北田幸恵・長谷川啓編集『編年体　近代現代女性文学史』至文堂、二〇〇五年
古賀牧人編『近代日本戦争史事典』光陽出版、二〇〇六年
戦争と文学編集室『コレクション　戦争と文学』全二〇巻+別巻、集英社、二〇一一〜二〇一三年

小林裕子（こばやし・ひろこ）
日本近現代文学研究者
著書『佐多稲子―体験と時間』（翰林書房）、『女性作家評伝シリーズ 12・壺井栄』（新典社）、編著『人物書誌体系 28・佐多稲子』（日外アソシエーツ）。

清水良典（しみず・よしのり）
文芸評論家　愛知淑徳大学
著書『文学の未来』（風媒社）、『MURAKAMI 龍と春樹の時代』（幻冬舎新書）、『あらゆる小説は模倣である』（幻冬舎新書）。

永岡杜人（ながおか・もりと）
文芸評論家
著書『〈柳美里〉という物語』（勉誠出版）、共著『〈戦争と文学〉案内』（集英社）。

中山和子（なかやま・かずこ）
近代日本文学研究者（元明治大学文学部教授）
著書『中山和子コレクション』全3巻（翰林書房）。

沼田真里（ぬまた・まり）
法政大学
共著『大正女性文学論』（翰林書房）、共著『少女小説事典』（東京堂出版）、
共著『私小説ハンドブック』（勉誠出版）。

[編者紹介]

長谷川 啓（はせがわ・けい）

城西短期大学

著書『佐多稲子論』（オリジン出版センター）、共編著『女たちの戦争責任』（東京堂出版）、 共監修『田村俊子全集』（ゆまに書房）。

岡野幸江（おかの・ゆきえ）

法政大学

著書『女たちの記憶』（双文社出版）、共編著『女たちの戦争責任』（東京堂）、共編『木下尚江全集』（教文社）。

[執筆者紹介]

岩淵宏子（いわぶち・ひろこ）

城西国際大学

著書『宮本百合子―家族、政治、そしてフェミニズム』（翰林書房）、共編著『少女小説事典』（東京堂出版）、 共監修『[新編] 日本女性文学全集』（菁柿堂）。

尾形明子（おがた・あきこ）

文芸評論家

著書『華やかな孤独　作家林芙美子』（藤原書店）、『評伝　宇野千代』（新典社）、編著『長谷川時雨作品集』（藤原書店）。

北田幸恵（きただ・さちえ）

城西国際大学

著書『書く女たち』（學藝書林）、共編著『女たちの戦争責任』（東京堂出版）、共著『〈3・11 フクシマ〉以後のフェミニズム』（御茶の水書房）。

黒古一夫（くろこ・かずお）

文芸評論家（筑波大学名誉教授）

著書『葦の髄より中国を覗く―「反日感情」見ると聞くとは大違い』（アーツアンドクラフツ）、『村上春樹批判』（アーツアンドクラフツ）。

戦争の記憶と女たちの反戦表現

2015年5月27日 印刷
2015年6月 5日 第1版第1刷発行

[編集] 長谷川 啓／岡野幸江

[発行者] 荒井秀夫
[発行所] 株式会社ゆまに書房
〒101-0047 東京都千代田区内神田2-7-6
tel. 03-5296-0491 / fax. 03-5296-0493
http://www.yumani.co.jp

[印刷・製本] 藤原印刷株式会社

定価：本体2,400円＋税
ISBN978-4-8433-4783-6 C3091